[redacted]

08/05

btb

Aus Freude am Lesen

btb

Buch

Die kleine Lynn verschwindet eines Tages spurlos. Liv, ihre Mutter, wendet sich verzweifelt an die Nachbarn, und gemeinsam begeben sie sich auf die Suche nach dem Mädchen, doch vergeblich, Lynn bleibt verschwunden. Bald macht sich gegenseitiges Misstrauen breit, die scheinbar heile Welt der kleinen Gemeinschaft gerät zusehends ins Wanken. Wer hat Lynn zuletzt gesehen? Und warum taucht die Handpuppe des Mädchens bei Mauritz, dem jähzornigen Nachbarn, auf? Ein subtiler Psychothriller, der spannend bleibt bis zum Schluss.

Autorin

Inger Frimansson ist eine der bekanntesten Autorinnen Schwedens. »Die Handpuppe« ist das sechste Buch von ihr, das in deutscher Übersetzung erscheint. Ihr erstes, »Gute Nacht, mein Geliebter«, bedeutete sofort den Durchbruch für sie. Es wurde ausgezeichnet mit dem Schwedischen Krimipreis und begründete ihren Ruhm als »schwedische« Minette Walters.

Inger Frimansson bei btb

Gute Nacht, mein Geliebter. Roman (72609)
Der Beschützer. Roman (72730)
Die Katze, die nicht sterben wollte. Roman (72832)
Die Insel der nackten Frauen. Roman (73245)
Die Treulosen. Roman (73353)

Inger Frimansson

Die Handpuppe

Roman

Aus dem Schwedischen
von Gabriele Haefs

btb

Die schwedische Originalausgabe erschien 1992 unter dem Titel »Handdockan« bei Pan Pocket, Norstedts Förlag, Stockholm.

FSC
Mixed Sources
Product group from well-managed forests and other controlled sources

Cert no. GFA-COC-1223
www.fsc.org
© 1996 Forest Stewardship Council

Verlagsgruppe Random House FSC-DEU-0100
Das FSC-zertifizierte Papier *Munken Print* für Taschenbücher aus dem btb Verlag liefert Arctic Paper Munkedals AB, Schweden.

1. Auflage
Deutsche Erstveröffentlichung August 2005 bei btb Verlag, einem Unternehmen der Verlagsgruppe Random House GmbH

Published by agreement with Salomonsson Agency
Umschlaggestaltung: Design Team München
Umschlagmotiv: Photonica/Maloy
Satz: Uhl + Massopust, Aalen
Druck und Einband: Clausen & Bosse, Leck
Lektorat: Frauke Brodd
EM · Herstellung: Augustin Wiesbeck
Printed in Germany
ISBN 3 442 73353 7

www.btb-verlag.de

FÜR INGER A

Das Mädchen verschwand an einem Freitag. Es war Anfang Februar, ein schneeloser, feuchter Tag, der sich von anderen Tagen in diesem Winter nicht sehr unterschied. Er war nicht zu Hause gewesen; in seinem Kreuz saß ein bohrender Schmerz, der seltsamerweise schlimmer wurde, wenn er sich ausruhte.

Er stand vor dem Kleiderschrank im Schlafzimmer und hatte allerlei Kleidungsstücke auf den Teppichboden gezerrt. Er stand in der Unterhose da und hatte sich soeben die Cordhose vom Leib gerissen, da der Knopf das Knopfloch nicht mehr erreichen konnte. Das verblüffte ihn, und es machte ihn wahnsinnig wütend. Er hatte diese Hose zuletzt im Herbst getragen. Er warf einen vorsichtigen Blick auf seinen Bauch und die kurzen, kräftigen Oberschenkel und hob dann den Arm, um die Kleidungsstücke zu durchsuchen, die in schrägen, zerknitterten Reihen auf ihren Kleiderbügeln hingen.

Dann ging die Türklingel. Drei kurze Signale und ein Schlurfen da draußen, als suche irgendwer Streit. Sofort sah er das Mädchen vor sich.

Er ging einige Schritte in Richtung von Susannes Zimmer, ein kalter, feuchter und ungemütlicher Raum. Das Zimmer wurde seit dem Auszug der Tochter nicht mehr benutzt. Sie hatten ihre überflüssigen Möbel dort abgestellt, und auf die Fensterbank hatte Marie-Louise Topfblumen zum Überwintern gesetzt. Er zog die Tür hinter sich zu, als ob ihn das unsichtbar machen könnte, und schaute durch das Rollo.

Er konnte keinen Menschen sehen, aber irgendwer stand auf der Treppe, er hörte, wie Füße sich bewegten. Es waren keine Kinderfüße. Er öffnete das Fenster einen Spaltbreit und rief etwas durch die schmale Öffnung. Die kalte Luft strömte in seinen Mund und seine Nase.

Draußen stand Liv, die Mutter des Mädchens. Mit straff nach hinten gekämmten Haaren, schwarzen Leggings und einer Jacke mit Pelzbesatz. Ihr bleiches Gesicht war nach oben gedreht, er sah ihre Zähne.

»Bist du das, Mauritz?«

»Jaaa?«

»Ich wollte nur fragen, ob du Lynn gesehen hast.«

Er schüttelte den Kopf.

»Sie wollte nur kurz nach draußen… während ich einkaufen war… und jetzt ist sie verschwunden.«

»Sie ist sicher irgendwo in der Nähe…«

Er überlegte, dass er sie eigentlich ins Haus bitten müsste, wusste aber in der Eile nicht, was er anziehen sollte.

»Bestimmt ist sie bald wieder da!«, rief er vage nach unten.

Sie trat einige Schritte zurück, blieb stehen und schaute zu ihm hoch. Ihre Jacke stand offen. Sie trug einen langen, knallgrünen Pullover, der ihr bis über die halben Oberschenkel reichte. Sie breitete immer wieder die Arme aus, wie um sich selbst tröstend zu umarmen.

»Hast du sie wirklich nicht gesehen? Du warst doch den ganzen Tag zu Hause?«

Er verspürte einen brennenden Zorn, überwachte sie ihn etwa? Aber er sagte nichts.

»Wie spät ist es jetzt, ach, jetzt ist sie schon seit mehreren Stunden verschwunden.«

»Ich komme!«

Er schloss das Fenster und ging ins Badezimmer. Dort klappte er den Deckel hoch und pisste, lange und hart. Zog dann seinen Morgenrock an und ging nach unten. Er sah die Treppenstufen unter sich und stellte fest, dass sie abgenutzt aussahen.

Sie stand auf der Treppe. Sie hatte sich die Haare zu einem Knoten gesteckt und die Augen mit Kajal umrahmt. Als sie in die Diele trat, nahm er ihren säuerlichen Mundgeruch wahr. Ihre Blicke eilten wachsam hin und her, als rechne sie damit, das Mädchen hinter einem Sofa oder unter einem Tisch zu finden.

»Ist Marie-Louise bei der Arbeit?«

»Yes!«

»Und du?«

»Tatsache ist, ich bin krankgeschrieben. Mein Rücken.«

»Aaach, hab ich dich aus dem Bett geholt?«

»Nicht direkt«, murmelte er.

Sie packte seinen Arm, und ihre Hand war warm und geschmeidig.

»Was soll ich machen, Mauritz? Ich habe sie überall gesucht.«

»Sie taucht schon wieder auf«, sagte er und wollte einen Schritt zurücktreten, aber das ging ja nicht, denn dazu müsste er sich aus ihrem Griff losreißen.

»Ich muss auch bald los ...« Ihre Stimme klang jetzt nasal. »Ich krieg wahrscheinlich eine Rolle in einem Stück ... das ist wichtig! Ich darf das einfach nicht verpassen ... bist du wirklich ganz sicher, dass du sie nicht gesehen hast?«

»Ich hab sie den ganzen Tag noch nicht gesehen!« Das brüllte er fast, und zugleich ging ihm auf, dass es die reine Wahrheit war.

Sie öffnete die Tür und ging hinaus. Von hinten sah auch sie aus wie ein Kind, der krumme Rücken, der Nacken. Ihre Waden glänzten wie zwei schwarze Bowlingkugeln.

Er ist jedes Mal von neuem überrascht, denn er rechnet eigentlich eher mit irgendeiner Art von Verdrängung.

Das Schneckenhaus, das Licht und die vielen Lerchen, deren Gesang die Luft scharf wirken lässt. Eine Art Feindseligkeit dort im Raum, aber das erst am letzten Tag, als sie es ihm gesagt hat.

Annas Kopf in dem breiten, unbequemen Doppelbett, locker, wie abgefallen. Das Bett steht mit dem Kopfende unter dem Fenster, und nachts hat er manchmal das Gefühl, dass draußen jemand steht und zusieht, wie sie einander umarmen, wie sie sich miteinander verflechten und dadurch wehrlos werden.

Als sie es ihm sagt, empfindet er nur Entsetzen.

»Jedenfalls ist es nicht ansteckend«, sagt sie mit metallischer Stimme und wendet ihr Gesicht ab.

Er küsste ihre Finger und ihre Lippen trocken, er berührt ihre Haut und hat das Gefühl, Ammoniak zu riechen.

Es ist ihr letzter Morgen im Schneckenhaus.

Später ist er doch froh darüber, dass sie so lange gewartet hat.

Es dämmerte jetzt. Er sah zu, wie eine Elster an einer Talgkugel riss. Sie hatte nichts, worauf sie sitzen konnte, sie flatterte hin und her und versuchte, sich an den klebrigen Netzmaschen festzukrallen. Da das Vogelbrett Ratten anlockte, hatten sie es entfernen müssen, und Marie-Louise hatte überall im Garten Talgkugeln aufgehängt. Sie bewegten sich vage im Luftzug.

Etwas Rotes schaute unter den kahlen Zweigen des Johannisbeerstrauchs hervor. Es war ein Fausthandschuh, er hatte ihn schon einmal gesehen. Hatte das Mädchen nicht solche Handschuhe getragen, als sie im Garten stand und ihn aus ihren kleinen, hellen Augen anstarrte? Er war schon längst nicht mehr freundlich, wenn sie kam, er riss die Terrassentür auf und zeigte auf die Straße:

»Mach, dass du wegkommst.«

Sie lächelte vage vor sich hin, machte aber kehrt und ging. Das Gartentor ließ sie hinter sich halb offen.

Er blieb auf dem feuchten Rasen stehen und hielt den Handschuh ein Stück von sich weg. Er war schwer vor Nässe. Der Wind glitt über das Garagendach und ließ ihn erschauern. Zugleich setzte der Regen wieder ein, brennend kalte Tropfen. Mauritz sah die Löcher, die die Ratten vor der Hausmauer hinterlassen hatten. Eine Firma, die sich auf Schädlingsbekämpfung spezialisierte, war dort gewesen und hatte ein blaues Pulver ausgestreut. Mauritz griff zum Besen, schob den Handschuh auf den Stiel und drückte ihn in eines der Löcher. Das schien kein Ende zu nehmen. Der Handschuh verschwand ganz und gar. Sicherheitshalber bedeckte er das Loch mit einem Stein.

Marie-Louise war einkaufen gewesen. Sie schleppte ihre Tüten herein, demonstrativ, wie er fand, und er machte Anstalten, ihr zu helfen. »Denk an deinen Rücken«, sagte sie ablehnend.

»Ich kann aber immerhin den Wagen in die Garage fahren.« Und er zog den Mantel über seinen Trainingsanzug und ging hinaus. Der Mazda war von Schmutz überzogen. Als er auf die Garage zufuhr, sah er die Mutter des Mädchens, die gerade mit irgendwelchen Nachbarn sprach. Er kurbelte das Fenster herunter und rief:

»Liv!«

Ihr Gesicht kam ihm wild vor, wie ein Hundegesicht. Er dachte daran, wie klein ihr Kopf sich in seiner Hand angefühlt hatte, wie eine Grapefruit, nur härter, eine behaarte Grapefruit. Jetzt kam sie auf ihn zu, eilig, ihre Stirn war schweißnass und bleich.

»Hast du sie gefunden?«, fragte er und bemühte sich um einen fürsorglichen Tonfall.

Sie sank ein wenig in sich zusammen und schluchzte auf.

»Sie ist also schon den ganzen Tag verschwunden?«

Das platzte wie ein Vorwurf aus ihm heraus. Sie ist erst sechs, oder was? Wie kann man eine Sechsjährige ohne Aufsicht lassen?

Sie schien mit dieser Frage gerechnet zu haben.

»Ich war einkaufen, und sie wollte nicht mitkommen. Und als ich nach Hause kam, war sie verschwunden.«

Er starrte ihr in die Augen. Sie wich aus und schaute an ihm vorbei.

»Mach dir keine Sorgen, Liv, sie wird schon wieder auftauchen.«

Er musterte sie im Rückspiegel. Sie stand noch immer in dieser verfrorenen, in sich zusammengesunkenen Haltung da.

Als er wieder ins Haus kam, hatte Marie-Louise schon den Staubsauger hervorgeholt. Sie zog ihn über die Schwelle zum Wohnzimmer. Es knallte und dröhnte.

»Was willst du heute essen?«, rief er und dachte, er könne doch schon mit Kochen anfangen. Sie gab keine Antwort. Vielleicht hatte sie ihn ja nicht einmal gehört.

Er ging in die Küche. Die Einkaufstüten waren noch nicht ausgepackt worden, sie lagen achtlos hingeworfen neben dem Spülbecken. Er stopfte die Sachen in den Schrank, der so eng war, dass er sie wirklich hineinpressen musste. Er trat in die Türöffnung und fragte noch einmal: »Was willst du heute essen?« Sie schaltete den Staubsauger aus und kam auf ihn zu, ihre Augen waren zwei leuchtende Punkte.

»Du bist Auto gefahren, obwohl du getrunken hast?« fragte sie, und er konnte sich ein Nicken nicht verkneifen.

»Ein kleiner Whisky nur, und das ist schon eine Weile her. Ich hab so schreckliche Rückenschmerzen.«

»Man darf nicht fahren, wenn man getrunken hat.«

Sie fauchte ihn förmlich an, und ihre Wange war mit Flaum bewachsen. Das hatte mit dem Alter zu tun und er wusste, dass diese Altersanzeichen ihr schrecklich zu schaffen machten, auch wenn sie das nur selten zeigte. Aus der Nähe, wie jetzt, sah er deutlich, dass eins der blonden Haare länger war als die anderen, und dass es gerade hervorstand. An seinem Ende bog es sich ein wenig.

»Früher warst du absolut gegen Alkohol am Steuer!«

Jetzt wurde er wütend.

»Es ging darum, den Wagen in die Garage zu fahren. Es ging um ein so schlichtes Manöver, nämlich ein Fahrzeug von einem Haus bis zu einer Garage zu bewegen, eine Strecke von insgesamt höchstens zweihundert Metern.«

»Das hat aber nichts mit Entfernung zu tun!« Ihre geblümte Schürze hatte vorn in der Mitte einen Fleck, Anstreicherfarbe, der Fleck hatte schon immer dort gesessen und ließ sich nicht auswaschen, er saß mitten über dem Bauch, der sich ein wenig hervorwölbte. Sie trug immer nur diese Schürze, er und die Kinder hatten ihr im Laufe der Jahre andere geschenkt, neue, und sie probierte sie mit kleinen Entzückensschreien an, danach aber hingen sie ganz hinten im Besenschrank. Sie war barfuß. Hier zu Hause lief sie immer auf bloßen Füßen umher. Ihre Beine sahen noch immer gut aus, zwischen den Oberschenkeln klaffte ein kleiner Spalt, wenn sie aufrecht stand, und sie waren üppig und blank. Ab und zu stieg eine Art sinnlicher Freude in ihm auf, darüber, dass er zu ihr gehörte, dass er über die Hälfte seines Lebens mit diesem Menschen verbracht hatte, der sich langsam und fast unmerklich vor seinen Augen aus einem Teenager in eine robuste Frau mittleren Alters verwandelte.

»Wir wollen uns doch deshalb nicht streiten«, sagte er begütigend. »Sag, was wir heute essen wollen, dann übernehm ich das.«

Sie wohnten seit fünfzehn Jahren in diesem Reihenhaus. Die Zwillinge waren beim Einzug acht gewesen. Sie hatten die Schule wechseln müssen, aber sie waren doch zu zweit gewesen, er hatte niemals irgendwelche Klagen von ihnen gehört. Im Gegenteil, jetzt bekam jedes Kind ein eigenes Zimmer, und die beunruhigende Bindung, die sie bisher gehabt hatten, lockerte sich ein wenig. Er hatte einen seltsamen Geschmack im Mund, wenn er daran dachte, wie er sie damals im Mietshaus auf dem Trockenboden gefunden hatte, nackt, Rücken an Rücken, aneinander gepresst. Es war im März, in Susannes Haaren klebte Taubendreck, er fiel herunter, als er sie schüttelte, ihre starr gefrorenen Kinderleiber schimmerten im Winterlicht. Er war zu schockiert, um Marie-Louise davon zu erzählen. Er verpasste jedem Kind eine Ohrfeige und es gelang ihm, die beiden ungesehen in die Wohnung zu schaffen. Ihre Kleider konnte er niemals wiederfinden.

Beide waren jetzt erwachsen und hatten anständige Berufe. Peter arbeitete beim Technischen Überwachungsdienst für Autos in Vinsta, Susanne war U-Bahnfahrerin. Ihre Berufswahl hatte ihn überrascht, es war ihm schwer gefallen, sie sich in solch konkreten, praktischen Situationen vorzustellen, wo sie lange blaue Züge lenken oder den Zustand eines Autos beurteilen mussten.

Sie wohnten beide nicht mehr zu Hause. Susanne war mit einem jungen, sympathischen Buchhändler zusammengezogen, und ihre Arbeitszeiten schienen sich dermaßen zu widersprechen, dass sie sich fast niemals treffen konnten. Aber das war vielleicht ja gar nicht so schlecht.

Peter teilte eine Wohnung mit zwei Kumpels. Ein einziges Mal hatte Mauritz die Kinder in ihren eigenen Wohnungen besucht. Er war sich dabei vorgekommen wie ein Staubsaugervertreter.

Immer seltener dachte er über ihr Leben und ihre täglichen Gedanken nach, und wenn es doch vorkam, dann waren sie in seiner Vorstellung noch klein, er dachte an sie in allerlei Situationen, verglich. Vor allem, nachdem sie ins Spiel gekommen war. Lynn.

Sie wohnten ungefähr so lange hier im Reihenhaus, wie er bei der Lokalzeitung arbeitete, und als er die Jahre zählte, ging ihm auf, dass es fünfzehn waren, fünfzehn lange und kurze Jahre.

Er beschmierte die Brotscheiben dick mit Margarine, legte Schinken darauf und fing an, Tomaten zu schneiden. Marie-Louise hielt sich jetzt im Obergeschoss auf, das Geräusch des Staubsaugers pflanzte sich durch Wände und Zwischenboden fort, jetzt ging sie ins Badezimmer, jetzt machte sie sich über die Toilette her.

Er goss sich einen Whisky ein und ließ einige Eiswürfel ins Glas fallen. Sah sie vor sich, leicht vornübergebeugt, die Beine gespreizt, um ihr Gleichgewicht zu halten, ihr Hintern bewegte sich hin und her, die nackten Beine ragten unter ihrem Kleid hervor. Das war das Bild, das er sich jetzt vor Augen rufen musste. Um es zu schaffen. Um weitergehen zu können.

Als Frau war sie üppiger, verlockender, jetzt, wo ihre Hüften breit und grob und ihre Brüste gewachsen waren, sie waren länglich und angeschwollen, mit kleinen, harten Warzenhöfen, sein Kopf lag auf ihrem Bauch, und ihre Brüste waren so schwer, dass sie seine Lippen erreichten. Die Warzen streiften darüber hinweg und brachten sie dazu, sich zu öffnen.

Als er sie zum ersten Mal gesehen hatte, war sie knabenhaft schlank und ganz und gar flach gewesen. Ihr Idol war Twiggy, man konnte gar nicht mager genug sein, und sie ernährte sich ausschließlich von Joghurt und Wasser. Auf dem Hochzeitsfoto ragten ihre Knie wie knubbelige Geschwulste unter ihrem Kleid hervor. Den Trauring hatte sie nun schon mehrere Male weiten müssen, denn alles an ihr wuchs, es hatte mit den Zwillingen angefangen, und seither hatte sie der Sache kein Ende machen können. Sie beklagte sich darüber aber nur noch selten. Aber sie wollte von ihm nicht mehr nackt gesehen werden.

Er ging ins Wohnzimmer und schaltete den Fernseher ein; es gab die üblichen deprimierenden Berichte über Konjunkturschwäche, Arbeitslosigkeit und Schikanen gegen Ausländer. Seit einiger Zeit war ein Irrer unterwegs, der Ausländern mit einem Neun-Millimeter-Revolver in den Kopf schoss. Jetzt hatte er wieder zugeschlagen, und der Zustand des Opfers war überaus kritisch. Seine Frau wurde interviewt, die angehende Witwe, sie starrte ihn aus leblosen braunen Augen vom Bildschirm her an.

»Die Kinder im Kindergarten haben auch schon damit angefangen.« Marie-Louise ließ sich in den Sessel sinken, ihr Gesicht war rot angelaufen, und kleine Schweißtropfen klebten auf ihrer Stirn. Er schenkte für beide Wein ein.

»Was denn, damit?«

»Ach, die spielen, dass sie sich gegenseitig erschießen, peng, du bist tot, du bist ein Ausländer.«

»O verdammt, und was unternehmt ihr dagegen?« Er versuchte, ihr und dem Fernseher gleichermaßen zu lauschen, aber im Grunde hörte er nur sie.

»Kinder haben nicht dieselbe Definition von Ausländern wie wir Erwachsenen. Für sie ist ein Ausländer ein böser Schurke, ein gemeiner Typ mit dunkler Haut, für den eine Abschussprämie gezahlt wird.«

»Stimmt das wirklich?«

Sie nickte.

»Seltsam. Im Fernsehen und in den Zeitungen werden sie heutzutage doch fast als Heilige dargestellt.«

»Kinder lesen keine Zeitungen. Die hören auf ihre Eltern. Sie haben ein feines Gehör für Tonfälle. Und hier draußen bei uns gibt es ja einen ganz besonderen Tonfall, wie du weißt.«

Er hoffte, dass sie sich jetzt nicht über Politik verbreiten wollte, nicht, weil ihn das nicht interessiert hätte, sondern, weil sie dazu neigte, sich in ein Argument zu verrennen. Vor allem, wenn sie Wein trank.

»Ihr habt doch wohl kaum irgendwelche ausländischen Kinder bei euch?«, fragte er. Sie schüttelte den Kopf und nahm einige große Schlucke. Er sah, dass sie sich umgezogen hatte. Sie trug jetzt ihren gelben Trainingsanzug, und er sah sie nicht gern darin, denn er ließ sie schlampig und unförmig wirken, und er wusste zudem, dass ihr das klar war, dass es aber für sie keine Rolle spielte.

Einige Jahre zuvor war Marie-Louise zur Leiterin des Kindergartens befördert worden, in dem sie arbeitete, seit sie hergezogen waren. Sie schien sich dort wohl zu fühlen, ab und zu erzählte sie abends kleine Anekdoten über die Kinder. Jetzt biss sie in ihr warmes Brot, und ihre Hände waren groß und glatt.

»Wollen wir nicht mal bald jemanden einladen?«, fragte sie und kratzte sich mit dem Gabelstiel kurz am Kopf.

Er verspürte ein kurzes Unbehagen.

»Wen denn, was meinst du?«

»Irgendwelche Nachbarn vielleicht, egal, wen. Wir isolieren uns doch immer mehr. Ich habe den ganzen Tag mit Kindern zu tun. Ich muss auch mal mit Erwachsenen zusammen sein. Das muss ich wirklich.«

»Du hast doch mich.«

Sie schnaubte ein wenig, aber ihre Mundwinkel wirkten durchaus freundlich.

»Mauritz morgens, mittags und abends«, spottete sie, und er begriff nicht ganz, was sie damit meinte. Eigentlich konnte er solche Floskeln und Allgemeinplätze nicht leiden. Aber diesmal war er ja im Grunde selbst schuld. Sein »du hast doch mich« war ja kaum etwas anderes gewesen.

Er streckte die Hand nach der Flasche aus, es war Jacob's Creek, ein guter Rotwein zu erträglichem Preis, er nahm die Flasche und verteilte den Rest in ihren Gläsern.

Edvin, ihr Vater, war auch so, immer aufgelegt dazu, Witze zu machen und andere zum Lachen zu bringen. Er war jetzt alt, aber durch und durch rüstig, er war Vorsitzender des Seniorenvereins und aktiv im Heimatverein. Und wie alle alten Leute voller Vorurteile.

Daran dachte er, während Marie-Louise den Tisch abräumte und das Geschirr in die Küche brachte. Im Fernsehen lief jetzt ein uninteressantes Unterhaltungsprogramm für die ganze Familie. Mauritz blieb sitzen. Ein behagliches, schweres Gefühl breitete sich in ihm aus, und er gähnte, aber nicht aus Müdigkeit, sondern eher, um dieses Gefühl noch zu verstärken. Er hörte Marie-Louise dort draußen umherlaufen. Lass doch das Geschirr stehen, verdammt, hatte er das gerufen oder nur in Gedanken formuliert? Er öffnete eine neue Weinflasche, und als sie wieder ins Zimmer kam, sah er, wie der Stoff des Trainingsanzugs sich um ihren Hintern schmiegte und ihre Unterhosen abzeichnete. Seine Handflächen wurden feucht.

»Weißt du noch, wie wir das erste Mal miteinander geschlafen haben?«, fragte er.

Überrascht drehte sie sich um.

»Du hattest mir eingeredet, du seist noch unschuldig.«

»Na und?« Ihre wogenden Haare ließen ihr Gesicht weich aussehen. Sie drehte ihr Weinglas zwischen ihren Fingern.

»Wir waren bei dir zu Hause«, sagte er und verspürte bei dieser Erinnerung eine vorsichtige Erregung, auch wenn die Sache ein gelinde gesagt schnödes Ende genommen hatte.

»Du hast gesagt, du seist allein zu Hause, und da hab ich natürlich …«

»Ich hatte es wohl angenommen«, sagte sie ausweichend, und ihre Wangen schienen plötzlich schlaff nach unten zu hängen.

»Garantiert hatte er uns schon eine ganze Weile zugesehen, dieser Edvin.«

»Was heißt hier zugesehen …«

Plötzlich hatten sie gehört, wie die Tür ins Schloss fiel, aber gerade in diesem Moment war es Mauritz gekommen, und für einige kurze, eisweiße Sekunden war ihm alles andere egal.

Danach sprang er aus dem Bett. Marie-Louise blieb liegen, sie hatte sich die kurzen Haare aus der Stirn gestrichen. Er sah seine Spermien auf ihrem Bauch, der Bauch war glatt und konkav, eine Schale aus braunem Holz. Er zitterte.

»Was ist da los?«

»Ist doch schnurz.«

»Da ist aber jemand im Haus.«

»Vielleicht mein Alter.«

»Du hast gesagt, wir wären allein! Das hast du gesagt!« Er raffte seine Kleidungsstücke zusammen, riss wütend an Decken und Laken.

Marie-Louise lachte schallend. Ihr Körper war lang und schmal, die Schamhaare waren so hell, dass sie nichts verbargen, sondern eher wie eine Schattierung wirkten.

»Zieh dich an, dann hauen wir ab. Und ich werde nie mehr einen Fuß in dieses Haus setzen.«

»Sei nicht so albern!«

Aber sie stand auf, trat neben ihn und presste ihren Hüftkamm gegen seinen. Er hatte inzwischen seine und auch ihre Kleider aufgehoben, und als sie sich endlich angezogen hatte, zog er das Rollo hoch, als könne das kalte Tageslicht die Sache ungeschehen machen. Stattdessen sah alles schäbiger aus, ihre kleinen kindlichen Ziergegenstände, der Toilettentisch, der von eingestaubten Flaschen und Tuben überlief, die Kleidungsstücke, die auf Stühlen und auf dem Boden aufgetürmt waren.

Edvin stand in der Diele, als sie aus dem Zimmer kamen. Seine Hände waren weich, seine Arme auch. Er schaute sie aus zusammengekniffenen Augen an, und in seiner Stimme lag ein leiser Hohn.

»Wann bist du denn gekommen?«, fragte Marie-Louise gleichgültig.

»Ich bin noch gar nicht gekommen«, antwortete ihr Vater. Seine Stimme wurde hoch und schrill, und er verzog sein Gesicht zu einem Lächeln. Er hatte arg verfärbte Zähne und einen üppigen Schopf.

Marie-Louise achtete nicht weiter auf ihn. Mauritz dagegen verspürte im Rücken ein Stechen und Pochen, seine Haut glühte, und er konnte kaum schlucken.

Edvin nahm ein Handtuch von einem Haken und fing sorgfältig an, sich zwischen den Fingern abzutrocknen. Danach zog er eine Packung Zigaretten hervor.

»Raucht der Herr?«

Mauritz schüttelte den Kopf.

»Tust du wohl!«, rief Marie-Louise und schnappte sich zwei Zigaretten. Sie stopfte beide in den Mund, hielt sie zwischen den Vorderzähnen fest und zündete sie an.

»Und wo wollen die Herrschaften jetzt hin?«

»Nirgendwo besonders. Ich koch jetzt erst mal Kaffee, will sonst noch jemand?«

Er war dem Alten einige Tage zuvor vorgestellt worden. Edvin hatte seine Verachtung für Leute ausgesprochen, die Latein lernten. Mauritz besuchte die letzte Klasse des Gymnasiums, mit Latein als Schwerpunktfach. Er hatte das Gefühl, dass der Alte ihn für unmännlich hielt. Na ja, diese Fehleinschätzung hatte er jetzt ja wohl widerlegt.

Sie saßen am Küchentisch, als die Mutter nach Hause kam. Er konnte sich an den leicht herben Geschmack des Kochkaffees erinnern. Marie-Louise hatte auch Kuchen auf den Tisch gestellt, in Scheiben geschnittenen Sandkuchen, der auseinander fiel, wenn man ihn berührte.

Die Mutter war eine Frau mit einem stumpfen, gequälten Gesicht. Sie gab in der Schulmensa das Essen aus, und als sie die Küche betrat, erkannte er sie sofort. Sie nahm seine Hand und musterte ihn eindringlich.

»Trinkt ihr so kurz vor dem Essen noch Kaffee?«, fragte sie, aber in ihrer Stimme lag keinerlei Vorwurf, es klang eher wie eine Art gleichgültiger Bestätigung von etwas, das sie schon erwartet hatte. Mit raschen Bewegungen breitete sie neben dem Spülbecken eine Zeitung aus und warf einen Fisch darauf, einen grünen, schleimigen Hecht, dann packte sie ein Messer und schlitzte den bleichen Bauch mit einem einzigen Schnitt auf.

Ihm wurde ein wenig schlecht, und er stand auf.

»Ich muss jetzt los.«

Die Wohnzimmeruhr schlug fünf, es war eine altmodische Uhr mit langen, hallenden Schlägen, die die Gläser in der Vitrine klirren ließen, und deren Nachhall einige Minuten vorhielt. Marie-Louise brachte ihn zur Tür, und für einen Moment wünschte er sich, sie werde ihm den Arm umdrehen und ihn zurück in ihr Zimmer zwingen.

Ihr Gesicht war mürrisch. Er umarmte sie kurz und fragte sie flüsternd, ob es ihr denn auch gekommen sei. Auf diese Weise wollte er ihr zu verstehen geben, dass er nicht böse auf sie war, dass er großzügig war und auf ihren Vater pfiff.

Sie kicherte los. Gleichzeitig schlug sie ihm mit der Faust ins Zwerchfell. Es tat so weh, dass ihm die Tränen in die Augen traten.

»Hat er damals irgendwas zu dir gesagt?«, fragte er und erhob sich. Zu seiner Überraschung fühlte er sich berauscht. Sie zog am Gummi ihrer Hose, ihr Bauch zitterte, hell und voller Grübchen.

»Herrgott, das sitzt ja vielleicht eng!«

Er musste noch einmal fragen, hatte der Vater also einen Kommentar abgegeben?

»Wann denn?«

»Damals, in deinem Zimmer… als er den Voyeur gespielt hat.«

»Es steht doch gar nicht fest, dass er uns gesehen hat.«

Mauritz ging auf die Toilette.

Ich bin blau, dachte er. Richtig scheiß verdammt blau.

Im Spiegel sah er, wie seine Wangen glühten, er fuhr sich mit der Hand über die Bartstoppeln und stellte mit vager Unruhe fest, dass die Farbe seiner Augen verblichen war.

Sie saß mit angezogenen Beinen auf dem Boden. Sie hatte ihren Unterleib freigemacht. Ihr Schoß klaffte ihm entgegen, auf ihrem Oberschenkel lag ein roter Tropfen. Sie hatte den Kopf ein wenig nach links gedreht, und als er sich ihr näherte, ließ sie sich rücklings auf den Teppich sinken und streckte die Arme nach oben aus.

Langsam zog er sich aus, er brauchte Zeit.

»Licht ausmachen«, flüsterte sie mit dünner, fremder Stimme.

Er tat wie ihm geheißen.

Im Dunkeln fiel er neben sie auf die Knie und öffnete ihre Beine so weit, dass dort Platz für seinen Kopf war.

Irgendwo von weit her…

Ein Geräusch.

Schneidend, bohrend, brennend.

Anna, denkt er und das Loch unter ihm verschwindet.

Stoßen, stoßen. Lass mich das doch durchführen, seine Hände unter dem Stoff, der trockene, glühend heiße Frauenkörper, deine Brüste, das Leben selber gab es dort drinnen, und Lüsternheit, Genuss, Schmerz; jammernd wirft sie den Kopf hin und her, ruckhaft plötzlich, unzusammenhängend, dieses Gesicht, das sich mehr und mehr verwandelt, die Haut gespannt zwischen Haaransatz und Kinn, gespannt und rissig, er hat diese Haut schon einmal gesehen, lederartig, an einem Ziegenkadaver in einem Felsspalt, ihre zusammengekniffenen Augenlider, wogend und haarlos, aber noch mit einem Blick darunter, einem hellen, hellen Grün.

Und der Geruch von Erde und Exkrementen.

Aber das Geräusch hörte nicht auf, ihre Trommelfelle zu bearbeiten. Er glitt aus seiner Frau heraus, unerlöst. In der Dunkelheit suchte er ihr Gesicht, fand es. Es war nass von Tränen und Zorn.

Er öffnete die Haustür, mit zerzausten Haaren, nur halb angekleidet. Hielt sich am Türrahmen fest, sah die da draußen wie eine wogende Masse.

Jemand nannte seinen Namen.

Rauer Hals, Mund schwer zu öffnen. Nach und nach konnte er ihre Gesichter erkennen:

allesamt Nachbarn.

»Entschuldige, Mauritz, aber …«

»Ist schon gut«, unterbrach er.

»Wir wollten suchen. Liv Johansens Tochter ist doch verschwunden.«

»Ich weiß, ist schon okay«, sagte er und versuchte sich zu entspannen.

»Wir dachten, je mehr, desto besser.«

»Natürlich.«

»Aber du kannst vielleicht nicht?«

»Keine Sorge, ist schon okay«, sagte er, dann fiel ihm ein, dass er krankgeschrieben war.

»Liv hat auch die Polizei angerufen. Aber wir kennen uns hier in der Gegend doch aus, da können wir schon mal mit Suchen anfangen.«

»Ich komme.«

Und er spürte, wie ein schwaches, ausweichendes Grinsen

sich in seinem Gesicht ausbreitete, er konnte nichts daran ändern, und es war noch immer da, als er die Tür wieder schloss.

Es hatte geschneit. Die Kälte schlug ihm entgegen, er ging wieder ins Haus und holte sich eine Mütze. Es war eben so, je älter er wurde, umso leichter fror er, das hatte er schon lange gemerkt.

Ja, es hatte geschneit, und als er losging, hinterließen seine Schuhsohlen Abdrücke, ecco, ecco, er drehte sich um, musterte sie und staunte über ihre Größe.

Sie hatten sich beim Sandkasten versammelt, etwa ein Dutzend Menschen, rauchender Atem, Schnee in Augenbrauen und Haaren, und in der Mitte Erik, der große Heerführer. Ein Trupp aus Männern, eine Legion, nur eine einzige Frau dabei, die Mutter, sie. In einem geschmacklosen lila Webpelz, die Lippen in einem dunkelroten Farbton gemalt, der sich mit dem Pelz biss. Sah sie das nicht? Spielte sie jetzt die Rolle der trauernden Mutter, hatte sie sich dazu geschminkt und gekleidet?

Dicht hinter ihr der Iraner, ihr neuer Mann. Mit fegenden Gesten versuchte er, den anderen etwas zu erklären. Bei den wenigen Malen, die er und Mauritz sich begegnet waren, hatte es nie ein natürliches Gesprächsthema gegeben. Mauritz war dem Blick des anderen ausgewichen, hatte kapituliert, der Iraner dagegen, der krankhaft darauf versessen schien, neue Kontakte zu knüpfen, hatte nicht locker gelassen und ihn auf irgendeine Weise in die Diskussion hineingezogen.

Mit steifen Schritten näherte er sich, stellte sich an den Rand der Gruppe. Eine Katze lief über den Hof, eine rasche Bewegung. Es war Graui, Lynns Katze. Er bohrte die Hände in die Taschen, vermisste seine Handschuhe, aber wenn er jetzt ginge, würde er die Aufmerksamkeit der anderen erregen. In der einen Tasche lag eine Münze, er schob sie unter seinen Fingernagel, bis es wehtat.

Erik teilte sie in kleinere Gruppen auf, er war Major und daran gewöhnt, Befehle zu erteilen. Spiel! Schweig! Ins Bett! Er war Mauritzens nächster Nachbar. Ab und zu, wenn er mit seiner Frau sprach, waren von nebenan Geräusche zu hören, es klang wie zersplitterndes Holz.

Oft, wenn Erik dabei war, glitt Mauritz in der Zeit zurück, Militärdienst, Fahrradreifen auf Kieswegen, er spürte noch einmal das Fieber und den eiskalten Schmerz in den Hoden, die geschwollen waren wie zwei überreife Apfelsinen in ihren Netzen, fast der ganze Zug war gleichzeitig an Mumps erkrankt, und Mauritz hatte mehrere Tage Fieberträume gehabt: die hallenden Schritte auf dem Linoleumboden, die Absätze schlagen Nägel in seine Trommelfelle, ein Sturzregen aus warmem Lehm. Dann ist die Gefahr vorüber. Die seine Männlichkeit bedroht hatte.

Borås war auch die Stadt der Mädchen, aber nur selten waren ihm so viele hässliche und gleichgültige Mädchen begegnet wie in diesen Monaten, Mädchen mit Haaren unter den Armen, spärlichen beigen Haaren. Und immer Zeiten, Befehle, kriechen und buckeln, eine Anhäufung von Männern.

Er kam direkt von der Schule, einer von drei Jungen aus einer Klasse von dreißig. Er war daran gewöhnt, von Mütterlichkeit umschlossen zu sein. Und dieses ewige, ja, Arschgerede, wurde zu hart für ihn.

Aber er spielte mit.

Liv im Profil. Der große Knoten aus üppigen braunen Haaren zog ihren Kopf nach hinten, ihre Wangen bewegten sich, als kaue sie. Der Iraner rieb sie warm. Seine Augen waren lebhaft und sanft, er faltete ein Taschentuch auseinander und putzte ihr die Nase, wischte ihre Augen ab. Mauritz ging hinter ihnen her zur Garage. Und die ganze Zeit der Schnee, der sich wie Schweigen über sie legte, der Zweige und Schultern belastete, der nass war.

»Wie ist das mit der Rolle gelaufen?«, fragte er.

Und sie zog sich die Handschuhe aus und weinte, laut und schluchzend, und der Iraner hob die Augenbrauen.

Erik hatte den Zentralschlüssel. Alle Garagen sollten geöffnet und durchsucht werden. Mauritz schämte sich ein wenig, als seine eigene Garagentür nach oben ging und der Inhalt der Garage für alle sichtbar war. Der schmutzige Mazda, die Pappkartons voll Teppichen und alten Kleidungsstücken, zwei dunkelblaue Holzstühle, ein defekter Fernseher, die Skier und Skistiefel der Kinder und drei oder vier Kartons mit leeren, klebrigen Weinflaschen.

Aber bei den anderen sah es kaum anders aus.

Sie gingen in die Garage und leuchteten mit Taschenlampen in die Ecken, hinunter auf den Beton, unter das Auto. Erik ging zu nah heran, er trug einen Fleck auf der Jacke davon. Zerstreut versuchte er, ihn wegzuwischen.

»Vorhin war sie jedenfalls nicht hier«, sagt Mauritz. »Als ich den Wagen hereingefahren habe. Und danach kann sie ja wohl kaum hereingelangt sein.«

»Man soll nie nie sagen. Kinder sind wie Ratten, sie können sich unglaublich klein machen.«

»Ja, aber weshalb hätte sie denn herkommen sollen, zum Teufel?«

»Tja. Wenn man das wüsste!«

Der Fleck war jetzt fast verschwunden, und er rieb sich die Hände.

»Zufrieden mit der Karre?«, fragte der andere.

»Was?«

»Ich habe gefragt, ob du mit deinem Wagen zufrieden bist? Es ist ja noch nicht lange her, dass du ihn gekauft hast. Du weißt vielleicht noch, dass wir darüber gesprochen haben, du und ich. Ich hatte damals einen Japaner im Auge, aber dann habe ich mich doch für einen Deutschen entschieden.«

»Den Opel, ja.«

»Ja, den Opel.«

»Ist da denn Platz für alle Kinder?«

»Ja, verdammt. Die quetsch ich einfach rein.«

Er starrte den roten Wagen eine Zeit lang an und sagte dann laut:

»Wir müssen jedes Scheißauto aufmachen. Vielleicht hat sie sich irgendwo zusammengerollt. Zum Beispiel in einem Kofferraum.«

Mauritz fror, er wackelte energisch mit den Zehen.

»Du spinnst doch!«

»Wir müssen alle aus dem Haus holen, damit sie ihre Karren aufmachen können.«

»So spät noch?«

Erik schaute ihn verärgert an. »In einer solchen Situation kann man ja wohl nicht über Zeitpunkte diskutieren. Jetzt geht es darum, das Kind zu finden.«

Mauritz zog seine Autoschlüssel hervor, seine Handgelenke zitterten ein wenig. Die rohe Kälte stieg an seinen Waden hoch, und seine Knie kamen ihm vor wie tiefgefroren. Er öffnete den Kofferraum und machte sich die Finger schmutzig. Ließ den geraden Lichtkegel der Stablampe hineinfallen.

Erik schob ihn beiseite. Er zog Marie-Louises Regenmantel aus dem Kofferraum, öffnete den Werkzeugkasten und versetzte Mauritz zugleich einen aggressiven kleinen Stoß.

»Ich schwör ja fast, dass du meinen Hammer geklaut hast. Ja, sieh an. Ich hab's ja gewusst!«

Und er zeigte mit dem Finger in Augenhöhe auf Mauritz. Mauritz wich zurück.

»Das ist bestimmt mein eigener Hammer, Erik... Ich glaube sogar, es gibt darauf ein Kennzeichen...«

»Ach, ich hab nur einen Witz gemacht.

Mit irritierter Geste ließ Erik den Hammer auf Marie-Louises Regenmantel fallen und verließ die Garage.

Der Schnee fiel jetzt dichter. Mauritz legte den Hammer zurück und schloss den Werkzeugkasten. Er verspürte Stiche in den Achselhöhlen. Er faltete den Regenmantel zu einem harten kleinen Paket zusammen. Während er den Kofferraum abschloss, merkte er, dass das Grinsen noch immer in seinen Mundwinkeln saß, es brachte sie dazu, wie bei einem leichten Krampf zu zucken.

Er schnitt eine zornige Grimasse und vertrieb es damit.

Aber gleich darauf war es wieder da.

Livs Körper, das Grüne, Violette und Rote. Sie befand sich jetzt im Hagebuttenbusch, kroch auf allen vieren umher, stach sich an den Dornen und jammerte laut. Der Iraner hielt einen Regenschirm über sie und versuchte, die spitzen Zweige wegzuschieben. Er redete in seiner eigenen Sprache auf sie ein, ein stetiger Strom aus unbegreiflichen Wörtern. Mauritz sah ihnen eine Weile zu, dann ging er langsam weiter.

Er hatte sie ungefähr sechs Jahre zuvor kennen gelernt, als sie die Nora in »Ein Puppenheim« gespielt hatte, sie kam aus Norwegen, und ihr leichter Akzent gab ihrer Darstellung eine Echtheit, die sonst nicht leicht zu entdecken gewesen wäre. Er machte eine Reportage über die Truppe, zu der sie damals gehört, Onyx hieß sie, und danach schrieb er noch einen Artikel über Liv allein. Er fotografierte sie auch, wie sie im Kostüm der Nora in den Kulissen stand, wie sie am Schminktisch saß, wie sie mit offenen braunen Haaren vor dem Theater posierte.

Später erzählte sie, dass Levertin, ihr damaliger Mann und der Vater des Mädchens, sie oft an den Haaren festband und sie mit einem Fahrradschlauch schlug.

Es blieben allerlei Fotos übrig, die er nicht aufbewahren wollte. Er rief im Theater an und ließ sich ihre Adresse geben, um sie ihr schicken zu können. Aber dann fuhr er am nächsten Morgen zu ihr, die Bilder hatte er in einen Umschlag gesteckt.

Sie wohnte in einer Einzimmerwohnung im Haus Hässelby, dem großen, heruntergekommenen Haus, wo früher einmal der Staatliche Alkoholladen das Erdgeschoss eingenommen hatte. Ihr Mann saß im Gefängnis. Er war wegen schweren Überfalls und Betrugs zu mehreren Jahren verurteilt worden, davon, dass er seine Frau misshandelt hatte, hatte das Gericht keine Ahnung.

Das Mädchen war damals ein gutes halbes Jahr alt. Sie lag in der Küche, hinter einem groß geblümten Vorhang, dort war es ganz still, und Liv schloss die Tür. Sie holte Portwein hervor, aber er wollte keinen, etwas in dieser Wohnung erfüllte ihn mit Unlust, es war eine eigenartige Schwermut, er band sich die Schnürsenkel zu und wollte gehen. Aber als er sie dann im Gegenlicht stehen sah, als die Sonne durch ihre Haare sickerte, streifte er die Schuhe wieder ab und ging auf sie zu.

Ihr Körper war überraschend geschmeidig und sehnig. Sie schlang die Beine um ihn, und als er sie zum Sofa trug, staunte er darüber, wie schwer sie war, trotz ihrer kleinen Gestalt, das sind Muskeln, erklärte sie kichernd, ja, hart wie ein junger, biegsamer Baum, ihre Backenzähne schwarz von Plomben, sieht er, und als sie den Kopf in den Nacken wirft, sieht er ihre kleine klobige Zunge, keine hat ihn je mit solcher Sehnsucht in den Mund genommen, die Lippen um ihn geschlossen, mit ihm gespielt, mit der Zungenspitze auf seine blanke Eichel gezielt, knallhart und keuchend an ihm gesaugt, und als er kommt, kräftig, unter ihrem Gaumen, sinkt sie ein wenig in sich zusammen, und danach, als er schweißnass und erschöpft daliegt, verschwindet sie demütig im Badezimmer. Obwohl sie den Wasserhahn voll aufdreht, kann er deutlich hören, dass sie sich dort erbricht.

Er setzt sich. Die Decken sind auseinander geglitten, sie kratzen an seinem Hintern, sein Rücken, wo der Schweiß jetzt verdunstet, friert, er spürt das Nachbeben des Orgasmus, kneift die Augen zusammen.

Und da kommt sie zurück, sauber und nackt, aber eingehüllt in ihre braunen Haare, die an den Spitzen leichten Spliss aufweisen.

»Warum«, fragt er und packt ihre Schultern. »Warum hast du das gemacht?«

Sie ist blass und verständnislos, sie schmiegt sich an ihn und kitzelt ihn mit ihren Haaren. Er zieht sie an sich, schiebt ihren Schoß über seine Oberschenkel; in dieser Stellung muss sie es ihm anbieten. Durch den Spalt unter seinen Augenlidern sieht er ihre harte kleine Perle, weiß ist sie, sie birst, ja, und es kommt ihr fast sofort. Er ist erleichtert, denn er sitzt unbequem und wird es nicht lange aushalten. Sie kommt mit leisem Fauchen und Schreien. Zwischen seinen Oberschenkeln fließt und tropft es. Er schiebt die Hand hinein und und merkt, wie feucht sie ist, feucht und weit.

»Warum hast du das gemacht?«, fragt er noch einmal, aber nun erwacht das Kind hinter seinem Vorhang.

Wie in Zeitlupe verlässt er das Haus.

Als er das nächste Mal bei ihr klingelt, hat sie beim Öffnen das Kind auf dem Arm. Es ist ein Mädchen. Sie heißt Lynn. Liv hat Zöpfe, damit sieht sie streng und kindlich aus, sie trägt einen weiten, altmodischen Rock und eine Bluse mit breiten Manschetten. Ehe er sich wehren kann, hat sie ihm das Kind in die Arme gelegt. Die Kleine öffnet die Augen. Ihre Augen sind klein und hell. In dem winzigen Gesicht sieht er eine Art Distanz, der leicht verzogene Mund, die fast unsichtbaren Augenbrauen, die Nasenlöcher, in denen getrockneter Rotz klebt, sie kehrt ihm ihren geäderten Hinterkopf zu und starrt ohne zu sehen ins Zimmer hinaus.

»Nimm sie«, sagt er.

Die Frau schüttelt den Kopf. Mitten im sonnenhellen Zimmer fängt sie an, sich auszuziehen. Er geht auf sie zu und hält ihr das Kind hin, hält es ihr auf ausgestreckten Armen hin. Sie lacht, kriecht nackt los, kriecht nackt zu seinen Füßen, knöpft seine Hose auf. Und dann macht sie es wieder, die spitze, raue Zunge, er zittert vor Schmerz, noch ist er klein und passt ganz in ihre Mundhöhle, die pochende Wärme dort drinnen, die Zähne, das Kind, das sich nicht bewegt...

Er braucht all seine Kraft, um nicht loszulassen, es nicht fallen zu lassen, einfach aufs Parkett, die kleinen zerbrechlichen Rippen, den weichen Nacken, die Finger, lang und durchsichtig, er hält sie so fest, dass er schreien muss. Er hört seine eigene erwachsene Männerstimme, als die Spermien aus ihm herausgestoßen werden und zwischen ihren Mundwinkeln hervorsickern. Und nun dreht das Kind ihm das Gesicht wieder zu: In seinen Augen liegt Schmerz, aber keine einzige Träne.

Er fragt sie nach Levertin, stellt Verhöre an. Wie kann man so einen Namen haben, hieß er wirklich Levertin, »heißt«, korrigiert sie leise und will nicht mehr sagen. Er aber lässt nicht locker.

»Wie habt ihr euch kennen gelernt?«

»Beim Tanzen.«

»Er hat dich also aufgefordert?«

»Das nicht direkt. Ich hatte einen Auftritt, ich habe damals als Tänzerin gearbeitet. Aber dann, als ich schwanger geworden bin...«

»Was war das für ein Ort, war das ein Nachtclub?«

»Aber Mauritz«, sagt sie.

»Wie sieht er aus, der Arsch, hast du ein Foto von ihm?«

»Ich frag dich ja auch nicht nach deiner Frau.«

»Nein, das brauchst du auch nicht. Ich kann sie gern beschrieben. Größer als du, kleiner als ich, ein wenig mollig, ganz normale Haare, ein bisschen gelockt, sie hat nie lange Haare haben wollen, bei unserer ersten Begegnung habe ich sie sogar für einen Jungen gehalten.«

Sie lacht.

»Ja, für einen Knaben, meine Güte. Sie hat damals auch wie ein Mannsbild geraucht und getrunken, manche Mädchen in dem Alter... Jetzt arbeitet sie in einem Kindergarten.

Sie wollte ursprünglich Kieferchirurgin werden, aber am Ende hat ihr Ehrgeiz dann doch nicht gereicht.«

»Kieferchirurgin?«, wiederholt Liv, und sie sagt es mit einer dermaßen norwegischen Aussprache, dass er ganz gerührt wird.

»Ja, wie gesagt. Sie wurde also Kindergartentante. Jetzt leitet sie einen Kindergarten, der Frosch oder Ameise oder so heißt. So heißen die eben.«

Sie zuckt leicht mit den Schultern und fragt dann:

»Habt ihr oft Sex?«

»Ja, aber nicht miteinander. Nein, Verzeihung, das sollte ein Witz sein, ja ... das haben wir wohl, nehme ich an. So oft, wie das eben geht, wenn man seit zwei Jahrzehnten verheiratet ist.«

Sie schaut ihre Hände an.

»Ist es schön mit ihr, mit Marie-Louise?«

»Es ist schön ... Ja, es ist schön.«

»Und warum willst du dann bei mir sein?«

»Was stellst du viele Fragen.«

»Du hast angefangen.«

»Da hast du Recht. Ich habe dich gebeten, ein Foto von dem verdammten Kerl zu holen, mit dem du verheiratet warst.«

»Ich bin noch immer mit ihm verheiratet. Auf dem Papier.«

»Was hatte er für einen Beruf?«

»Er ist Goldschmied, ein sehr tüchtiger Goldschmied. Die Kette, die ich um den Hals trage, die habe ich von ihm als Morgengabe bekommen, ich liebe sie sehr, weil sie mich an die glücklichste Zeit in meinem Leben erinnert. Nichts von allem, was seither passiert ist, kann meine Gefühle für dieses Schmuckstück ändern.«

»Woher weißt du, dass das die glücklichste Zeit in deinem Leben war? Die glücklichste Zeit in deinem Leben hat vielleicht noch gar nicht angefangen.«

»Doch«, sagt sie mit leiser, eigensinniger Stimme.

»Warum hat er dich denn geschlagen, hat er das gemacht, wenn er getrunken hatte?«

Sie nickt.

»Er wurde immer sauer, wenn er getrunken hatte. Das habe ich schon zu Beginn unserer Bekanntschaft gemerkt, aber da hab ich es für einen Zufall gehalten, und er hat mich damals nie misshandelt, das nun nicht. Aber er wurde übellaunig und streitsüchtig, er hat alles Mögliche missverstanden, am Ende habe ich nicht gewagt, auch nur ein Wort zu ihm zu sagen, wenn er getrunken hatte, aus Angst, dass er hochgehen könnte. Er hat damals nicht so oft getrunken, in der ersten Zeit, aber später kam es dann immer häufiger vor.«

Mauritz streichelt ihren Hals.

»Und doch bist du bei ihm geblieben.«

»Er hatte ja auch noch andere Seiten, und in die hatte ich mich eben verliebt, weißt du.«

Er räuspert sich.

»Aber wenn er dich misshandelt hat…«

Sie hebt die Arme und gähnt. Ihre Brüste sind klein, sie hatte keine Milch für ihr Kind, schien das aber nicht weiter traurig zu finden.

»Ich hatte früher immer gedacht, ich würde einen Mann, der mich schlägt, sofort verlassen. Aber verstehst du, so geht das eben nicht. Man gehört trotzdem auf irgendeine Weise zu ihm. Und er hat mich ja nie auf gefährliche Stellen geschlagen, nur auf Beine und Rücken, wenn er mich in den Bauch oder ins Gesicht geschlagen hätte, das wäre etwas anderes gewesen.«

»Dann hast du es also auf irgendeine Weise akzeptiert. Du hast ihm erlaubt, dich zu schlagen, wenn er es nur nicht an ›gefährlichen‹ Stellen getan hat.«

»Nein, so habe ich das nicht gemeint…«

»Wie meinst du es denn?« Er zieht sie an sich, aber sie wird starr und unnahbar.

»Was empfindest du denn jetzt für ihn, für Mr. Levertin?«, fragt er nach einer Weile.

»Nichts. Ich empfinde nichts. Keinen Hass, kein gar nichts. Er ist der Vater des Kindes, das ist alles. Aber ich werde das alleinige Sorgerecht bekommen, er wird sie nicht treffen können. Später kann sie dann selbst entscheiden. Ob sie ihn als Papa haben will oder nicht.«

Liv blieb in ihrer Einzimmerwohnung, bis die Kleine drei Jahre alt war. Dann zog sie zurück nach Stavanger. Dort wohnten ihre Eltern.

In den ersten beiden Jahren ihrer Bekanntschaft besuchte er sie relativ regelmäßig in ihrer Wohnung. Eine Zeit lang arbeitete sie als Leiterin des Vår-Theaters, fühlte sich aber nicht wirklich wohl dabei, hätte lieber selbst gespielt.

Das Mädchen hätte ihn in dieser Zeit eigentlich kennen lernen müssen, aber sie wirkte immer seltsam gleichgültig, wenn er kam. Eine Weile versuchte er, sie mit Spielzeug und Schokolade zu bestechen. Sie nahm die Geschenke wortlos entgegen und zog sich mit ihnen in ihre Ecke hinter dem Vorhang zurück. Dort konnte er dann hören, wie sie das Geschenkpapier knistern ließ oder geräuschvoll die Schokolade verzehrte. Er kam lieber dann, wenn das Kind schlief. Allerdings konnte er ja auch nicht sicher sein, dass sie wirklich nicht aufwachte. Zweimal hatte sie plötzlich in ihrem weißen Nachthemd mitten im Zimmer gestanden und die Erwachsenen aus trockenen Augen angestarrt.

Sie sagte nur selten etwas, aber er wusste, dass sie sprechen konnte und dass ihr Wortschatz außerdem für ihr Alter ungewöhnlich groß war.

Er brachte ihr einmal ein Buch mit, eins, das früher den Zwillingen gehört hatte, und er setzte sich neben sie auf das Sofa.

»Jetzt werde ich dir etwas vorlesen, Lynn«, erklärte er und rechnete mit irgendeiner Reaktion. Sie ließ die Schultern sinken und lehnte sich schweigend zurück. Eine lange Zeit hindurch hatte er den Eindruck, dass sie wirklich zuhörte und dass es ihr gefiel.

Danach versuchte er, ihr einige einfache Fragen nach der Handlung zu stellen, aber sie schien nicht zu verstehen, was er da sagte. Sie durfte das Buch mit ins Bett nehmen, und als sie glaubten, sie sei eingeschlafen, schlichen sie sich ins Badezimmer, er fickte ihre Mama, die sich über die Badewanne beugte, und er hatte einen so tiefen Orgasmus, dass ihm der kalte Schweiß ausbrach und er eine leichte Übelkeit verspürte.

Als er gehen wollte, war sein linker Schuh innen feucht und klebrig. Das Kind hatte sich darüber gehockt und ihn als Topf benutzt.

Er denkt an den Tag, an dem Liv ihm von ihrem Umzug erzählt. Sie haben sich in einem Restaurant mitten in der Stadt getroffen, es war sicher im zeitigen Frühling, denn sie isst einen Krapfen und ist im Gesicht weiß vom Puderzucker.

Sie legt ihre Hand auf den Tisch, sie sieht aus wie eine Pfote, die Nägel sind kurz und abgenagt.

»Wir sind auseinander geglitten, oder was?«, sagt sie fast fröhlich.

Er hebt die Augenbrauen.

Ihre Finger kneifen in seinen Handrücken, sie tut ihm weh.

»Doch, doch, mein Lieber. Genauso ist es. Ich merke es dir an, ich merke es nicht so sehr bei mir, aber bei dir, ja, bei dir merke ich es, und deshalb wird es vielleicht leichter, es dir zu sagen. Nächste Woche ziehe ich nach Norwegen.«

Er kann nicht antworten, findet keine Worte, ein Gefühl der Leere breitet sich in ihm aus, aber trotzdem liegt etwas darin, was sie sagt, etwas, das ihn zu der Erkenntnis zwingt, dass sie Recht hat. Veränderung, ja, Veränderung. Er schaut sie aus zusammengekniffenen Augen an, die kleine, gerade Gestalt, lebendig, die Stimme scheint aus ihrer Brust zu sprudeln, ihre Worte und Mimik, die ihn gerührt und zärtlich gestimmt haben, es war eine große, sanfte Zärtlichkeit, die breiten Fingerspitzen, nervös trommeln sie auf dem Marmortisch herum, dann auf seiner Haut.

»Aber eins möchte ich doch wissen. Du hast mich satt, das merke ich, ja, so was merkt man, und an solchen Dingen kann man auch nichts ändern, oder was? Aber liegt es an mir, dass du mich satt hast … oder hast du eine andere?«

Er beißt sich in die Wangen, schlägt unter dem Tisch die Knie zusammen, rasch, rasch.

»Ich weiß nicht, wovon du da redest«, sagt er tonlos.

»Du hast also eine andere.«

»Möchtest du ein Glas Wein?«, fragt er, und ehe sie antworten kann, hat er bereits einen Kellner herangewinkt und eine Karaffe Hauswein bestellt.

Dieses fein gemeißelte Gesicht, rein und sauber. Tränen steigen ihr in die Augen, nur einmal hat er sie bisher weinen sehen, und damals gab es sicher einen Grund, aber im Moment kann er sich nicht daran erinnern. Er gibt vor, nichts zu bemerken, wartet schweigend, bis der Wein kommt, und trinkt dann gierig.

»Wieso glaubst du, ich könnte eine andere haben?«, fragt er dann endlich.

Sie gibt keine Antwort, sie verdreht ihren Oberkörper und schaut sich zerstreut im Lokal um. Sie sitzen in der Sturegalleria, in einem der Gänge, die als Restaurant eingerichtet worden sind; richtig gemütlich wird es hier nie, weil dauernd Leute im Mantel vorbeikommen und Kälte hereinbringen.

»Ich fahre jetzt jedenfalls nach Hause«, sagt sie nach einer Weile, und ihre Stimme klingt so rau, als sei sie erkältet. »Du brauchst also kein schlechtes Gewissen zu haben, weil du untreu bist.«

»Wem gegenüber sollte ich denn ein schlechtes Gewissen haben?«

»Mir natürlich«, flüstert sie, und dann laufen ihre Augen über, die Tränen kullern über ihre Wangen und sammeln sich unten am Kinn. Sie dreht sich zur Wand und nimmt die Servietten, die er ihr reicht. Er merkt, dass er sie am liebsten unter seinen Mantel stecken und den Mantel dann zuknöpfen und sofort von hier weggehen würde.

»Können wir nicht zu dir nach Hause fahren?«, fragt er leise, aber sie schüttelt so energisch den Kopf, dass ihr Haarknoten bebt.

»Es ist aus, verstehst du.«

»Aber Liv ...«

»Du willst mich doch wegwerfen, du schälst mich von dir ab, wie eine Schlange ihre Haut.« Ihre Stimme wird schrill, sie springt auf. Er merkt, dass die Leute schauen, und versucht, sie wieder auf den Stuhl zu ziehen.

»Liv, was du sagst, stimmt doch gar nicht, das ist nur eine leere Behauptung, ganz sinnlos. Du machst mir aus der Luft gegriffene Vorwürfe, weißt du, ich glaube, du sagst das alles, damit du selber kein schlechtes Gewissen zu haben brauchst. Du! Denk doch mal nach, du Dummkopf, du bist das doch, die weggeht und mich verlässt. Ich werde im Stich gelassen, wenn wir schon in solchen Begriffen reden wollen.«

Sie beruhigt sich ein wenig, setzt sich wieder hin und nippt sogar am Wein.

»Trink aus, dann können wir wenigstens einen Spaziergang machen. Hier drinnen können wir nicht reden, wir können uns nicht anfassen, hier ist es schrecklich, ich hasse dieses Lokal.«

Sie gehen. Er greift nach ihrer Hand, zuerst will sie nicht, am Ende gibt sie dann nach. Sie gehen durch die ganze Kungsgata und dann noch ein Stück über den Sveaväg in nördlicher Richtung, bis sie zur Kirche kommen. Dort kommt sie auf die Idee, dass sie sich von Olof Palme verabschieden will. Sie finden einen Zeitungskiosk, an dem auch Blumen verkauft werden, sie sucht eine rote Rose, eine einzige, findet aber nur fertig verpackte Nelken. Als sie die Stängel in den nicht mehr gefrorenen Boden steckt, schlägt die Kirchturmuhr sechs.

Er sieht sie bei dem Steinblock sitzen und denkt, dass er vielleicht zum letzten Mal mit ihr zusammen ist. Er empfindet Wehmut und eine vage Erleichterung. Er hat Anna noch nicht kennen gelernt, aber im Nachhinein ist ihm klar geworden, dass er sich dafür bereitmachte, nicht besudelt, sondern rein wollte er diesem Tag entgegengehen, bereit für die Begegnung mit ihr. Ja, er muss das gespürt haben, irgendwo in seinem Unterbewusstsein. Dass Anna, dass der Tag sich näherte. Der Tag ihrer beider Geburt, ihres Wachsens. Aneinander und zusammen.

Die Suche ging weiter. Es waren noch andere dazugekommen, wie große, wulstige Michelinmännlein irrten sie umher, auf planloser Suche. Er hatte den Eindruck, dass sie ihn anstarrten, sie schienen etwas von ihm zu erwarten. Er wischte sich Schnee von den Schultern und blieb an seinem Gartenzaun stehen.

»Wir haben in der Garage gesucht«, rief er über den Hof. »Ganz hinten in der Garage.«

Warum er das mit »ganz hinten« gesagt hatte, begriff er selber nicht. Es war aber auch egal, seine Worte wurden von den fallenden Schneeflocken aufgesaugt.

Er wollte den Schnee von der Treppe fegen, fand aber keinen Besen. Er trat sich Schnee von den Füßen und ging hinein. Kaffee, Frauenstimmen, die Diele voller Lederstiefel, glattes, braunes Leder. Mit umgeknicktem Schaft lagen sie übereinander, in einem Wirrwarr dort auf dem Boden.

Ja, er nahm Frauengeruch wahr, dicht und kompakt, Frauenstoffe, das Glatte, das dicht an der Haut atmet, dann den groben Sandgeruch von Wolle und von strengen Blusen, in deren Fasern noch immer der scharfe Bügeleisengeruch sitzt, dazu den Duft von Haarspangen, von glatten, groben Rosshaarbändern, das Glänzen der Augäpfel, Geleeaugen, wie sich alles hinten in der Diele widerspiegelt, zu ihm hinüberreflektiert wird. Und er steigt über Pelz und Leder, die

Feuchtigkeit seiner Stiefel sinkt wie kantige Flächen dort ein.

»Bist du das, Mauritz?« Marie-Louises Stimme aus der Küche, ja, nun kam sie, die Kaffeekanne in der einen und eine Schüssel mit Rosinenbrötchen in der anderen Hand, sie hatte sie in der Mikrowelle aufgetaut: ein Bild der tüchtigen Hausfrau, glühende Wangen, weiß glühend.

»Komm Kaffeetrinken, du Krake. Du siehst ja entsetzlich aus…«

Er zog die Jacke aus, fand aber keinen Kleiderbügel, und der Aufhänger war zerrissen, er breitete die Jacke behutsam über seine Stiefel und ging auf Socken ins Zimmer. Die scharfen Kanten seiner Nägel hatten sich vorn durch beide Socken gebohrt, sein großer Zeh lugte heraus, er fror an diesen kleinen, entblößten Hautpartien, und das machte ihn gebrechlich, zerbrechlich.

Vier, fünf Nachbarinnen saßen in seinem Wohnzimmer, ihr Blühen auf seinen Teppichen und Möbeln. Und da war Eva, Eriks kleine Frau, die mollige Eva. Im Sommer zog sie Shorts an, glaubte sich in ihrem Garten ungesehen, sehr kurze Shorts, und sie entblößte Teile ihres Körpers, die die Sonne nur selten anleuchtete.

Ach, sie war weder schön noch sexy, aber trotzdem musste er sie belauern. Er verbarg sich hinter dem Fenster in Peters Zimmer, und sie hatte keine Chance, seinen Blicken zu entkommen.

Sie verstummten, als er den Raum betrat, er hätte wohl etwas sagen müssen, aber sein Gehirn saugte die Wörter in seine grauen Gänge, und aus seinem Mund kam nur ein Räuspern.

Marie-Louise reichte ihm einen Becher Kaffee. Er nahm ihn zwischen die Handflächen, schöne, schöne Wärme.

»Noch keine Spur?«

Das war Monika, es muss das erste Mal sein, dass sie bei

uns ist, ihr wollt doch immer allein sein, du und dein aufgeblasener Mann.

»Keine Spur«, antwortete er kurz.

Marie-Louise hatte Gläser und Flaschen weggeräumt, sie hatte sich sogar etwas anderes angezogen als diesen verdammten Trainingsanzug. Sie sah frisch und stark aus.

»Was habt ihr gemacht?«, fragte sie.

»Gesucht natürlich.« Jetzt waren die Wörter wieder aufgetaucht, mit einer Schärfe, die ihn Konturen sehen ließ.

»Wir haben in der Garage und in der Umgebung gesucht. Aber es gibt ja nicht so viele Stellen, wo ein Kind sich verstecken könnte.«

»Glaubst du, dass sie das getan hat? Sich versteckt?«

»Was wissen wir denn über sie? Kennt eine von euch sie vielleicht gut genug?«

Wieder verstummten sie alle. Dann fragte Marie-Louise, ob sie im Fahrradschuppen gesucht hätten.

»Ja, ich habe doch gesagt, dass wir überall gesucht haben.« Er hörte selbst, wie unfreundlich seine Stimme klang.

»Wenn ich mir das überlege, dann habe ich sie schon lange nicht mehr gesehen«, sagte Monika, und es überraschte ihn, dass sie das Kind überhaupt bemerkt hatte.

»Ich bin ihr gestern Abend begegnet, um kurz nach sechs, das weiß ich noch, weil ich gerade von der Arbeit kam.« Das war Carin, eine Frau von Mitte fünfzig mit einer ziemlich guten Figur, aber einem hochmütigen Kamelgesicht und einem ausgeprägt ländlichen Akzent.

»Sie saß oben auf dem Klettergestell, und ich hatte Angst, sie könnte herunterfallen, es war doch kalt und regnerisch, bestimmt glatt, habe ich mir vorgestellt, aber das tut sie ja nie, ich meine, so, wie sie überall herumklettert, dieses Kind hat doch neun Leben, genau wie ihre Katze, sie hätte sich eigentlich schon längst das Genick brechen müssen. Sie hat bestimmt einen Schutzengel, die Kleine.«

»Hoffentlich ist der jetzt auch im Dienst«, murmelte Monika.

Ein kurzes, unbehagliches Schweigen folgte.

Elisabet, deren Mann kürzlich aus der Gegend weggezogen war, beugte sich über den Tisch und nahm sich ein Rosinenbrötchen.

»Man sollte ja nicht, aber… noch ganz warm… hast du die selbst gebacken?«

Warum können Frauen sich so selten ans Thema halten… verbeißen sich in Belanglosigkeiten, in oberflächliche, sinnlose Abschweifungen, es ist einfach töricht, es lähmt, er sollte den Rachen aufreißen und ihnen seine Innereien zeigen, sich dann auf den Teppich sinken lassen und zwischen Hühneraugen und Hornhaut einschlafen, zwischen Laufkissen aus Rinde und Seide.

Marie-Louise nickte, verbreitete sich über ein uraltes Rezept, biss in ein Brötchen, die Kaubewegungen der Wangen.

Dann wieder Elisabet, schluckend, um ihre Perlenkette verschlungene Finger, ihre Stimme ist dunkel wie die eines ziemlich jungen Mannes:

sagt, dass sie Lynn gesehen hat, als sie an diesem Morgen zur Arbeit ging, sie habe sogar mit ihr gesprochen.

»Ich dachte, sie sei auf dem Weg in den Kindergarten oder so. Dass sie einfach noch auf ihre Mama wartete. Sie lungert ja oft bei der Garage herum, und immer scheint sie dann auf irgendwen zu warten. Sie war in irgendwelche Fantasien vertieft, sie sprach mit verschiedenen Stimmen, ja, ihr wisst ja, wie Kinder das machen.«

»Was hast du denn zu ihr gesagt?«

»Ja, was habe ich gesagt…. Hallo, du, glaube ich. Oder etwas in dieser Richtung. Sie kam mir ein wenig abwesend vor. Aber sie war ja auch in ihr Spiel vertieft. Ich weiß noch gut, dass man dann für die Welt verloren ist, einmal bin ich von meiner Tante ausgeschimpft worden, weil ich nicht geantwortet habe, als sie mich ansprach, aber ich schwöre euch, ich hatte kein Wort gehört. Ja, das werde ich nie vergessen. Es war so verdammt ungerecht.«

Evas Hand auf seinem Knie, sicher nur zerstreut, aus Bedarf an einer Stütze. Es ist nicht ganz leicht, ruhig zu blicken, ihre dumpfe dunkle Stimme.

»Können wir da draußen was tun? Suchen oder so?«

»Ich weiß nicht.«

»Wir wussten es auch nicht. Oder genauer gesagt, wir kamen uns ziemlich unnütz vor. Marie-Louise hat uns dann ins Haus gebeten. Sie hatte uns auf dem Hof gesehen, aber da waren doch so viele. Und wo sollte man überhaupt suchen, was meinst du, Mauritz?«

Wie sie seinen Namen ausspricht, in diesem Moment kommt es ihm vor wie ein Eindringen in seine Privatsphäre. Die Hand auf seinem Knie ist schwer und warm. Er wünschte, sie nähme sie weg.

»Wir haben schon gesucht. Erik ist ein guter Organisator.«

»Das ist er, ja!« Sie drückte einen Oberschenkel ganz leicht und zog dann ihre Hand zurück. »Ich muss zugeben, dass ich mit Lynn nicht so gut auskomme«, sagte sie mit schriller Stimme. »Sie ist irgendwie schwierig. Man weiß nicht, was man von ihr halten soll.«

»Ja, ich kenne sie ja überhaupt nicht«, sagte Monika.

»Sie spielt manchmal mit unseren Kindern, ich finde das auch nicht so toll, sie hat einen negativen Einfluss auf sie, nachher sind sie dann immer frech. Es ist schon komisch… Wenn Erik nach Hause kommt, dann merkt er sofort, ob sie bei uns war. Sowie er zur Tür hereinkommt. Ich begreife nicht, warum oder wie er das macht, aber er merkt es wohl den Kindern an. Die sind dann einfach anders.«

»Wie meinst du das?«

»Sie sind ganz einfach unmöglich.« Ihre fülligen Wangen

verzogen sich, sie zog an ihren Fingern, bis die Gelenke knackten.

»Aber hör doch auf, Eva!«, rief Carin. »Ich kann dieses schreckliche Geräusch nicht vertragen.«

»Ach, Verzeihung…« Sie schaute sich verwirrt um, verlor den Faden, fand ihn aber wieder.

»Nicht, dass ich nicht mit ihnen fertig würde«, sagte sie rasch. »Aber wir sind so unterschiedlich, Erik und ich, jedenfalls, wenn es um die Kinder geht. Da ist er patriarchalisch. Ich behaupte ja, man muss mit Kindern reden, sie motivieren… Oder was heißt schon behaupten… ich rede ganz einfach mit ihnen. Aber wenn Erik sie zusammengestaucht hat, dann habe ich oft das Gefühl, dass man mit ihnen nicht mehr reden kann, jedenfalls nicht so wie früher.«

Mauritz fragte sich, was das alles mit Lynn zu tun haben sollte. Er sagte nichts. Er schluckte, beobachtete die Frau.

»Sie ist zweifellos etwas ganz Besonderes«, sagt jetzt Carin. »Da bin ich ganz deiner Ansicht. Ihr scheinen etliche von den Sperren zu fehlen, die Kinder in dem Alter sonst haben.«

»Äh!«

Das war Elisabet, o verdammt, was finde ich die Frau schrecklich, du dominierende, unsinnliche Erscheinung, du Katzenschädel, so total humorlos und mit diesen fertigen Kommentaren zu allem, ich verstehe sehr gut, warum er abgehauen ist, dein Kerl, geflohen wie eine Spitzmaus, dass du ihn überhaupt an dich rangelassen hast, dass du dir Sekunden der Nähe gegönnt hast, dass du deine mageren Oberschenkel überhaupt geöffnet und Platz für einen Embryo ge macht hast, dass deine knotige, sehnige Gebärmutter…

Sie steckte sich eine Zigarette an. Sie rauchte so ungefähr überall, wo sie ging und stand, ohne um Erlaubnis zu bitten. Sie war so ein Mensch, dem das sogar in einer Kirche zuzutrauen wäre. Jetzt stand ein Aschenbecher vor ihr, und auch

Marie-Louise rauchte, obwohl das nur selten vorkam. Er selbst hatte schon vor vielen Jahren aufgehört, und wie die meisten Exraucher war er zu einem fanatischen Antiraucher geworden. Das Blut stieg ihm in die Schläfen.

»Äh«, sagte Elisabet noch einmal. »Die Kinder heutzutage sind so charakterlos. Sie sind alle in derselben Form gegossen. Ich glaube, sie verlieren ihre Fähigkeit zu spielen. Ihr wisst doch sicher, wie Fernsehen und Video sie zerstören, ihnen Initiative und Kreativität rauben. Merkst du das nicht, Marie-Louise, wo du doch mit Kindern arbeitest, du musst doch in all deinen Jahren im Fach eine markante Veränderung bemerkt haben?«

Er erhob sich und ging. Noch oben im Schlafzimmer hörte er Elisabets scharfe Stimme, er hob den Absatz und bohrte ihn durch den Boden. Sie saßen genau unter ihm. Aber sie merkten nichts.

Sieht seine Brieftasche auf dem Nachttisch. Setzt sich mühsam aufs Bett, öffnet sie. In einem Fach: Annas Foto, das, was er unten am Wasser von ihr gemacht hat, an einem ihrer allerersten Tage. Sie lacht, ihre Wangen sind noch rund, ihre Haare stehen in allen Richtungen ab. Sie ist den Hang herabgerannt, ihre Beine sind lang und hart. Nur mit knapper Not hat er mit ihr Schritt halten können.

»Anna!«, sagt er laut, jetzt ganz nüchtern. Draußen in der Kälte ist alles verschwunden, was ihn berauscht und unkonzentriert gemacht hatte.

Spürt keine Trauer, mustert ihre Augen, sie hat sie beim Lachen zusammengekniffen. Sie hat ein ganz besonderes Lachen, und anfangs stört es ihn ein wenig.

Sagt noch einmal ihren Namen, gibt sich alle Mühe, das schwindelerregende Gefühl von Vernichtung heraufzubeschwören.

In ihm ist alles kühl und neutral.

Er legte das Foto zurück in die Brieftasche, zwischen Versicherungskarte und Scheckbuch. Danach sah er die Cordhose, die er über den Stuhl geworfen hatte. Er hatte sie damals im Herbst im Krankenhaus getragen, und seither hätte sie zu weit für ihn werden müssen, nicht zu eng, denn an diesem Tag hatte er begonnen zu trauern.

Anna.

Ihr Körper lag dort oben in einem der kahlen Räume, eingewickelt in ihre gelbe und nach Äther riechende Decke, ihr Körper lag dort und verschwand für ihn. Und er konnte nichts tun, um das zu verhindern.

Er ging schlafen. Er onanierte eine Weile und versuchte dabei, Eva vor sich zu sehen, was ihm auch gelang: wie sie in ihren Shorts zwischen den Obstbäumen herumstolziert, er stellt sie sich ohne Shorts vor, nur im Hemd, das ist kurz und ziemlich durchsichtig, es reicht ihr bis zum Nabel. Sie steht auf Zehenspitzen da und streckt gierig die Hand nach den Kirschen an den höchsten Zweigen aus, die kleine Schlampe...

Nein, nicht einmal das, das Letzte, wie er ihre Ellbogen ins Gras drückt und in die erdigen Lippen beißt, nicht einmal dieses Bild half ihm an diesem Abend. Er wurde ein wenig hart, mehr nicht, er spürte nichts. Nichts, was mit Lust zu tun gehabt hätte.

Müde, aber schlaflos, ein Gefühl von Schwere und Erschöpfung. Er nickte dann doch ein, wachte auf, als Marie-Louise ihre Nachttischlampe einschaltete.

»Du bist also ins Bett gegangen«, sagte sie und schien in redseliger Laune zu sein.

»Mmmmmm...«

»Das war ganz schön frech, finde ich.«

»Wie meinst du das?«

»Wir hatten doch Gäste.«

»Sei jetzt still, ich hab keinen Nerv...«

Sie kehrte ihm den Rücken zu, zog sich aus.

»Seltsam, das mit Lynn. Es ist unangenehm, schrecklich unangenehm. Hier bei uns.«

»Das ja… aber sie taucht sicher wieder auf.«

»Weißt du, wie viele Mädchen in den letzten Jahren Übergriffen zum Opfer gefallen sind?«

Und sie zählte sie jetzt alle auf, magere, zuckende Mädchenkörper, er sah sie vor sich, eine neben der anderen, auf rostfreien Tischen, Zahnlücken, geschändete Körper unter grünen Decken.

»Das ist einfach schrecklich«, sagte er vage.

»Du warst doch den ganzen Tag zu Hause, hast du nichts bemerkt? So einen verdächtigen Typen, der sich hier draußen rumgedrückt hat?«

»Nein. Das hab ich nicht.«

Marie-Louise gähnte. Sie schlug die Decke zurück und legte sich ins Bett. Er nahm die Wärme ihres Körpers wahr, er strahlte Ruhe und eine derbe Beständigkeit aus.

»Eva hat erzählt, dass Lynns Vater im Gefängnis gesessen hat. Weißt du da etwas drüber?«

»Hat sie das nicht selbst erzählt… einmal, als sie hier war.«

»Ja… das kann schon sein.«

»Du wirst langsam vergesslich, Marie-Louise. Du darfst nicht so viel trinken. Das zerstört Gehirnzellen. Es tötet sie.«

»Ich dachte, das sei einfach Fantasiegerede.«

Sie bewegte den Fuß, spielerisch, wie um ihn mitzureißen. Dann schwieg sie und starrte zur Decke hoch. Es war eine weiche Kunststoffdecke, und bei heftigem Wind konnten sie sehen, wie die Kunststoffmasse wogte und zitterte. Sie hatten oft darüber gesprochen, eine Holzdecke einziehen zu lassen, denn was passiert, wenn Feuer ausbricht, fällt der Kunststoff dann nicht herunter, wie Napalm?

»Das ist es vielleicht«, sagte sie langsam. Als er keine Antwort gab, brachen die Worte nur so aus ihr heraus.

»Vielleicht will der Vater sein Kind zurückhaben, er hat natürlich kein Sorgerecht, und vermutlich will Liv auch nicht, dass er die Kleine sieht, was hat er wohl verbrochen, glaubst du, warum war er im Gefängnis? Dieser neue Mann, den sie sich zugelegt hat, der macht einen sehr sympathischen Eindruck, finde ich, wie heißt er denn noch gleich, Mahfouz, nein ... wie heißt er denn bloß, weißt du das nicht mehr, Mauritz, du mit deinem hervorragenden Gedächtnis?«

»Er heißt Mahmut.«

»Ich wüsste ja gern, wie es wohl wäre, mit einem Mann aus einem anderen Land zusammenzuleben, mit einem ganz anderen kulturellen Hintergrund und überhaupt, die arme Frau, und sie muss sich doch auch schreckliche Sorgen machen, dass er angeschossen oder verletzt werden kann, ihr Mahmut, er sieht doch wirklich ausländisch aus, was, erschossen von diesem verdammten Irren, der noch immer frei herumläuft ... und was, übrigens, wenn der es war? Der sich auch über Lynn hergemacht hat. Aber nein, warum sollte er, das hier hat einen ganz anderen Grund. Glaubst du, sie sind verheiratet, oder wohnen sie einfach zusammen? Und kommt er aus dem Iran? Er will nie über seine Herkunft reden, und übrigens ist es verdammt schwer, ihn zu verstehen, ich habe versucht, Englisch mit ihm zu sprechen, aber das scheint ihn zu verletzen, er will doch unbedingt schwedisch werden. Er ist vor den Ayatollahs geflohen, habe ich gehört, und Elisabet sagt, er ist gefoltert worden, er hinkt auch ein wenig, ist dir das schon aufgefallen?«

Er atmet tief und schwer, aber sie kennt ihn zu gut. »Wie können sie sich das überhaupt leisten, was meinst du? Wie können sie sich so ein Haus leisten? Sie verdient mit ihrer Schauspielerei doch sicher fast nichts, ich meine, sie ist doch relativ unbekannt, sie ist einmal im Dramaten aufgetreten, das weiß ich, auf der kleinen Bühne, wer hat sie da noch gesehen? Und sie war offenbar wirklich gut. Aber es ist schwer, Rollen zu bekommen. Und muss man dafür am Dramaten nicht fest engagiert sein? Ist sie wirklich da aufgetreten? Ach, ich weiß nicht… Und er, der Mann. Der hat irgendeine Arbeit, das weiß ich. Er nimmt jeden Morgen den Bus, er begegnet mir, wenn ich früh anfange, er steht da mit seiner kleinen Mütze, immer trägt er eine Mütze, hast du dir das schon mal überlegt? Warum er das wohl macht? Besonders gut sieht er nicht aus… Aber er scheint lieb zu ihr zu sein. Und zu Lynn ist er freundlich und nachgiebig. Vielleicht hätte sie ja einen mit einer etwas festeren Hand gebraucht. Den braucht sie, meine ich natürlich. Du… stell dir vor, das kleine Mädchen irrt jetzt draußen durch die Kälte… und es schneit und schneit. War es richtig, dass wir nicht mehr gesucht haben, war das wirklich richtig? Sie kann doch zum See gegangen sein, liegt da jetzt wohl Eis, was meinst du, es waren doch ein paar Grad unter Null, sie kann sich verlaufen haben, und dann ist ihr vielleicht ein Unglück passiert… oder jemand hat ihr etwas getan. Ach Gott, das darf, darf einfach nicht sein!«

Draußen auf der Straße fuhr ein Bus vorbei. Einige Jugendliche johlten eine Weile, dann war alles still.

»Gute Nacht, Mauritz«, flüsterte sie.

Er schloss die Augen und schlief.

Auf dem Möbelwagen steht Luleå oder so etwas und auch noch Reste des Wortes »Express«, die Seiten sind verschmiert von Lehm und Straßenstaub, er kann nur Teile der Buchstaben sehen, als der große Wagen zwischen den Reihenhäusern vorfährt. Es ist vormittags in der weißen, glühenden Sonne, und als der Fahrer vor dem leeren Haus halten will, kommt er einem jungen Kirschbaum zu nah. Mauritz sieht, wie der längste Ast bricht und nach unten hängt, teilweise reife Kirschen fallen zwischen Zaun und Wagen auf den Asphalt.

Der Motor hört auf zu arbeiten, die Autotüren werden aufgerissen, drei Männer in Unterhemden, knochige Arme, die Haustüren werden für die Hitze geöffnet, alle diese müden, wiegenden Schritte und schwere braune Möbel, glänzendes Mahagoni, ein Klavierhocker, ein Teil eines Doppelbettes.

Er sitzt vor dem Haus unter der Eberesche bei einem späten Frühstück, und als er abends nach Hause kommt, ist sein Hemd zerknittert und klebt auf unangenehme Weise an sei nem Körper. Er geht sofort unter die Dusche und vergisst nachzusehen, wie weit der Einzug inzwischen gediehen ist.

In diesen Tagen ist er allein im Haus. Marie-Louise ist zu ihren Eltern gefahren, ihre Mutter wird jetzt seltsam; die Zwillinge sind per Interrail unterwegs, sie haben ihn an diesem Tag in der Redaktion angerufen und ihm gesagt, dass alles so läuft, wie es soll.

Und morgens geht er zur Arbeit in die schläfrige Redaktion, abends ist er zu Hause und schläft allein, das Schlafen fällt ihm schwer, denn hier oben unter der Decke scheint die Hitze sich zu ballen. Eines Nachts legt er sich hinter dem Haus in die Hängematte und kann auch schlafen, wird aber von seiner seltsamen Unruhe geweckt, die ihn dann wieder ins Haus treibt.

Ja, er ist im Haus, er hat nur selten Hunger, dafür umso größeren Durst, ein Glas Weißwein, er stellt es auf das Tablett mit den Silbergriffen, er ist nach Hause gekommen und sofort unter die Dusche gegangen, da steht er dann nackt, während die Tropfen auf seinem Rücken trocknen, er trinkt den kühlen, harzigen Wein.

Dann hört er an diesem späten Nachmittag, dass jemand sich im Obergeschoss bewegt. Sein Gehirn wird glasklar. Mit rascher und schmerzhafter Schärfe registriert er seine eigenen Reaktionen, das plötzliche Fehlen von Revierbewusstsein in diesem Moment, nur eine Unruhe in den Lenden, eine gleitende, aber wachsende Angst.

Das Band, das sich um seinen Schädel spannt, ein Band mit kleinen Stacheln, sie bohren sich hinter seine Augen, drücken auf die Augäpfel. Er hält den Atem an, hebt das Glas und trinkt. Seine rechte Hand zittert, aber er verschüttet nichts. Geht mit eiligen, weichen Schritten die Treppe hoch.

Sie ist im Schlafzimmer. Steht einfach da, die Arme leicht gehoben, wie bei einer Ballettbewegung. Sie ist es, aber sie ist es doch nicht, eher ist sie eine einige Jahre ältere Schwester. An den Füßen trägt sie kleine weiße Sandalen mit Marienkäfern, ihre Beine sind mager, er sieht sofort, dass er sie mit einer Hand umschließen könnte, sogar ganz oben. Sie trägt einen kurzen, ziemlich schmutzigen Rock und ein Oberteil in einer anderen Farbe. Ihre nackten Schultern sind von der Sonne verbrannt. Ihre Haare sind weiß und dünn, ihre Augen scheinen zu träumen, vielleicht erkennt er sie daran. Jetzt schiebt sie die Finger der einen Hand zwischen ihre Knie und gerät ins Schwanken. »Lynn?«, fragt er.

Ihr Mund kräuselt sich zu einem Lächeln.

»Ja, ich erkenne dich, du bist Lynn.«

Der Teppich kommt ihm entgegen, die winzigen Maschen aus hartem, grauem Garn, der Schwindel, er muss sich gegen die Wand stützen und auf die Knie gleiten. Seine Wangen tun weh. Jetzt sind seine und ihre Augen auf gleicher Höhe.

»Es ist wirklich Lynn!«, sagt er noch einmal, als rede er zu einer weiteren Person, und zwar mit der angespannten, hellen Stimme, die aus Verwirrung entspringt.

Ihre Knöchel sind schmutzig, auf dem einen Fuß sitzt eine braune, längliche Kruste, dick wie eine Raupe. Sie zieht unter dem Rock ein Bein an und kratzt sich so heftig, dass Hautschuppen auf den Teppich rieseln.

Nun fliegt eine Fliege durch das Zimmer, sie glänzt wie Blech, zugleich wird er sich seiner Nacktheit bewusst.

»Geh in die Diele«, befiehlt er und versteckt mit der Hand seine Blöße. »Warte da unten auf mich.«

Als sie geht, sind ihre Schritte mechanisch, wie bei einem Spielzeug zum Aufziehen.

Er greift nach Khakishorts und zieht sie an, etwas Säuerliches fließt in seinen Mund.

»Geh nicht weg!«, ruft er. »Ich bin gleich da.«

Aber sie sitzt auf der obersten Treppenstufe und summt zur Decke hoch, dunkle, füllige Töne.

»Was machst du hier?«, flüstert er. Er ist jetzt sehr müde, und die Schmerzen in Kopf und Beinen werden stärker. Das Mädchen streckt die Zunge heraus, nicht provozierend, sondern, weil sie daraus ein Schiffchen formen will. Die Zunge ist lang und biegsam und in der Mitte tiefrot. Er steht jetzt so dicht neben ihr, dass er ihren Geruch wahrnimmt, Vanille, Urin und Sonne.

»Wir sind heute hergezogen«, sagt sie und saugt Spucke in ihr Zungeschiffchen.

»Du und deine Mama?«

Sie nickt, mit Spucke auf dem Kinn.

»Deine Mama, die Liv heißt.«

»Livan, Divan«, singt sie. »Livan, Sivan, Divan …«

Er atmet tief durch.

»Ihr wollt also allein in dem großen Haus wohnen?«

»Mahmut auch.«

Und rasch springt sie auf, packt das Geländer, um auf den Hacken von einer Stufe zur anderen zu hüpfen. Vor seinen Augen wird alles unklar, es glüht hinter den Augäpfeln.

»Und wer ist Mahmut? Ist das euer Hund?«

Das Kind bleibt stehen und mustert ihn mit überaus ruhigem und erwachsenem Blick, es legt den Kopf ein wenig schräg. Ihre Lippen sind blutlos, ihre Stimme ein wenig heiser, aber ganz ohne Akzent.

»Du bist ja vielleicht dumm. Verdammt, was bist du dumm. Mahmut ist kein Hund. Mahmut ist Mamas Liebhaber.«

»Jetzt gehen wir in den Garten«, sagt er und schiebt sie vor sich her. Draußen liegt die Hitze wie eine Kuppel, er hebt sein Weinglas an den Mund und leert es.

»Kannst du dich an mich erinnern?«, fragt er. »Und möchtest du ein Glas Saft?«

Sie nickt.

»Nickst du, weil du dich an mich erinnerst, oder weil du Saft willst?«

»Beides.«

»Ach, und wer bin ich also?«

»Das weißt du doch. Du warst ja manchmal bei Livan-Divan. Als wir in dem hohen Haus gewohnt haben.«

»Wieso weißt du das noch? Du warst doch so klein.«

»Krieg ich jetzt Saft?«

Er gibt ihr ein Glas von Marie-Louises Johannisbeersaft, er ist zu wässrig, aber das scheint ihr egal zu sein.

»Wie alt bist du, Lynn?«

»Ich bin viereinhalb.« Das sagt sie mit starker Betonung auf der »vier« und dem »halb«.

»Ihr seid aus dem großen Haus weggezogen.«

Ihre Hände sind knotig und bleich, die Nägel lackiert. Sie trinkt, verschluckt sich aber dabei. Er muss Küchenpapier holen und sie abwischen. Die Haut auf ihrem Rücken ist verbrannt und voller Blasen.

»Du müsstest ein Blüschen anziehen, hat deine Mama dir das nicht gesagt?«

»Nö.«

»Doch … Sonst kann man krank werden, man kann eine Krankheit bekommen, die malignes Melanom heißt.«

»Das ist aber eine komische Krankheit.«

»Ja. Und gefährlich ist sie auch.«

»Nö!«

»Doch. Das ist sie. Man kann daran sterben. Hör mal, seid ihr damals nicht nach Norwegen gezogen?«

»Ach, wir ziehen dauernd um …«

»Aber aus dem hohen Haus seid ihr nach Stavanger gezogen, nicht wahr? Wohnten da nicht deine Großeltern, wohnen die nicht in Stavanger?«

Sie verzieht für einen Moment das Gesicht und hebt die Schultern.

»Die sind jetzt tot und liegen in Kisten in der Erde. Sie haben große Kisten bekommen, Oma wollte eine weiße, aber sie haben beide braune gekriegt, Onkel Joel hat nämlich gesagt, das wäre besser so, und Oma wollte bei Opa liegen, aber sie haben sie in eine braune Kiste gesteckt und Opa in eine andere braune Kiste, und Mama hat sie geküsst, und sie hatten Lippenstift auf der Stirn, sie hat gesagt, die wären total hart, und dann haben sie den Deckel darauf gelegt, zuerst Opas, weil Oma so gern im Hellen war.«

Stechender Schmerz unter seiner Schädelspitze, kleine gierige Hände kratzen dort herum.

»Warum sind sie gestorben?«, fragt er.

Sie gibt keine Antwort.

»Und den Hund hat er auch tot gemacht, und Onkel Joel hat ihn mit einer Axt erschlagen, weil niemand so einen Hund haben kann, der böse auf die Menschen ist. Aber dann sind wir nach Lule gezogen, und ich hab Graui gekriegt.«

Als sie die Stadt nennt, klingt ihre Stimme ein wenig Norrländisch, er sagt, sie müsse jetzt gehen, und sofort stellt sie ihr Glas weg und verlässt ihn.

Später an diesem Abend fällt ihm ein, dass er nicht gefragt hat, warum sie ausgerechnet in sein Haus gegangen ist. Ob das nur Zufall war?

Am nächsten Tag begegnet Liv ihm auf der Straße. Sie schiebt ein grünes, verrostetes Damenrad vor sich her, mit Tüten am Lenker und einem geflochtenen Korb. Sie hat sich überhaupt nicht verändert, aber als sie den Mund öffnet, sieht er zwischen ihren Vorderzähnen einen Spalt. Den hatte sie früher nicht.

Sie erkennt ihn schon aus der Ferne und täuscht auch keine Überraschung vor.

»Ja, du siehst richtig! Ich wollte wieder herziehen, aber das hat nichts mit dir zu tun. Hier war ein Haus zu verkaufen. Und ich wusste, dass es eine gute Wohngegend ist.«

Sie trägt einen kurzen weißen Rock, der vorn geknöpft ist. Ihre Füße stecken in ausgelatschten Stoffschuhen.

»Seltsames Gefühl, dich wiederzusehen«, sagt er vorsichtig.

»Ja. Aber das ist ja jetzt alles vorbei.«

»Du bist noch immer sehr schön.«

Ihr Gesicht ist streng und verschlossen.

»Bei dir hört es sich an, als hätten wir uns vor zwanzig Jahren zuletzt gesehen.«

Er schweigt eine Weile, dann sagt er: »Hat auf dem Möbelwagen nicht Luleå gestanden? Seid ihr jetzt von da gekommen?«

»Ja…«

»Da seid ihr am Ende also gelandet?«

Sie nickt, steigt auf ihr Rad und will den kleinen Hang hochfahren.

»Ich muss jetzt weiter auspacken«, sagt sie. »Obwohl es fast zu heiß ist… wir reden ein andermal weiter. Wir können uns hier ja wohl kaum aus dem Weg gehen.«

Ihr Hintern macht es sich auf dem Sattel bequem, er ist klein und anziehend geformt. Er würde sie gern berühren, wenn auch ohne Begehren, er möchte einfach mit beiden Händen über ihre Hüften streichen, den weichen Konturen folgen. Ganz ohne Lust.

Fäuste rissen an ihm, Finger bohrten sich in sein Gesicht. Er öffnete die Augen, konnte sich aber nicht orientieren. Noch immer nicht, nach so vielen Nächten in diesem Schlafzimmer.

Marie-Louise war bei ihm, sie hielt sein Kinn in vorsichtigem Griff.

»Mauritz, aufwachen!«

Und dann lag er wieder zwischen den Laken, und sie hatte die grüne Lampe eingeschaltet, ihr Gesicht aber lag im Schatten.

»Mauritz… du hast geweint.«

Er fuhr sich mit dem Handrücken über die Augen, Fragmente von Einsamkeit, aber keine Erinnerung.

»Leg dich zu mir, Marie-Louise.«

»Hattest du einen Albtraum?« Ihre Hand streichelte seinen Kopf, die Haare waren so dünn auf der eierschalenzarten Haut, deshalb ließ er sie ganz kurz schneiden, und es machte ihm auch keine Angst, seinen Kopf so bloß und nackt zu sehen, nicht nach Anna.

Sie schmiegte sich von hinten an ihn und legte ihm die Arme um die Hüften, er verschmolz mit der vielen Wärme, die sie war.

»Du hast geschrien«, sagte sie. »Davon bin ich wach geworden und hatte schreckliche Angst. Dann hast du auch noch mit den Zähnen geknirscht, aber das tust du ja jede Nacht. Und als ich dich gerufen habe, hast du geweint.«

Ihr Herzschlag kitzelte seinen Rücken. Er lag umschlossen von ihr da, ihr Atem aber ging rasch und ruckhaft.

»Kannst du dich an deinen Traum denn gar nicht erinnern?«

»Nein, überhaupt nicht.«

»Aber versuch es doch, ich glaube, es wäre gut, wenn du darüber reden könntest.«

»Ich kann mich so selten an Träume erinnern.«

»Mach die Augen zu, das hilft meistens.«

»Ja … ich mache die Augen zu. Aber … nein, nichts.«

Nur Einsamkeit, eine vage und fließende Trauer.

Sie wechselte das Thema.

»Ich habe heute mit Susanne gesprochen.«

»Warum, ist etwas passiert?«

»Nein …«

»Na, dann. Und ist alles in Ordnung in der U-Bahn?«

»Ja, ich glaube schon.«

»Und bei Peter auch?«

»Na ja, das ist schon länger her.«

»Weißt du noch, wie wir alle vier hier im Bett gelegen haben, wenn sie nachts bei uns waren, erinnerst du dich an ihre kleinen Zehen, die nach Fußschweiß stanken, obwohl sie so klein und zart waren? Und an die Pullover, die du für sie gestrickt hast, mit Elefanten?«

»Das waren Kamele … aber trotzdem, dass du dich daran erinnerst!«

»Damals konnte niemand sie unterscheiden, nicht einmal deine Eltern. Nur wir. Für uns sahen sie sich gar nicht so ähnlich. Peters Gesicht war viel ovaler, und Susanne schielte auf dem einen Auge ein wenig. Sie hatten auch unterschiedliche Hände. Jungen- und Mädchenhände. Dass das niemandem aufgefallen ist!«

Sie lachte hinter ihm.

»Haben sie heute wohl Kontakt? Treffen sie sich, was meinst du?«

»Ja, sieht so aus.«

»Sie sind so … wie soll ich sagen, erwachsen.«

»Sie sind ja auch erwachsen. Und dann ist es ja so, das Muster der Generationen, die Jungen wachsen heran und lassen das Alte hinter sich zurück, und am Ende sind wir ganz unten im Gewebe versteckt.«

Er schob die Hand nach hinten und packte die Haut auf ihrem Bauch.

»Marie-Louise, ich friere. Nimm mich in den Arm, fester.«

»Du wirst doch wohl nicht krank?«

»Ich weiß nicht.«

Sie legte ihm die Hand auf die Stirn.

»Nein, Fieber hast du jedenfalls nicht. Und was macht dein Rücken?«

»Im Moment spüre ich da gar nichts. Im Moment möchte ich nur hier in deinen Armen liegen und schlafen. Wie ein blödes großes Baby.«

»Dann tu das doch. Schlaf.«

Und er schloss die Augen, und nach einer Weile kamen die Bilder, Herzschläge, Felder, Baumlosigkeit, ein klarer und durchsichtiger Raum, der jeden Halm auf dem kargen Boden sehen ließ.

Und er rannte, rannte, rannte.

Einige Stunden später war er wieder wach. Sie lagen in derselben Haltung. Der Schweiß machte ihn klebrig, er lag bewegungslos da und versuchte mit Hilfe des Lichtes im Zimmer zu berechnen, wie spät es war.

Marie-Louise schlief. Ihr Arm drückte auf seinen Brustkorb, und er nahm ihn weg. Sie jammerte leise, erwachte aber nicht. Er stand auf. Als er im Badezimmer Licht machte, jagte ein Gewimmel von kleinen, blanken Körpern über den Boden, es funkelte und glänzte, dann war alles leer. Sein Gesicht im Spiegel war geschwollen. Er bohrte den Daumennagel in die Haut über der einen Augenbraue und spürte, wie er darin versank. Danach war ein spitzer roter Fleck zu sehen.

Im Erdgeschoss roch es noch immer ein wenig nach Tabak, ein herber, bitterer Geruch, der ihn wütend machte. Einige Minuten blieb er stehen und schaute hinaus auf die Reihenhaussiedlung. In Livs Haus und noch in einigen anderen brannte Licht, aber kein Mensch war zu sehen.

Er machte Wasser heiß und kochte Tee. Während der Tee in der Kanne abkühlte, zog er die Holzschuhe an und ging hinaus. Noch immer schneite es ein wenig, es war schwer, die Luft einzuatmen. Er holte die Schneeschaufel und räumte den Weg zum Briefkasten. Der Schaufelstiel war glatt vereist, er wurde steif und ungeschickt, Schnee an seinen nackten Hacken. Schnee unter seiner Schlafanzughose. Plötzlich rutschte die Schaufel ab, sie traf ihn an der Wade und vor Schmerz schrie er auf. Er fror jetzt wirklich: Ein Bild tauchte vor ihm auf, ein Bild aus den Vernichtungslagern, damals, als er ganz klein war, er hatte jedoch schon gelebt, gleichzeitig wie diese ausgemergelten Gestalten in ihren gestreiften Baumwolluniformen, mit ihren nackten Füßen, er hob die Schaufel und schlug wütend gegen sein anderes Bein, das unversehrte. Dann humpelte er vor Schmerz gekrümmt hinter das Haus, um den Besen zu holen, und fegte dann die Steinplatten mit kurzen, zornigen Bewegungen.

Jemand kam den Hang hoch. Er sah es nicht sofort, er keuchte vor Überraschung auf, als der Briefkastenschlitz klapperte. Der Zeitungsbote, ein magerer Mann mit einem düsteren Zug um den Mund. Er richtete sich auf und grüßte, aber der Mann war schon zum nächsten Briefkasten weitergegangen.

»Hallo!«, rief Mauritz. Seine Füße hatten in ihren Holzschuhen jetzt alles Gefühl verloren.

Der Zeitungsbote blieb stehen. Er schob einen alten Kinderwagen vor sich her, darin lag die Tasche mit den Zeitungen.

»Ich wollte nur danke sagen. Für die Zeitung.«

Der andere bedachte ihn mit einem seltsamen Blick und wischte sich dann mit dem Arm die Nase ab.

»Ach, da nicht für.«

»Sie kommen doch jeden Morgen her ... das habe ich mir überlegt. Man sollte doch auf irgendeine Weise seine Dankbarkeit zeigen.«

»Tja ...«

»Übrigens ... aus einem der Häuser hier ist ein Mädchen verschwunden. Sie ist sechs Jahre alt.«

»Ach?«

»Sie haben sie nicht zufällig gesehen? Ja, wir haben ja gesucht und gesucht …«

»Nein!« Das Mann lachte, kurz und laut. »Nein, wirklich nicht.«

»Das ist schon seltsam. Dass ein Kind einfach so verschwindet.«

»Ja, das ist unheimlich.«

»Ich dachte, ich könnte ja einfach mal fragen.«

»Ich habe nichts gesehen.«

»Na ja, war nur so ein Gedanke.«

»Dann adieu.«

»Adieu.«

Er wiederholte den fast schon altmodischen Gruß. Der Mann war in seinem Alter, aber es hatte natürlicher gewirkt, »Sie« zu sagen als »du«. Er sah, wie der Bote mit seinem Wagen weitereilte. Danach holte er die Zeitung und ging ins Haus.

Der Tee war kalt geworden, er musste ihn noch einmal warm machen, aber als er die halbe Tasse geleert hatte, setzte plötzlich Brechreiz ein, und er musste sich auf den Küchenboden legen, bis der Anfall vorüber war.

Marie-Louise bleibt die ganze Woche bei ihren Eltern. Der Zustand ihrer Mutter verschlechtert sich zusehends, sie hat Zeiten, in denen sie sie nicht mehr erkennt. Wenn vom Krankenhaus die Rede ist, schlägt sie um sich, am Ende können sie sie aber doch überrumpeln.

Marie-Louise ist hilflos, dieses eine Mal ist sie hilflos. Er hört es ihr abends an, wenn sie anruft, sie redet mit schleppender, langsamer Stimme.

»Mauritz... sie hat mich geschlagen und dann gesagt...«

»Hör nicht auf sie. Sie ist doch krank, sie weiß gar nicht, was sie sagt.«

»Sie ist widerlich, sie kommt mir gar nicht mehr vor wie meine Mama. Und du solltest mal hören, wie sie über Papa redet.«

»Das ist so, wenn man alt wird. Jetzt musst du stark sein, versuch das, Marie-Louise, du musst jetzt die Erwachsene sein.«

Sie weint und gibt sich keine Mühe, das zu verbergen.

»Soll ich kommen?«, fragt er. »Du weißt doch, dass ich kommen kann, wenn es zu anstrengend wird.«

»Nein, das brauchst du nicht. Das wäre keine gute Idee. Dann macht sie dir auch noch Vorwürfe, und das könnte ich nicht ertragen.«

Er weiß nicht, was er sagen soll.

»Mauritz« ruft sie so laut, dass es im Hörer widerhallt. »Ich will niemals so werden. Niemals so, wie sie jetzt ist, und wenn ich so werde, dann musst du mich im Schlaf mit dem Kopfkissen ersticken, versprich mir das.«

»Ich verspreche«, sagt er.

Als sie sich Verlobungsringe gekauft hatten und zu einem Paar geworden waren, schien Edvin seine Einstellung zu ändern. Seine abwartende Haltung verschwand, er stellte Fragen und wirkte ehrlich interessiert. Auch die Mutter wurde offener, aber irgendeine Herzlichkeit konnte er bei seiner angehenden Schwiegermutter niemals feststellen, auch nicht später im Leben.

Mauritz bekam in Göteborg einen Studienplatz für Journalistik, und Marie-Louise ging mit ihm. Sie wollte eigentlich auch studieren, konnte sich aber nicht entscheiden, sie spielte die Hausfrau, machte das Zimmer schön und wartete mit dem Essen, wenn er nach Hause kam. Sie aß nur selten mit, sie saß ihm gegenüber am Tisch, deutete seine Miene und verlangte dauernd Auskünfte darüber, ob es schmecke.

Er hatte sich bei einer robusten Frau von Mitte siebzig eingemietet, Frau Ragnhild wollte sie genannt werden. Dieser Frau Ragnhild war es egal, wie viele Menschen im Zimmer hausten, wenn es nur nicht zu laut wurde und wenn er jeden Monat vor dem 25. seine Miete bezahlte. Das tat er. Marie-Louise wirtschaftete mit seinem Studiendarlehen, und wenn es knapp wurde, ging sie putzen. Ihr Onkel war Abteilungsleiter bei einer mittelgroßen Wohnungsgenossenschaft, und er konnte ihr jede Menge Putzstellen vermitteln. Er bot ihnen auch eine Dreizimmerwohnung in Kortedala an, aber Marie-Louise lehnte ab.

»Ich will mich nicht abhängig machen«, sagte sie und rümpfte ihre kleine, gerade Mädchennase.

Abends spät zog sie Dinge an, die sie per Postversand bezogen hatte, und vergewaltigte ihn auf dem durchgelegenen alten Schlafsofa. Und dort, in dem hellhörigen Zimmer bei Frau Ragnhild, lernte er, seinen Orgasmus zu zügeln. Sie liebten sich ohne Geräusch und auch ohne Verhütung. Sie schienen einfach nicht auf den Gedanken zu kommen, dass das Folgen haben könnte. Später im Leben hat er oft darüber nachgedacht, ihre Kindlichkeit, ihre Unfähigkeit, in die Zukunft zu sehen. Sie kannten einander doch gar nicht. Wie konnten sie es riskieren, ein Kind in die Welt zu setzen, ohne zu wissen, ob sie zueinander passten oder ob sie überhaupt als Eltern taugten?

Die anderen in seinem Kurs lernte er nur oberflächlich kennen, er fand sie egozentrisch und kritisch. Er nahm nur selten an ihren Diskussionen teil, sondern saß die Stunden einfach nur ab. Danach lief er durch die Straßen von Haga heim zu Marie-Louise.

Nach zwei Monaten ging ihm auf, wie launisch sie sein konnte. Sie konnte morgens aufwachen und ihm einen kantigen, starren Rücken zukehren, wenn er sie berührte, konnte sie auffahren und blindlings auf ihn einschlagen. Eines Morgen traf sie ihn am Nasenbein, und es fing an zu bluten.

Er ging hinauf auf den Dachboden, stand dort im sickernden Sonnenlicht und versuchte zu weinen; ein Taschenmesser hatte er mitgebracht, und damit bohrte er Holzspäne aus dem Dachstuhl. Als er wieder ins Zimmer kam, war sie verschwunden. Er beschloss, ein ernstes Wort mit ihr zu sprechen, sah sich aber zugleich vor einem Abgrund aus Furcht… wenn sie ihn nun verließ? Wenn sie ihre Sachen nahm und ging?

Gegen neun Uhr abends kam sie nach Hause. Sie hatte getrunken, ihre Augen waren trübe und liebevoll. Er zog sie an sich und zog sie aus, danach führte er mit ihr einen der seltsamsten Beischlafakte durch, die er jemals erlebt hatte, ja, noch heute kann er sich vage an das Gefühl einer tiefen und totalen Erschöpfung erinnern. Aber als er sich aus ihr herauszog, ging ihm auf, dass sie schlief.

Er erklärte sich ihre Stimmungsschwankungen mit Hormonproblemen. Ihre Menstruation war immer intensiv und heftig, am Ende konnte er fast auf den Tag genau berechnen, wann ihre Laune sich wieder ändern würde. Bis dahin wich er ihr aus und ließ sie in Ruhe.

Sie wurden in der kleinen Dorfkirche getraut, wo schon Marie-Louises Eltern einst zu Mann und Frau erklärt worden waren. Sie sah so fremd aus, an diesem Tag, in ihrem rauschenden weißen Kleid und einer Konstruktion aus blonden Haarteilen, an denen Brautkranz und Schleier befestigt waren. Sie war magerer denn je.

Ihre Eltern luden zum Essen in einen Gasthof, dessen Name ihm inzwischen entfallen ist. Er kann sich jedoch an die kalten, traurigen Augen seiner Schwiegermutter und an Edvins Rede erinnern, die kein Ende nehmen wollte, da er seine Merkzettel zu Hause vergessen hatte und deshalb improvisieren musste. Marie-Louise war ihr einziges Kind.

Am Morgen nach der Hochzeit fuhren sie in die Hütte. Sie gehörte einer Tante von Marie-Louise und wurde nie anders genannt als eben Hütte. Dass sie ihre Flitterwochen dort verbringen konnten, war das Hochzeitsgeschenk der Tante. Es war Anfang September, und die Saison war zu Ende. Die Luft wurde schon kalt, aber das Wasser war noch warm, weshalb sie die Tage mit einer Schwimmtour zu der lauschigen kleinen Insel einleiteten.

Hier in der Hütte kam es zum schlimmsten Streit ihrer ganzen Ehe. Sie mussten sich aneinander abschleifen, das Gefühl der Fremdheit musste verschwinden. Es war ein Prozess, der ungeheuer wehtat.

Ab und zu konnten in ihm destruktive Besitzansprüche erwachen, vor allem, wenn Marie-Louise besonders milde gestimmt war. Er sah sie neben sich schlafen, und ihn überkam eine heftige Eifersucht beim Gedanken an die drei oder vier Männer, die sie früher so hatten liegen sehen. Ihre Hände, die ihr die Bettdecke wegreißen, ihre Beine, die sie festhalten, er muss einfach darüber reden. Und Marie-Louise macht mit, sie deutet an und stellt Behauptungen auf, ja, sie vergleicht sogar. Als er ihr mit solchen Fragen zu Leibe rückt, weicht sie zuerst aus, dann gerät sie in Rage. Sie hat eine kurze Lunte, ihr Knie jagt hoch, der Schmerz in den Hoden lässt ihn fast ohnmächtig werden. Als er dann wieder zu sich kommt, ist sie aus dem Haus gestürzt. Er sieht ihren Rücken am Strand, sieht, wie sie in Unterwäsche ins Wasser läuft und losschwimmt. Ihr Kopf wird kleiner und kleiner.

Er wartet und horcht. Aber sie kommt nicht. Inzwischen ist eine Stunde vergangen, erfüllt von bohrender Angst holt er ihren Pullover und geht zum See hinunter. Es ist gleich Mittag, und überall ist es still. Die Vögel sind verschwunden, höchstens surrt hier und da noch eine träge Fliege umher, alles bereitet sich darauf vor, im Winterschlaf zu erstarren. Der See liegt schwarz und ölig vor ihm, er verzerrt das Gesicht und schreit ihren Namen.

Ein Schatten draußen auf der Insel, eine Bewegung. Das ist sie. Sie ruft etwas, aber er bebt am ganzen Leib, seine Ohren sind wie versiegelt, er hört nichts von allem, was sie ruft. Sie springt auf und winkt, weiß und nackt, sie hält ihren BH in der Hand und winkt damit wie mit einer Friedensflagge. Er denkt, dass er zu ihr hinüberschwimmen müsste, aber er friert zu sehr, es ist eine Kälte, die bis ins Mark reicht; er bringt es nicht über sich, es sind fünfzehnhundert Meter bis zur Insel, das haben sie ausgemessen. Ihm geht auf, dass etwas passiert sein muss, sonst wäre sie schon längst zurückgekommen, das hier ist nicht mehr nur ein Versuch, ihn zu bestrafen.

Einige Sekunden lang denkt er, dass es ihr nur recht geschieht, soll sie doch nackt und bloß da draußen sitzen, sie ist an allem schuld, sie ist eigensinnig und unleidlich. Dann bricht sich die Trauer Bahn, er muss sich in den groben Sand setzen und einfach weinen.

Danach ist er erfüllt von Stille und kühler Ruhe. Er läuft zum nächsten Nachbarn; seine Augenlider sind vom Weinen geschwollen, aber er weiß, was er zu tun hat.

Das kleine Boot liegt unten am Steg vertäut. Der Nachbar gibt ihm den Schlüssel zum Hängeschloss, und Mauritz legt sich in die Riemen und rudert und rudert. Als er sich der Insel nähert, scheint die Haut in seinen Handflächen abzublättern, aber er friert nicht mehr.

Sie steht im Wasser. Sie steht am Ufer im Wasser und zieht das Boot an Land. Ihre Lippen sind blau, ihre Zähne klappern heftig. Er hilft ihr in den Pullover, ihre Haare sind starr und feucht. Sie sieht ihn nicht an, sie berichtet, dass sie einen Krampf hatte, zweimal ist sie untergegangen, ehe sie einen ins Wasser hängenden Zweig packen konnte, es war ein Zweig der Weide mit den silbrigen Blättern, und sie sagt, dass dieser Zweig ihr das Leben gerettet hat.

Und sie ließ sich in das trübe, rötliche Wasser unten im Boot sinken und biss sich so heftig in die Lippen, dass sie bluteten.

»Liebst du mich?«, schrie sie und schlug mit dem Hinterkopf gegen die Bretter, sie kratzte sich mit weichen Nägeln den Oberschenkel auf, hob den Mund zum Himmel und heulte wie ein Tier.

»Ich liebe dich«, flüsterte er, wusste aber nicht, ob das stimmte.

Einige Monate darauf waren die Zwillinge unterwegs.

Männer liefen durch die Häuser, Polizisten, die Zivilkleidung trugen, Jacketts, Hosen, leicht verschlissene Hemden mit Schmutzrändern am Kragen, die ließen sich nie auswaschen, egal, wie sehr daran gerubbelt wurde. Er hatte selbst auch einige solche Hemden, ja, derzeit verhielten sich alle seine Kleidungsstücke, als gehörten sie jemand anderem, einem älteren, düsteren, gekrümmten Menschen. In ihm hatten sich eine Schüchternheit und eine auf der Lauer liegende Wut festgesetzt, hatten ihn in Besitz genommen und seinen Körper umgeformt. Und das hing mit Anna zusammen. Aber auch mit etwas anderem. Etwas anderem.

Erzählen Sie von Lynn!

Wann haben Sie sie zuletzt gesehen?
Wie ist sie, beschreiben Sie sie!
Und ihre Gewohnheiten?
Beschreiben Sie die Familie!
Wie sehen Sie die Sache?
Verstehen die beiden sich gut?
Sind Sie dieser Ansicht?
Wird sie zu Hause gut behandelt?
Von ihrer Mutter und dem Stiefvater?
Iraner, was?
Hat sie sich einfach versteckt, was meinen Sie?

Wäre es möglich, dass sie sich vor irgendeiner Strafe fürchtet?

»Na ja, sie ist schon eigen, die kleine Lynn, nicht leicht im Umgang, wenn ich das mal so sagen darf. In einer Kindergartengruppe gibt es immer ein oder zwei Kinder von dieser Sorte, das ist meine Erfahrung. Oft handelt es sich dabei um Scheidungskinder oder Kinder mit leichteren Handicaps, psychischen – oder physischen. Haben Sie schon mal von Asperger-Syndrom-Kindern gehört?«

Marie-Louise hatte sich für diese Gelegenheit zurechtgemacht; er sah, dass sie sich die Wimpern getuscht hatte, sie trug eine dunkelblaue Freizeithose und einen grellbunten Pullover, er war lang und verbarg ihr kräftiges Hinterteil. Sie sprach mit den Polizisten wie mit Kollegen.

Er selbst brauchte nicht sehr viel zu sagen.

»Sie ist doch schon einmal verschwunden, weißt du noch, Mauritz? Das war im vergangenen Herbst, sie war zum Sportplatz gegangen und hatte sich an eine Frau mit einem Baby geheftet, jetzt fällt mir das alles genau wieder ein. Liv war hier und wollte fragen, ob ich sie gesehen hätte, und in diesem Moment kam sie also mit dieser Frau. Und erzählte, dass sie den Kinderwagen hatte schieben dürfen.«

»Sich an sie geheftet?«

Marie-Louise zog sie Wangen ein.

»Sagen wir, sich bekannt gemacht.«

»Wie hat Frau Johansen damals reagiert, wissen Sie das noch? Als Lynn wieder auftauchte?«

»Da war sie sicher erleichtert …«

»Sie war nicht vielleicht wütend? Sie wissen doch, wenn man sich um jemanden Sorgen gemacht hat, kann die Erleichterung auch eine solche Gestalt annehmen. Man schimpft die verschwundene Person aus. Vielleicht schlägt man sie sogar.«

»Nein … so war das nicht. Mir ist sie nur erleichtert vorgekommen. Und vielleicht ein wenig verlegen.«

Zwei Tage später ist das Mädchen wieder da. Die Hitze erreicht jetzt einen Höhepunkt. Im Westen türmen sich Wolkenbänke auf und die Luft steht still. Mauritz feuchtet seine Nasenlöcher mit Speichel an, er schwitzt und schwitzt und hat das Gefühl, niemals genug frische Luft bekommen zu können. Er hat alle Fenster aufgerissen, sitzt in der Küche und sieht die Post des Tages durch. Nichts daran ist sonderlich aufregend.

Eine schlampig gelayoutete Gratiszeitung für Hausbesitzer, die Stromrechnung, einige Werbebroschüren, die er sich nicht einmal ansehen mag, und eine vorgedruckte Danksagungskarte von einer fernen Verwandten, deren 75. Geburtstag er und Marie-Louise mit einem Blumenstrauß bedacht hatten.

Und da kommt sie durch die Diele, ihr Gesicht ist bleich und sommersprossig, die Augen sind leer. Er fährt vor Schreck zusammen, hat sie nicht gehört.

Mit an die Seiten gepressten Armen kommt sie auf ihn zu und fängt an, an den Haaren an seinen Beinen zu ziehen.

»Lass das!«

»Wieso?«

»Das tut weh, ich will das nicht.«

Sie gehorcht, lehnt sich mit dem Rücken an die Wand und stößt ein raues, gepresstes Lachen aus. Sie spreizt die nackten Zehen, sie hat etwas Durchscheinendes, so, als könne man ihr knackendes, dünnes Skelett sehen.

»Wie heißt deine Mama?«, fragt sie abwartend.

»Meine Mama ... ich habe keine Mama.«

»Und wie heißt deine Frau?«

»Marie-Louise.«

Sie wiederholt diesen Namen, Marie-Louise, dann läuft sie durch die Küche, kleine Elfenschritte, schwere, verzweigte Flügel, er weiß, wie sie sich bewegen, kennt ihre Flachsfarbe. Sie trägt an diesem Tag Shorts, sonst nichts, und er sieht die weißen Hautfetzen der verbrannten Haut.

Das Telefon klingelt.

»Geh jetzt«, sagt er wütend. Das Kind bleibt stehen.

»Wieso?«

»Weil ich telefonieren muss.«

Ausdauernde Signale, flimmerndes Licht, der Wind fegt durch das Haus und reißt die Post vom Küchentisch. Eine Tür fällt zu.

Er greift zum Hörer.

»Mauritz Leman.«

Es ist Marie-Louise. Sie redet rasch und keuchend, als sei sie alle Treppen hochgerannt und habe sich auf das Telefon gestürzt. Ihre Mutter hat an diesem Nachmittag herkulische Kräfte gefunden und ist auf ihrer Station Amok gelaufen. Jetzt liegt sie von Medikamenten betäubt und schlaff im Bett.

»Seid ihr jetzt zu Hause?«

»Ja, wir sind zu Hause, aber wir haben seit zehn Uhr bei ihr gesessen, und sie hat die ganze Zeit nur geredet, hat in Dingen herumgewühlt, die vergangen sind, hat sich immer mehr und mehr in Rage geredet, und dann sprang sie plötzlich aus dem Bett und fiel über Papa her ... Sie hat ihm das Gesicht zerkratzt und seine Brille zerbrochen.«

»Entsetzlich«, sagt er wenig fantasievoll. »Und was waren das für vergangene Dinge?«

»Ach, solcher Kram, in der Richtung: Wenn ich tot bin, dann ziehst du sicher mit dieser Frau zusammen, du wartest doch nur darauf, dass ich den Geist aufgebe, gib's zu, damit du ihn ihr reinschieben kannst, sie ist fröhlich und sauber, was, fit, was, in jeder Hinsicht … während ich hier liege und verfaule. So hat sie immer weitergemacht, und das war grauenhaft, ihre ganze Sprache hat sich verändert, sie flucht und benutzt die allervulgärsten … Ich wollte Hilfe holen, aber ich konnte Papa doch nicht allein lassen, und da habe ich geklingelt … es hat Ewigkeiten gedauert, bis dann jemand kam, ich glaube, sie haben Angst vor ihr. Ja, das glaube ich wirklich manchmal. Aber dann kamen doch welche … Ach, Mauritz … ihr Hemd ist nach oben geglitten, man sah … Sie ist so schrecklich mager und irgendwie gelb und eingefallen, angeblich isst sie ja, aber ich weiß nicht … ach, diese Erniedrigung … und sie stinkt wirklich, sie stinkt nach Scheiße, ganz offen gesagt. Aber für Papa ist es natürlich am schlimmsten. Das miterleben zu müssen … zu sehen, wie die, mit der er fünfzig Jahre zusammengelebt hat, sich in ein Monster verwandelt … dass er sich nicht von der verabschieden kann, die sie früher einmal war.«

»Wie geht es ihm denn jetzt, deinem Vater?«

»Schlecht«, antwortet sie kurz, und er kann hören, wie sie etwas trinkt.

»Und dir?«

»Ich kann jeden Moment einen Nervenzusammenbruch erleiden, das sag ich dir. In einer solchen Situation wünscht man sich wirklich, man hätte Geschwister gehabt.«

Wieder bietet er an zu kommen, wenn sie will, dann kann er sich ins Auto setzen und in einigen Stunden bei ihnen sein. Sie lehnt ab.

»Komm lieber später. Zur Beerdigung.«

Er legt auf, erschöpft, sehnt sich plötzlich nach Salz. Gießt sich ein Glas Gin ein, gibt einige Oliven dazu.

Das Mädchen ist noch immer da. Er hört, wie sie im Wohnzimmer herumläuft, wie sie mit sich redet. Er reißt die Tür auf.

»Du sollst doch nach Hause gehen!«

Sie schielt zu ihm herüber, dreht den Kopf zur Seite.

»Das geht nicht!«

»Und warum geht das nicht?«

»Weil es nicht geht.«

»Ist niemand zu Hause?«

»Doch, doch.«

»Dann rufe ich an und sage, sie sollen dich abholen kommen.«

»Nein, tu das nicht, spinnst du!«

Er geht in die Hocke, rührt sie aber nicht an.

»Man kann nicht einfach so zu Leuten gehen, verstehst du. Ohne eingeladen zu sein.«

Ihr Blick ist trotzig, sie schleudert die Haare nach hinten.

»Außerdem gibt es bald Regen. Und sie fragen sich sicher, wo du steckst.«

»Sie sind im Arbeitszimmer«, sagt sie ganz schnell.

»Im Arbeitszimmer?«

»Ja, im Arbeitszimmer. Mama übt mit Mahmut.«

»Was üben sie denn, wovon redest du hier eigentlich?«

Sie kichert, schlägt die Hand vor den Mund, weißer Schaum quillt durch ihre Finger.

Mauritz richtet sich auf, gießt sich mehr Gin ein.

»Das ist Schnaps«, sagt sie.

»Ja.«

»Von Schnaps wird man betrunken.«

»Wenn man zu viel trinkt, ja.«

»Wirst du jetzt betrunken?«

»Nein. Ich werde nicht betrunken. Aber ich will, dass du jetzt gehst. Du kannst gern ein andermal zurückkommen, aber jetzt musst du gehen. Ich habe sehr viel zu tun.«

»Ja…«, flüstert sie, plötzlich fügsam, und geht rückwärts in die Diele. Fragt danach, ob er Tiere habe.

»Tiere, wie meinst du das?«

»Eine Katze. Oder einen Hund. Oder ein Schwein.«

»Nein, nichts dergleichen.«

Darauf lässt sie sich auf alle viere fallen, wackelt mit ihrem platten kleinen Hintern, kriecht hin und her und bellt.

»Jetzt bin ich dein Tier, jetzt bin ich dein Hund oder dein Igel.«

Und sie rollt sich zu einem Ball zusammen und faucht.

In der Diele ist es jetzt fast dunkel. Er schließt die Tür zur Terrasse. Wind fegt durch das Gras. Er hätte es mähen müssen, er hätte auch Unkraut jäten und Johannisbeeren pflücken müssen, jetzt reißt der Himmel auf, und der Regen ergießt sich über die Steinplatten, während zugleich ein wütender Donnerschlag die Fenster beben lässt.

»Da kommt der Regen«, flüstert er. »Schau mal aus dem Fenster, dann kannst du es sehen. Die Bäume bücken sich, die Blätter werden nass, alles.«

Sie kriecht zu ihm, will hochgehoben werden. Mit dem Fuß schiebt er sie um, und sie bleibt auf dem Rücken liegen. Ihre Brustwarzen ragen hervor wie kleine helle Bälle.

»Hast du Angst vor dem Gewitter?«, fragt er und leert sein Glas.

»Nö. Das ist doch nicht schlimm. Das sind bloß die Engel, die ihre Möbel verrücken.«

Er lacht.

»Die Erklärung hab ich noch nie gehört.«

Sie kniet jetzt vor ihm und starrt in den Himmel.

»Genau wie ihr«, sagt er. »Ihr habt ja neulich auch Möbel verrückt. Hat sich das auch so angehört?«

»Ja!«, ruft sie, springt auf, rennt hin und her und schlägt mit den Fäusten auf Tische und Stühle ein.

»Hör auf!«, sagt er wütend.

Sofort jagen ihre Arme an ihren Kopf, sie scheint mit Schlägen zu rechnen.

»Aber was ist denn los, beruhige dich doch!«

Ihr Kopf senkt sich nach vorn, die Haare hängen nach unten. Sie jammert. Er starrt sie verwirrt an.

»Möchtest du ein Butterbrot?«

Sie nickt; als sie das Gesicht wieder hebt, sieht er ihre feuchten, zusammengeklebten Wimpern. Ihre Zähne sind klein und spitz.

»Kannst du Mahmut leiden?«

Sie nickt heftig.

»Der ist beschnitten«, sagt sie und nickt einige Male.

»Aber Lynn!«

»Ist er eben!«

»Was weißt du denn über so was?«

Sie kneift die Augen zusammen, ihre Augen werden dunkel, ihre Hände umklammern das Milchglas, sie trinkt. Sie bekommt eine Gänsehaut, sie friert.

Er wechselt das Thema.

»Wie war es denn so in Luleå?«

»Schön.«

»Hattest du da Freundinnen?«

»Nein, nur Graui.«

»Deine Katze?«

»Ja.«

Er hat sein Glas geleert, nur noch eins, das muss dann aber reichen. Der Regen prasselt auf die Fensterbank, die Markise hängt dunkel und schwer nach unten. Er hätte damit rechnen, hätte sie einholen müssen.

»Habt ihr Mahmut in Luleå kennen gelernt?«

»Ja, ich vermute schon«, sagt sie ein wenig altklug.

»Hat er dir Graui geschenkt?«

»Nein, das war Onkel Greger. Der war lieb.«

»Ach was.«

»Aber Mama hatte ihn dann satt. Und da hat sie sich Mahmut genommen.«

»Sie nimmt das offenbar ziemlich leicht, deine Mutter.«

»Ja«, sagt das Kind und streckt wieder die Hand nach dem Milchglas aus.

Er kennt die Telefonnummer nicht. Er versucht es mit der alten, der der früheren Bewohner des Hauses. Keine Antwort.

»Ich bring dich jetzt nach Hause«, erklärt er und fegt Krümel vom Küchentisch. Sie schaut in den Regen hinaus und nickt ernsthaft.

Sie laufen unter dem Regenschirm dahin, das Mädchen hält sich an seinen Shorts fest, und er droht über sie zu stolpern. Vor dem Haus liegen leere Kisten und Kartons. In einem hat die Katze Schutz vor dem Regen gesucht.

»Graui«, sagt sie und kriecht zu dem Tier. Er verspürt den Impuls, den Karton ganz schnell zu schließen und zuzukleben.

Steifer Finger auf der Klingel, sofort wird geöffnet. Von Liv. In Hemd und Shorts, es riecht nach Essen.

»Ach, du bist das?«

»Dein Kind treibt sich einfach so herum.«

»Aber nicht doch ...«

»Sie geht einfach in fremde Häuser, du musst ein bisschen besser auf sie aufpassen.«

»Wenn sie stört, werde ich das wohl müssen.«

Ihre kurzen dunklen Wimpern, die Achselhöhlen, ihr Mund und ihre Zunge.

»Willst du nicht reinkommen, Mauritz? Möchtest du Mahmut kennen lernen, meinen Mitbewohner?«

»Ich hab nicht genug Zeit. Ein andermal.«

»Ja«, sagt sie und runzelt die Stirn. »Lynn! Reinkommen!«

Das Mädchen schlüpft unter ihrem Arm durch, die Katze jagt wie ein Strich hinterher.

Als er die Treppe hinuntergeht, hört er sie schreien.

»Bon!«, sagt er zu sich, aber es brennt und lodert in seinem Magen, er muss stehen bleiben und warten, bis es sich gelegt hat.

Einige Tage vergehen, danach gleitet Marie-Louises Mutter in einen Zustand der Apathie. Sie hört fast auf zu reagieren, nur ein kaum merkliches Zittern der pergamentdünnen Nasenflügel ist noch zu ahnen, wenn in ihrem Körper etwas geschieht. Wenn der Tumor noch einen Teil des Gewebes an sich reißt, wenn die Verwesung fortschreitet und alles weichen muss, was bisher ihrer Gestalt Haltung gegeben und sie getragen hat.

Marie-Louise klingt jetzt beherrscht, sie hat aufgegeben und verlangt jetzt nur noch, dass alles schnell geht. Die Ärzte meinen, es sei eine Frage von Tagen, mehr nicht.

In der Redaktion ist alles still. Mauritz fährt zu einer Reportage, die er unter anderen Umständen abgelehnt hätte, er fährt zum Reitstall und interviewt eine Reitlehrerin, die Behinderten den Umgang mit Pferden beibringt. Sie hat sich selbst an die Zeitung gewandt. Sie entpuppt sich als Frau von Mitte dreißig, mit grell geschminkten Augen und einem entzündeten Pickel oder einer Fistel unter dem einen Mundwinkel. Sie redet eifrig und wortreich, sie führt ihn durch den Stall, beschreibt die Pferde, ihre Herkunft und ihre unterschiedlichen Fertigkeiten.

Er hört geduldig zu und notiert ab und zu einen Satzfetzen auf seinem Block. Die Behinderte, die als Interviewobjekt dazugeholt worden ist, ist eine leicht entwicklungsgestörte junge Frau mit kindlichen, schlaffen Zügen. Mauritz kann nur schwer Gesprächsstoff finden, und als er dann Fragen stellt, beantwortet sie die nicht, sondern kontert mit Gegenfragen.

»Bist du gern im Wald, findest du Ali einen miesen Scheiß?«

Die Reitlehrerin zwinkert ihm zu.

»Wir gehen jetzt zur Koppel, dann kann Herr Leman dir beim Reiten zusehen, und dann macht er schöne Bilder von dir für seine Zeitung, du kannst heute auf Pax reiten, wird das nicht lustig?«

Die entwicklungsgestörte Frau wird mit dem Pferd hinausgeführt, das Pferd wirft den Kopf in den Nacken und wiehert. Die Hufe knallen auf den Steinboden. Die Frau setzt unbeholfen zurück, sie stößt mit einem Wassereimer zusammen, und der kippt geräuschvoll um. Das Pferd legt die Ohren an und tänzelt umher. Die Frau klammert sich an Mauritz und schreit schrill und verängstigt los, dann geht sie langsam in die Hocke und beruhigt sich. Als sie wieder aufsteht, sieht er, dass sie sich in die Hose gepisst hat.

Er macht einige Bilder des Pferdes, das gleichgültig mit seiner Reiterin durch die Koppel wandert.

»Reck dich, runter mit den Absätzen.«

Die Reitlehrerin hebt die Reitgerte.

»Wird das so gut?«, ruft sie. Er nickt, macht noch mehr Bilder. Er fühlt sich unwohl und uninspiriert, bei solchen Gelegenheiten wünscht er sich immer, für eine ganz andere Art von Presseorgan zu arbeiten.

Als er danach aufbrechen will, will der Rückwärtsgang sich nicht einlegen lassen, die Gangschaltung ächzt und stöhnt. Ruckhaft fährt er durch die Allee. Es ist jetzt kühler, ein Geflimmer von Zweigen und Schatten, soll er in die Redaktion zurückkehren und sich dazu zwingen, den Artikel zu schreiben, oder soll er nach Hause fahren? Aber zu Hause greift der Verfall um sich, Sand lässt den Parkettboden knistern, die Bettwäsche riecht, ein Gestank im Kühlschrank zeigt an, dass etwas darin zu alt geworden ist, nur hat er noch nicht feststellen können, was.

Er könnte seine Badehose holen und eine Weile an den Strand gehen, das wogende warme Wasser, aber da ist es jetzt sicher sehr voll, scharfe Stimmen, Gejohle und nackte Haut.

In der Kurve, unterhalb der alten Schule, liegt etwas auf dem Bürgersteig, ein Stoffbündel, ein Mensch; für einen Moment sieht er ein von Schmerz und Verwirrung verzerrtes Gesicht. Eine Sekunde lang glaubt er, seine Schwiegermutter vor sich zu haben.

Es ist eine ihm unbekannte ältere Frau, er beugt sich über sie, berührt sie. Die Frau jammert, schaut ihn aber an, Tränen der Angst, weiße, runzlige Haut. Neben ihr sitzt ein sehr kleiner Hund, er hat eine Plastikspange im Fell und betrachtet Mauritz aufmerksam.

»Ach, jetzt hab ich es wirklich geschafft… einfach so auf die Nase zu fallen…«

Die alte Frau versucht sich aufzusetzen, aber ihr Kopf kippt nach hinten, und sie schnappt tief und abgehackt nach Luft.

Sie trägt über dem Kleid eine Strickjacke, hat in einem Ärmel ein Loch, blutet ein wenig. Er streift ihr das Kleid über die Knie. Sie liegt verzerrt und gekrümmt da und scheint arge Schmerzen zu haben.

»Ich bin einfach umgefallen, was für ein Elend, was bin ich doch für eine alte Krücke, kann mich nicht mehr auf den Beinen halten, da kommt jetzt wohl der Schluss, nehme ich an.«

Als der Hund ihre Stimme hört, springt er auf und wedelt

mit dem Schwanz, er macht einige vorsichtige Schritte und setzt sich dann erwartungsvoll wieder hin.

»Ich hab solche Angst davor gehabt … Wenn man sich den Oberschenkelhals bricht, dann ist alles aus, da drinnen ist alles morsch wie ein alter Pilz.«

Und sie berührt ihre Hüfte und keucht vor Schmerz auf.

»Die Ärzte sind tüchtig«, sagt er. »Die haben Sie im Nu wieder zusammengeflickt.«

»Und dann einfach so hier zu liegen … auf der Straße, auf den Steinen …«

Er streichelt behutsam ihre Wange.

»Jetzt sind Sie eben ein gefallenes Mädchen«, scherzt er.

Ihr Blick ist hellblau und trübe. Sie versteht nicht sofort, dann lacht sie, ein klägliches kleines Lachen. Danach strömen wieder ihre Tränen.

»Jetzt bringen wir Sie ins Krankenhaus«, sagt er und ruft einem anderen Passanten zu:

»Holen Sie einen Krankenwagen, die Dame hat sich verletzt.«

Er bleibt neben ihr sitzen, bis der Krankenwagen kommt. Sie hören die Sirene schon aus der Ferne, die dünnen kalten Finger der alten Frau fahren über den Asphalt. Er nimmt ihre Hand zwischen seine Handflächen, wärmt sie. Ihre Haut ist ledern und glatt wie Seide.

»Der Hund …«, flüstert sie. »Wer kümmert sich um den Hund?«

»Ich weiß nicht …«

»Sie müssen meine Tochter anrufen, sie muss ihn übernehmen, sie muss kommen und sich um Felicia kümmern.«

»Ach, Felicia, so heißt sie also. Dann ist es ein kleines Mädchen?«

»Nicht mehr. Ein altes Weib. So wie ich.«

Während die alte Dame auf die Trage gehoben wird, holt

er seinen Block und lässt sich Namen und Telefonnummer der Tochter geben.

»Ich nehme den Hund so lange mit zu mir«, verspricht er und hebt ihre Handtasche auf. Er reicht sie einem der Sanitäter. Die Tasche ist rund und schwer.

Der Hund läuft ängstlich hin und her, er fiept und jammert, wirft sich gegen die Autotür. Mauritz packt die Leine. Als der Krankenwagen losfährt, fängt das Tier laut an zu bellen.

»Felicia«, sagt er. »Jetzt fahren wir zu mir nach Hause. Da bekommst du Wasser, du stehst sicher auch unter Schock, du Arme. Danach rufen wir die Tochter deines Frauchens an, wir rufen Anna an. Klingt dieser Name bekannt für dich? Anna. Die kennst du sicher. Sie weiß, wie man mit Hunden umgeht. Sie wird sich um dich kümmern.«

Auf seinem Block stehen zwei Nummern, die bei der Arbeit und die zu Hause. Anna Hermansson, hat er notiert, so, wie ihre Mutter es gesagt und buchstabiert hat, Anna heißt sie also, die erwachsene Tochter, die die Verantwortung für Felicia übernehmen soll.

Er schaut auf die Uhr, zwanzig Minuten vor fünf. Der Hund ist umhergetrottet und hat alles beschnüffelt, seine Krallen haben über den Boden gekratzt, er hat geschnieft und ein wenig gebellt und das Wasser, das Mauritz in eine Schüssel gegossen hat, zuerst nicht berührt. Jetzt steht er wieder in der Küche und schlürft und gurgelt. Mauritz hat ihn von der Leine gelassen. Felicias Fell ist weich, aber nicht warm, er ist mit den Fingerspitzen über die wuscheligen Ohren des Tieres gefahren und hat die kleine blaue Haarspange wieder angebracht, nachdem sie verrutscht war.

Der Hund steht in der Türöffnung. Er verfolgt alle seine Bewegungen. Mauritz wählt Anna Hermanssons Dienstnummer, aber dort klingelt das Telefon in hallender Einsamkeit.

»Sommerzeit natürlich«, murmelt er. »Anna Hermansson ist auf dem Weg nach Hause, aber zuerst geht sie vermutlich einkaufen. Ich muss bis sechs Uhr warten.«

Es fällt ihm schwer, sich normal zu verhalten, wo der Hund doch im Haus ist, er wollte eigentlich duschen, will das Tier aber nicht ohne Aufsicht lassen, wagt auch nicht, die Tür zum Garten zu öffnen. Er läuft im Erdgeschoss hin und her, schmiert sich einige Scheiben Knäckebrot, trinkt eine ganze Karaffe Zitronenwasser.

In der stickigen, Ekel erregenden Luft des Wohnzimmers entdeckt er jetzt Topfpflanzen, verwelkende, müde Stängel, er sieht auch den Staub und die Wollmäuse unter den Möbeln. Auf der Fensterbank liegen Haufen aus versengten und vertrockneten Blättern. Zerstreut sammelt er die überall herumliegenden Zeitungen auf. Er sieht, dass das Uhrpendel stillsteht. Er zieht die Uhr auf, aber bei der letzten Umdrehung springt die Feder und rollt sich mit kurzem Rascheln auf.

»Verdammt!«, ruft er.

Der Hund verzieht sich in die Küche.

Um fünf vor sechs ruft er wieder an. Anna Hermansson meldet sich, nennt ihren Namen, sie klingt abwartend, aber nicht abweisend.

Mauritz berichtet, was passiert ist, und sie hört zu, ohne ihm ins Wort zu fallen.

»Sie haben sie ins St.-Görans-Krankenhaus gebracht. Sie war guten Mutes, aber sie hatte wohl arge Schmerzen und war natürlich verstört. Ich kam gerade zufällig vorbei. Sie hat mich gebeten, mich um den Hund zu kümmern und dafür zu sorgen, dass er zu Ihnen kommt.«

»Ich weiß nicht, was ich sagen soll. Ich bin total verwirrt. Meine arme kleine Mama … was ist ihr denn nur passiert?«

Sie schweigt eine Weile, er hört ihren Atem.

»Mauritz Leman, so heißen Sie doch? Was machen Sie gerade?«

»Na ja, nichts Besonderes…«

»Ich meine… darf der Hund noch ein bisschen bei Ihnen bleiben? Ich muss doch eigentlich zum Krankenhaus und nach ihr sehen. Wenn das also möglich wäre… Im Moment bin ich nämlich allein zu Hause.«

Er hatte gehofft, dass sie sofort kommen könnte, aber das kann er nicht sagen, natürlich nicht, er sagt, sie könne auch bis zum nächsten Morgen warten, wenn das nötig sei.

Danach nimmt er den Hund an die Leine und geht mit ihm spazieren. Der Hund läuft manchmal vor ihm her, manchmal hinter ihm, er bleibt hier und da stehen und versucht, mit seinem traurigen kleinen Hundeherzen zu begreifen, was hier vor sich geht.

»Fuß!«, sagt Mauritz. Er ist Hunde nicht gewöhnt, ist mit diesem Vokabular nur oberflächlich vertraut. Das Tier dreht ihm sein Affengesicht zu und schaut ihn aus blanken, ausdruckslosen Augen an. Einmal springt er zur Seite, die Leine spannt sich an. Mauritz muss warten, während der Hund in die Hocke geht, wackelig, wie ein altes Fräulein.

Als sie nach Hause kommen, läuft der Hund sofort in die Küche und trinkt. Er denkt, dass das Tier sicher hungrig ist, findet aber nichts anderes zu essen als ein Stück hartes Brot. Der Hund beschnuppert das Brot und lässt es dann liegen.

Gleich nach neun klingelt Anna Hermansson. Glatte, blonde Haare, braune Augen, daran erinnert er sich später. Sie reicht ihm die Hand. Sie ist so groß wie er, trägt Jeans und ein Hemd, dass sie in die mit einem Männergürtel versehene Hose gestopft hat.

»Komm rein«, sagt er.

Der Hund stürzt auf sie zu, er wedelt heftig mit dem Schwanz und bellt einige Male laut.

»Still, Felicia«, sagt Anna. Sofort legt der Hund sich vor ihre Füße.

»Man merkt, dass sie dich kennt. So hat sie sich den ganzen Abend noch nicht hingelegt.«

»Ja, ich hab sie ja schon als Hundebaby gekannt.«

»Kann ich dir etwas anbieten? Kaffee?«

»Lieber einen Schluck Saft, wenn du welchen hast. Ich verstehe gar nicht, wieso ich so durstig bin.«

»Du willst nicht lieber ein Bier?«

»Doch … danke.«

Sie sitzt auf seinem Sofa, ein wenig angespannt und mit geradem Rücken. Ihre Hände sind braun, die Fingernägel kurz und sauber. Am linken Ringfinger sitzen zwei schmale Goldringe.

»Wie geht es deiner Mutter?«

»Ich durfte nur ganz kurz zu ihr. Sie ist schon operiert und schläft jetzt.«

»Sie war gestürzt. War es denn nun der Oberschenkelhals? Davor hatte sie Angst.«

Anna nickt. Sie runzelt die Stirn.

»Es macht mir wirklich Angst, wenn sie einfach so umkippt. Mitten auf der Straße.«

Sie spielt an einer dünnen Halskette herum, zieht sie immer wieder um den Hals, bis er Angst hat, dass sie reißen könnte. Sie hat in der Diele die Sandalen ausgezogen, ihre Füße sind nackt, die Zehen breit und stumpf.

»Sie hat sich auch schon über Schwindelanfälle beklagt. Aber dass es so schlimm wird, dass sie dabei stürzt!«

»Wie alt ist sie?«

»Gerade neunundsiebzig geworden.«

»Wohnt sie in ihrer eigenen Wohnung oder …?«

»Ja, so lange das noch geht … sie und mein Vater sind

vor vielen Jahren dort eingezogen, aber gleich darauf ist meinem Vater im Herzen eine Ader geplatzt. Und seither hat sie allein dort gewohnt.«

Sie schüttelt den Kopf.

»Es ist die Hölle, wenn das Alter so zuschlägt. Meine Frau, Marie-Louise, ist gerade bei ihrer Mutter in Gävle, meine Schwiegermutter liegt im Sterben... ja, so sagt man doch, oder?«

Anna lacht ein wenig.

»Ja, zumindest hat man das früher gesagt. Und in Büchern oder Witzen...«

Sie trinkt einen Schluck Bier und schaut sich um.

»Gemütlich habt ihr's hier.«

Das bringt ihn zum Lachen.

»Ich frage mich ja, ob sie dir zustimmen würde. Seit sie weg ist, ist hier nicht mehr sauber gemacht worden.«

»Sauber gemacht...«

»Ja... wenn sie zu Hause ist, sieht es jedenfalls anders aus.«

Nun lacht auch Anna Hermansson, und ihre Stimme klingt ein wenig schroff.

»Du könntest natürlich die Blumen gießen«, sagt sie.

»Ich hab bei deiner Arbeit angerufen. Da warst du schon weg.«

»Wir hören im Sommer früher auf.«

Sie bückt sich und hebt den kleinen Hund auf, streichelt ihn mit den Fingernägeln.

»Was machst du denn so?«

»Rat mal. Nach was für einer Arbeit sehe ich aus?«

Die kurzen glatten Haare, Lippenstift, braune Augenbrauen und Augen, das Kinn fest und noch nicht schlaff, obwohl sie sicher um die fünfzig ist, ruhige Hände, einige Tintenflecken am einen Zeigefinger. Er registriert, dass sie nur einen Ohrring trägt, einen großen rosa Knopf. Und dann sind da das Sporthemd und die Jeans.

»Es ist wohl nicht gerade ein Repräsentationsjob«, sagt er zögernd.

Sie kichert.

»Wie meinst du das?«

Er macht weiter mit der Deduktionsmethode.

»Nein. Und du arbeitest nicht in einem Laden, denn dann hättest du keine Sommerzeit.«

»Richtig.«

»Und wohl auch nicht in der Krankenpflege…«

»Nein.«

»Kindergarten vielleicht?«

Anna schüttelt den Kopf. Ihre Unterlippe schiebt sich vor wie ein weiches, fleischiges Kissen. Sie trinkt einen Schluck Bier, ihre Augen glänzen.

»Ich weiß nicht. Ich kann es nicht erraten.«

»Es gibt aber noch viele andere Berufe.«

»Ja, ich weiß.«

»Na gut. Sekretärin. Bei Vattenfall in Råcksta.«

»Ach! Da! In diesem riesigen Koloss von Arbeitsplatz. Himmel, ich hab oft mitleidig den Mahlstrom von grauen Menschen betrachtet, der morgens da einbricht.«

»Na ja, so grau komm ich mir nun auch wieder nicht vor.«

»Nein. Aber wenn man sieht, wie sie an regnerischen Herbstmorgen aus der U-Bahn geströmt kommen…«

»Ich habe von Menschen gehört, die von der Fassade geblendet werden. Wenn die Sonne sich in den vielen Fenstern widerspiegelt und die U-Bahn anhält. Aber du hast Recht, es ist sicher nicht der lustigste Job aller Zeiten, wenn ich ehrlich sein soll. Aber wir haben ein gutes Arbeitsklima. Und so was sorgt doch dafür, dass man an einem Arbeitsplatz bleibt. Aber du, was soll ich von dir halten, von einem, der am helllichten Nachmittag durch die Gegend stromert… ja, du kannst natürlich Urlaub haben. Stimmt das?«

»Nein.«

»Irgendein freier Beruf also. Vielleicht Unternehmer. Aber so siehst du nicht aus. Künstler vielleicht … oder Krankengymnast.«

Sie lacht wieder, ihr Nasenrücken wird weiß und faltig, sie lacht und fährt sich mit den Fingern durch die Haare, die danach nach allen Seiten abstehen.

Ihn durchströmt eine seltsame Leichtigkeit, eine Art wachsame Freude. Seine Hände wollen ihre berühren, aber nur ganz schnell, wie durch Zufall möchten sie ihr Hemd berühren, es war warm von ihrem Körper und ein wenig flauschig.

»Krankengymnast!«, ruft er. »Nein, nein! Weit gefehlt. Wie kommst du denn auf so eine Idee?«

»Ich weiß nicht … du siehst aus, als ob du alles Mögliche gerade biegen könntest.«

»Ach …«

»Und du hast angehalten und meiner Mutter geholfen. Das lässt doch annehmen, dass du es gewöhnt bist, dich um Menschen zu kümmern.«

Das Abendlicht fällt über ihr Gesicht und gibt ihm eine sanfte, honiggelbe Farbe. Er ertappt sich dabei, wie er versucht, sich ihre Gesichtszüge einzuprägen. Er vergisst sie aber sofort wieder. Sucht nach neuen Wörtern, ungewöhnlichen, unbenutzten. Findet nur die üblichen.

»Ich schreibe«, sagt er. »Ich bin Journalist. Nicht bei einer großen, wichtigen Zeitung, sondern bei unserem kleinen Lokalblatt hier draußen. Wenn du hier wohnst, hast du sie sicher schon mal gesehen.«

»Ja. Ich glaube, ich weiß, welche du meinst. Ich lese sie auch, wenn ich es schaffe, mich zu konzentrieren. Aber ehrlich gesagt vor allem die Anzeigen. Entlaufene Katzen und so. So was interessiert mich.«

»Aber das ist ja wohl auch so ungefähr das Niveau der übrigen Zeitung«, sagt er.

Der Hund bewegt sich auf ihrem Knie, fiept. Sie streichelt ihn und sagt, dass sie gehen müssen.

»Bestimmt hat sie Hunger«, sagt er.

Sie nickt.

»Das Problem ist, dass sie nie essen mag, wenn sie nicht bei ihrem Frauchen ist. Einmal ist meine Mutter eine Woche nach Rättvik gefahren, und wir hatten Angst, dass Felicia in der Zeit eingehen würde. In diesem kleinen Tier steckt eine endlose Sehnsucht. Und sie kann ja nicht begreifen, dass es nur um einen kurzen Zeitraum geht. Wenn meine Mutter sterben müsste, würde dieses kleine Wesen auch bald die Pfoten in die Luft strecken.«

»Nimmst du Urlaub, oder wer wird sich tagsüber um den Hund kümmern?«

»Das müssen meine Mädels übernehmen. Ich habe reizende Zwillinge, und sie haben jetzt Sommerferien und faulenzen doch nur herum.«

»Zwillinge hast du!«, ruft er und steht gleichzeitig mit ihr auf. »Ich habe auch Zwillinge, ein Mädchen und einen Jungen. Aber die sind etwas älter als deine, sie wohnen nicht mehr bei uns.«

»Meine sind siebzehn.«

Das Telefon klingelt. Er macht einige Schritte in Richtung Küche. Anna sagt auf Wiedersehen und danke.

»Wir werden uns noch richtig bedanken, meine Mutter und ich.«

Und sie reicht ihm die Hand.

»Geh du nur ans Telefon, ich finde allein raus.«

Es ist Marie-Louise. Der Zustand ist unverändert. Sie beschreibt, wie sie am Bett gesessen haben, wie die Mutter fast eine Minute lang nicht geatmet hat, wie es immer schwerer wird, das enge und übel riechende Krankenzimmer zu betreten. Er hört das alles nur mit einem Ohr. Mit dem anderen hört er, wie Anna in die Hocke geht und die Sandalen anzieht, wie sie die Leine vom Hutregal nimmt und leise das Haus verlässt. Er hört einen Motor anspringen und will nach oben stürzen, um festzustellen, was für ein Auto sie hat. Er wird so einsilbig, dass Marie-Louise fragt, was denn in ihn gefahren sei.

In dieser Nacht hat er einen Traum:

Etwas zerbricht, er steht zwischen den Scherben und hört noch immer das Geräusch, die Reste des Geräuschs, eine weiße und flackernde Explosion:

Glas und Schneckenhäuser, Glanz!

Er hebt einen Gegenstand auf.

Es sieht aus wie ein Scharnier, und er bohrt mit der Schuhspitze in Haufen aus Scherben und Splittern. Irgendwo müssen die Schrauben liegen, sie sind winzig klein, und für ihn ist es lebenswichtig, sie zu finden;

das blinkende Glatte, das Entblößte…

Und dann auf der Flucht?

Ja! Auch das ist klassisch, durch das Wasser zu fliehen. Grün und kompakt schließt es sich um seine Beinmuskeln, er hebt den Arm zum Kopf, der viel zu groß ist, wie bei einem Kind.

Die nächste Phase, die abschließende. Die Arme und die glatte Brust eines riesigen Mannes, seine Stirn fällt gegen das schwarze Schlüsselbein dieses Mannes;

> das Warme und Schwappende in dessen Gesicht,
> das aus dem Gesicht entsteht,
> in den kleinen seichten Vertiefungen.

Tropfen, die auf der schimmernden Haut verdampfen.
Übrig:
ein Salzkristall.

Um Viertel nach sieben Uhr morgens hält er an der U-Bahnstation Råcksta, es nieselt, er bleibt sitzen und mustert alle, die zu einem neuen Arbeitstag unterwegs sind, den Menschenstrom, in einem dieser hunderten von Fenstern, dieser tausenden, in einem steht Anna jeden Tag einige Minuten und starrt hinaus auf die Dächer der Vorstadt, ruht ihre Finger aus, sehnt sich nach Feierabend und Freitagabend. Oder auch nicht. Sie trägt ihre Jeans und ihr Hemd, nur einen Ohrring (einen großen rosa Knopf), der andere wäre im Weg, wenn sie telefonieren muss; sie hält den Hörer mit ihrer kleinen, sonnenverbrannten linken Hand, von der die Haut abblättert, in der rechten hat sie einen Kugelschreiber. Wie alle anderen hat sie ein eigenes Zimmer, darin hat sie Grünlilien, ja, ein schönes und hellgrünes Flimmern in diesem kleinen Modulraum, und auf dem Schreibtisch das Foto der Zwillinge (sie hat sie als »Mädels« bezeichnet). Sie sind zierlich, ihnen fehlen die Vorderzähne, sie haben ungebändigte blonde Locken. Sie mustert ihre Oberlippe und entdeckt feinen Flaum, immer, wenn ihr Chef im Zimmer gewesen ist, wendet sie sich den Töchtern zu, und in ihren Bewegungen liegen Sehnsucht und eine gewisse Müdigkeit. Der Chef ist bestimmt zehn oder fünfzehn Jahre jünger als sie, er trägt beige Anzüge und braucht eigentlich eine Brille, aber dafür kommt er sich noch zu jung vor, er raucht, aber nur auf Festen, und er ist so kurz verheiratet, dass er eben erst angefangen hat, sich zu Hause ein wenig zu langweilen; Kinder hat er natürlich und einen Hund, vermutlich einen Labrador, der Hund ist jetzt lästig, denn seine Frau arbeitet wieder, nur Teilzeit natürlich, aber trotzdem. Vielleicht fühlt er sich manchmal zu seiner Sekretärin hingezogen, trotz des Altersunterschiedes, ja, ganz bestimmt tut er das, zumindest bei den Firmenfesten, sie streckt über den Tisch die Hand aus und schenkt ihm Wein ein, ihre weiße Festbluse öffnet sich einen Spaltbreit, er kann die Haut auf ihrem Bauch sehen:

Fass mich an, fährt es ihm durch sein umnebeltes Gehirn, mach alles Mögliche mit mir, du weißt, was ich meine, und diese Musik noch dazu. Ist das nicht Rod Stewart? Was für ein Knutschstück, dieses Sailing, aber zuerst wird gegessen, später legt er ihr den hellbeigen Jackettarm um die Taille und zieht sie auf sein Knie. Ihr ist das ungeheuer peinlich, sein ungewöhnliches Benehmen hindert sie an einer Reaktion, sie müsste sich losreißen und aufspringen, sie ist größer und stärker, aber er ist nun einmal ihr Chef. Also bleibt sie sitzen, stemmt die Füße auf den Boden, um für ihn leichter zu sein und um nicht mehr so stark zu spüren, dass ihre Oberschenkel und ihr Schoß seinen beigen Anzugsstoff berühren; er bohrt die Nase in ihre eine Brust und murmelt ihren Namen, Anna, Anna, dann wird er sich nach und nach ihres Gewichts bewusst, und ihm geht auf, dass er vermutlich um vieles betrunkener ist als sie. Rasch schiebt er seine Handflächen unter ihr Hinterteil und drückt sie weg. Sie, rot und erhitzt; bin ich mein Gewicht in Gold wert, bester Herr Chef? Natürlich, meine Liebe, Prost, meine schöne und üppige Kollegin, trinkst du nichts? Als sie aus dem Raum geht, um einen Müllsack für die benutzten Pappteller zu holen, schneidet sie für eine Kollegin eine Grimasse, sie schauen zum Chef hinüber und schütteln den Kopf, freundlich und nachsichtig, fast ein wenig gerührt. Er ist an diesem Abend so anders, als wolle er ihnen auch tagsüber mehr von dieser Seite zeigen, ja, nicht gerade durch Hautkontakt natürlich, aber.

Auf dem Rückweg durch den Gang (und die Gänge bei Vattenfall sind unerhört lang) mit dem offenen, auseinander gerollten Müllsack bleibt sie an ihrer eigenen Zimmertür stehen, sie hat sie früher an diesem Abend geschlossen, um den Zigarettenrauch auszusperren, sie läuft rasch hinein, hebt das Foto der Zwillinge hoch, hält es ins Neonlicht, aber nur lange genug, um ihre Augen, Münder und Nasen deutlich sehen zu können.

Und später, zu Hause, der Mann, liegt er wach und wartet? Sitzt er in einem roten, abgenutzten Sessel, den vor langer Zeit eine Katze zerkratzt hat? Läuft er ihr entgegen, als sie den Schlüssel ins Schloss schiebt, misstrauisch und eifersüchtig? Der dünne kleine Schnurrbart, die gelben Fingernägel, kommt er nachts zu ihr und verlangt sein Recht, ein Beamter, ein echter Bürokrat, dessen Handflächen sie bedecken, dessen Zähne mit der weit fortgeschrittenen Parodontose sich in ihre Oberarme bohren, in das fügsame Loch, ist er angespannt und übernächtigt, weshalb sie ihm mit der Hand oder mit dem harten Lippenmuskel entgegenkommen muss, macht sie es aus Zärtlichkeit und Gleichgültigkeit und ohne selbst mit irgendeiner Schwellung zu rechnen, mit irgendeinem Saft, haben für sie solche Leiden bereits ein Ende genommen …

Jetzt sind alle im Haus, an ihren Plätzen vor Schreibtischen und in Konferenzräumen. Nein, da kommt noch eine kleine Gruppe von drei, vier Menschen, drei Frauen und ein Mann. Die Frauen verstecken sich unter Regenschirmen, aber sie sind jünger, kleiner.

Als sie.

Mauritz, hellwach und ausgeschlafen: Er lässt den Mazda an und fährt in die Redaktion. In dieser und der nächsten Woche ist er allein dort, seine beiden Kollegen haben Urlaub. Er kocht sich vier Tassen Kaffee und während er darauf wartet, dass der Kaffee fertig wird, sucht er im Telefonbuch: eine ganze Seite nur mit Hermanssons. Er holt seinen Block mit den beiden Nummern und sucht. Gegen Ende findet er die richtige, Per-Erik Hermansson, nur das. Keine Berufsbezeichnung, und ihr Name fehlt. Aber die Nummer stimmt. Adresse: Spireagång 9. Er weiß, wo das liegt, ist bisweilen dort vorbeigejoggt, typische Reihenhausgegend, wie seine eigene. Er trinkt zwei Tassen Kaffee und schlägt den Stadtplan im Telefonbuch auf.

Das dumpfe Surren des Telefons, er reißt den Hörer an sich, als ob sie es sein müsste. Danach ist er überrascht und ein wenig wütend. Was ist bloß los mit dir? Eine unbekannte Frau mit einem rosa Ohrring, eine verheiratete Sekretärin bei Vattenfall in Råcksta, was ist es nur an dieser ganz normalen weiblichen Person mittleren Alters, das dich so durcheinander bringt? Mach dich jetzt an die Arbeit, du Arsch! Sonst kann doch keine verdammte Zeitung erscheinen.

Und das macht er dann, geht seine Notizen durch und bringt eine seiner Ansicht nach ziemlich persönliche und lustige Schilderung seines Besuches bei den Pferden zustande. Schreibt zwei Notizen, redigiert Mitteilungen vom Pfarramt darüber, welche Mitglieder der diversen Gemeinden den Löffel abgegeben haben, diesmal handelt es sich ausschließlich um steinalte Menschen mit vielen und langen Namen. Danach entwickelt er zwei Filme und layoutet einen Artikel über Verbrechen im sommerlichen Stockholm, und während er das alles tut, ertappt er sich dabei, dass er sich nach Musik sehnt.

Am Nachmittag macht er einen Abstecher in die Gegend um den Spireagång, er hat sich ein Bild von Annas Haus gemacht, von Fenstern, Treppe und Haustür. Dieses Bild erweist sich als ziemlich zutreffend.

Das Haus ist aus weißen, glasierten Ziegeln errichtet. Es stammt aus den siebziger Jahren und enthält eine Menge des radonhaltigen, blauen Leichtbetons, der damals ein so begehrtes Baumaterial war. Er erinnert sich jetzt daran, dass er einmal so ein Haus besucht und über das Strahlenrisiko und allerlei Schutzmöglichkeiten geschrieben hat. Die nicht sehr groß waren, schon gar nicht für Raucher.

Das Haus wirkt verlassen. Zwei Damenräder stehen ordentlich nebeneinander in einem Fahrradständer. Vermutlich die der Zwillinge.

Die Familie Hermansson hat ihr Wohnzimmer im Erdgeschoss. Er bleibt im Auto sitzen und gibt vor, im Handschuhfach etwas zu suchen, während er zum Haus hinüberschielt. Er ahnt eine Hängelampe, die auch Halter für Kerzen hat, dazu allerlei grüne Pflanzen und auf der Fensterbank einen geschwungenen Glaskolben mit algenreichem Wasser und verschlungenen Blättern. Kein Mensch, kein Auto auf der Garageneinfahrt, im Haus keine Bewegung.

Hermansson, steht auf dem Briefkasten, schlichte Buchstaben, nicht dieser Quatsch mit Verzierungen und der Aufzählung aller Namen der Familienmitglieder inklusive Wellensittichen und Meerschweinchen. Das würde auch nicht zu seinem Bild des Mannes passen, möglicherweise aber zu Anna.

»Per-Erik Hermansson«, sagt er laut im Auto.

Er fährt weiter zu den Läden beim Hässelby Torg, wo kaufen sie wohl ein, im Konsum oder bei Ica, er entscheidet sich für Konsum und geht hinein. Nicht weil er damit rechnet, ihr dort zu begegnen, sondern weil seine Speisekammer ziemlich leer ist. Es ist Anfang August, die allgemeine Urlaubszeit ist zu Ende. Er sieht mehrere Frauen, die Ähnlichkeit mit Anna haben, und das verschafft ihm eine Art erwartungsvolles Herzklopfen, wie er es schon sehr lange nicht mehr verspürt hat.

Er fährt nach Hause. Er legt eine zerkratzte LP der Rolling Stones auf und saugt rasch und nachlässig in beiden Etagen Staub. Annas Glas steht noch auf dem Tisch. Er hebt es rasch an den Mund und entfernt es sofort wieder.

Wie spät ist es? Theoretisch könnte er sie anrufen, es gibt mindestens zwei triftige Gründe, um sie anzurufen. Die Mutter, wie geht es ihrer Mutter nach der Operation. Und der Hund, wie geht es dem? Frisst er? Trauert er? Findet er sich mit der Lage ab? Und glaubst du, er wird sich an mich erinnern... Es wäre lustig, das zu testen. Können wir uns nicht in einer Viertelstunde vor deinem Haus treffen?

Es ist Besuchszeit, sie ist bestimmt nicht zu Hause. Ein Schwindel erregender Gedanke, wie ein Besessener zum Krankenhaus zu fahren und vorzugeben, zufällig mit ihr zusammenzustoßen.

Schneidet sich ein paar Wurststücke ab, öffnet ein Bier. Nichts im Fernsehen. Hört noch weiter alte Platten, Nationaltheatern mit »Livet är en fest«, Gene Krupa, Bob Dylan, Manhattan Transfer. Die hört er sonst nie mehr; Marie-Louise will Kuschelrock und Pop. Er sitzt auf der Treppe. Plötzlich hat er Lust auf eine Zigarre.

Dann sieht er etwas hinten bei den Johannisbeersträuchern. Zuerst hält er es für ein Tier, einen Dachs oder eine große Ratte. Morgens findet er in den Beeten in Hausnähe oft tiefe Kratzspuren.

Das Kind. Sie hat die Beine angezogen und lehnt sich an den Zaun.

»Lynn!«, sagt er gereizt. »Ich habe dich gesehen.«

Das Mädchen sackt ein wenig mehr in sich zusammen,

bleibt aber sitzen. Sie streckt eine Hand aus und nimmt sich einen Zweig roter Johannisbeeren.

»Hör mal, man fragt, ehe man zugreift.«

Sie gibt keine Antwort, saugt eine Weile an den Beeren, spuckt sie dann aus, ohne zu kauen.

»Was machst du da!«, brüllt er.

An diesem Abend trägt sie einen kurzen Faltenrock, und er kann ihre Unterhose sehen. Sie ist weiß.

»Hab ich nicht gesagt, dass du nicht ohne Erlaubnis herkommen darfst?«

Er knallt die Bierdose auf die Treppenstufe, Bier spritzt auf seine Hand.

»Man kommt nicht einfach so vorbei.«

»Doch!«, sagt sie kurz und wütend.

»Wenn ich Besuch haben will, sage ich Bescheid.«

»Du bist blöd.«

»Ich bin nicht blöd. Aber das hier sind mein Garten und meine Johannisbeersträucher. Du hast einen eigenen Garten, Lynn.«

Ihr Gesicht ist mager und angespannt. Sie lutscht an einem Eisstiel. Das bereitet ihm eine Gänsehaut. Er hat die Kombination von Holz und Lippen immer schon verabscheut.

»Hör auf!«, sagt er.

Brav wirft sie den Stiel weg.

»Du hast gesagt, dass ich ein andermal wiederkommen darf«, ruft sie. »Jetzt ist ein andermal.«

Mauritz muss einfach lachen.

»Na gut. Das habe ich vielleicht gesagt. Aber ich habe gemeint, dass ich will, dass du willkommen bist. Das bist du jetzt nicht. Hast du keine Freundinnen in deinem Alter? Warum spielst du nicht mit anderen Kindern? Wohnt in der Gegend kein Mädchen in deinem Alter? Doch, tut es. Ich hab sie gesehen.«

»Sylvia.«

»Ja, warum gehst du nicht zu Sylvia?«

»Sylvia ist blöd.«

»Ach was. Und warum ist Sylvia blöd? Was hat sie dir getan?«

Das Mädchen kommt aus dem Gebüsch hervor, seine Knie und Hände sind mit Erde und Saft beschmiert. Die Saftflecken sehen aus wie Blut, genau die Art von anämischen Tropfen, die vermutlich durch seine Adern fließen.

»Weißt du was? Weißt du, dass ein Opa Graui mit Steinen beworfen hat?«

»Das war gemein von ihm.«

»Weg mit dem Katzenviech, hat er gesagt.«

»Wer war das denn?«

Sie zuckt mit den Schultern und bohrt sich den Daumen in das eine Ohr.

»Das juckt«, sagt sie und räuspert sich.

»Und was ist Graui passiert? Hat er sich verletzt?«

»Nein. Das ist gut gegangen.«

»War das in Luleå?«

»Nein!«, ruft sie. »Das war hier. Das war der Opa da in dem Haus.« Und sie zeigt auf Eriks Garten und macht eine obszöne, erwachsene Handbewegung.

»Ach, Erik. Ja, der ist vielleicht kein besonders großer Tierfreund.«

»Der ist blöd. Ich hab Hunger.«

»Dann geh doch einfach nach Hause und iss was. Und jetzt ist doch sicher Schlafenszeit für dich.«

»Krieg ich eine Wurst, bitte.«

»Ja, ja, nimm dir ruhig zwei. Aber dann musst du machen, dass du nach Hause kommst.«

Sie schnappt sich ein paar Wurststücke und isst gierig.

»Auch Bier«, sagt sie mit vollem Mund.

»Nein, nein, nein!«

Da gibt sie sich zufrieden, saugt sich Fett von den Fingern, setzt sich auf eine Treppenstufe unter seiner.

»Wo ist denn deine Mama heute Abend?«, fragt er.

»Ich hab keine Mama.«

»Jetzt bist du wirklich dumm. Du hast doch Liv. Liv Johansen. Die ist deine Mama.«

»Liv Johansen ist blöd.«

»Ist auch sie blöd? Für dich sind heute wohl alle blöd.«

»Ja.«

»Lynn, jetzt sag ich es dir zum letzten Mal, geh nach Hause. Ich will meine Ruhe haben. Ich hab heute Abend noch eine Menge Arbeit.«

»Was du so Arbeit nennst.«

»Genau.«

»Was denn für Arbeit?«

»Ich muss eine Masse schreiben. Für eine Zeitung. Einmal hab ich in dieser Zeitung übrigens über deine Mama geschrieben. Sie hat Theater gespielt.«

»Ich will auch schreiben, ich will auch Zeitung schreiben.«

Er erhebt sich, fasst sie bei den Schultern. Führt sie durch das Haus und aus der Haustür. Lässt sie auf der Treppe stehen, schließt die Tür, schließt ab. Sicherheitshalber bleibt er stehen und horcht. Endlich hört er, wie sie sich entfernt, sie läuft wie eine Kuh und stößt laute, unkontrollierte Schreie aus.

Am nächsten Tag wählt er in der Redaktion Annas Nummer bei Vattenfall. Eine Kollegin antwortet. »Anna Hermanssons Anschluss, hier Gertrud Wikman.«

»Anna Hermansson«, verlangt er herrisch, hinter seinen Rippen hämmert sein Herz so wütend, dass ihm vor den Augen flimmert.

»Moment, sie kommt gerade zur Tür herein.«

Und dann ist sie da.

Den ganzen Morgen lang ist er dieses Gespräch durchgegangen, hat es eingeübt, hat sich mit den Antworten vertraut gemacht. Jetzt macht das Eingeübte ihn nervös. Er wirft die Wörter durcheinander, wird undeutlich.

Hört sie sich froh an? Überrascht? Ablehnend?

»Hallo«, sagt sie leise.

»Hallo... ich wollte nur fragen, wie es ihr geht, deiner Mutter...«

»Ach, wie nett von dir. Ja, danke, es geht. Die Operation ist gut verlaufen, aber sie hält es im Krankenhaus kaum aus, wirklich nicht. Aber gibt es eigentlich Leute, denen das gelingt? Ich meine, nach den ersten beiden Tagen, an denen die Leute noch Mitleid haben und Blumen bringen!«

»Du hast sie doch besucht, nehme ich an?«

»Natürlich, schon zweimal. Mein Bruder und ich, wir wechseln uns ab... oder eigentlich nicht. Er ist Hausmeister im St. Göran, also kann er ziemlich oft bei ihr reinschauen.«

»Wie gut. Dann kann er ihr ja alles besorgen, was sie braucht … Zeitungen und Obst vielleicht, und einen Kamm … falls sie keinen in der Handtasche hatte.«

»Einen Kamm!« Sie kichert.

»Und die Töle? Wie geht es der? Ja, du musst schon entschuldigen, aber ich fühle mich noch immer irgendwie verantwortlich. Und du hast doch gesagt, dass der Hund leidet, wenn er nicht bei seinem Frauchen sein kann.«

Anna lacht schallend.

»Das geht schon … und Eva und Carina kommen auf diese Weise aus dem Haus und bewegen sich ein bisschen. Ja, so ein Hund hat doch allerlei Vorteile. Vielleicht sollte man sich einfach selber einen anschaffen.«

»Ich wollte mich nur erkundigen …«, sagt er.

Gegen halb fünf geht er los. Er ist mit dem Auto nach Hause gefahren, hat es in die Garage gestellt und die Post ins Haus geholt. Er hat sich Shorts und Turnschuhe angezogen, läuft aber nicht, er bewegt sich rasch und doch langsam auf Annas Haus zu. Zuerst über die breite Straße, wo links der überwucherte Garten des alten Elmblad liegt, das verfallene Wohnhaus und das Grundstück, auf dem hohes Gras und baufällige Gewächshäuser um den Platz wetteifern. Er ist stur, dieser Elof Elmblad. Weigert sich zu verkaufen, weigert sich auszuziehen, ist aber zu alt, um noch Ordnung zu halten, schon gar nicht, wenn es um ihn selber und seine persönliche Hygiene geht.

Mauritz hat ihn im Spätsommer des vergangenen Jahres interviewt, als die Distelsamen mit dem Wind unterwegs waren und in Kleidung und Haaren hängen blieben. Obwohl sie draußen am Gartenzaun standen, nahm er den Geruch des ungewaschenen Altmännerkörpers wahr.

»Hier wohne ich schon mein Leben lang, hier werde ich wohnen, bis ich sterbe«, versicherte der Mann und fuhr sich mit den Fingerspitzen über die Runzeln um seinen Mund. Er war früher Gärtner, wie sein Vater, und der Betrieb war damals durchaus einträglich.

Mauritz fragte, ob er denn kein Verständnis für die Klagen der Nachbarn habe. Die fanden, das Grundstück sei ein Schandfleck in der neu erbauten Pracht.

»Es gibt immer Leute, die das Vergangene verachten«, antwortete der alte Mann und runzelte wütend die Stirn.

Hinter seinem Grundstück macht die Straße eine scharfe Kurve nach rechts und teilt sich dann in ein Gewimmel von Spazierwegen auf, die sich zwischen den Häusern immer wieder kreuzen. Mauritz folgt diesen Wegen und gibt vor, sich zu strecken oder sich die Schnürsenkel neu zu binden, wenn jemand vorbeikommt.

Und.

Anna.

Kommt.

Anna kommt, und sie hat den Hund dabei, sie kommt aus ihrem Haus, sie redet mit dem Hund, ihr weiter, schwarzer Rock… Sein Nacken wird kalt, seine Finger rutschen ab. Er macht unter einer grauen knorrigen Eiche im Gras Kniebeugen, sieht sie kommen. Ihre geschwungenen sonnenbraunen Waden haben helle Haare und die Fußknöchel sind schmutzig, als ob sie immer wieder dagegenstoße.

»Aber hallo«, sagt er gepresst.

Der kleine Hund schnüffelt, sieht interessiert aus.

»Hallo, Felicia, kennst du mich noch, ich hab dich deinem geliebten Frauchen entführt.«

Er erhebt sich, gibt die Hand.

»Was für ein Zufall«, sagt er.

Anna lacht, Flucht und Funkeln in den hellbraunen Augen.

»Ach was, joggst du?«

»Ich habe gerade erst angefangen ... verdammt schwer. Aber man entspannt sich auf ganz andere Weise, wenn man nicht versucht, sich selbst zu überwinden.«

»Ich hab voriges Jahr am Frauenlauf teilgenommen. Aber in diesem Jahr wird da nichts draus.«

»Zehn Kilometer, wirklich eine Leistung.«

»Ach, da sind so viele Leute unterwegs, man kann dann einfach kein richtiges Tempo entwickeln. Aber es hat schon Spaß gemacht.«

»Wohnst du hier in der Gegend?«

»Ja ... da hinten. Im Spireagång.«

»Spireagång ... ich glaube, ich habe einmal über diese Häuser geschrieben, einen Artikel über Radon.«

»Ja, an so einen Artikel kann ich mich erinnern, du warst das also? Aber ich glaube, dass wir uns jedenfalls unter den Grenzwerten halten, es waren schon Leute vom Gesundheitsamt da und haben das überprüft. Und man kann doch davon ausgehen, dass sie die Grenzwerte mit einem ziemlichen Spielraum festgesetzt haben. Ich denke da nie dran, wenn man sich wegen all dieser Dinge Sorgen machen wollte, könnte man das Leben doch gar nicht ertragen.«

»Da hast du nicht Unrecht.«

Sie geht in die Hocke, macht sich am Hundehalsband zu schaffen.

»Anna«, sagt er mit fester Stimme. »Ich will dich wiedersehen.«

Ihre Augen sind weit offen, ihr Gesicht zerschnitten, zweigeteilt durch das Schattenspiel des Baumes.

»Hörst du, Anna, ich will dich wiedersehen, ich will mit dir sprechen. Ich will deiner Stimme und deinen Worten zuhören.«

»Ja«, sagt sie.

Er sinkt wieder in die Knie und ist mit ihr auf Augenhöhe.

»Willst du?«

Sie nickt, ihr Gesicht ist ruhig und ernst.

»Was passiert denn nur mit mir? Warum ist das so? Ich bin dir nur einmal begegnet, und jetzt …«

»Ich weiß, ich weiß.«

Ihre Fingerspitzen fahren über seine Fingerknöchel, sie wendet den Blick ab und richtet sich auf.

»Jetzt sofort?«, fragt er. »Bring den Hund nach Hause, dann fahren wir irgendwohin, wir fahren zum Essen in die Stadt, ich lade dich ein …«

»Das geht nicht, heute nicht. Aber morgen. Nach der Besuchszeit. Warte am Fridhemsplan auf mich, vor Åhléns, bei der Bushaltestelle. Um kurz nach sieben.«

An diesem Abend stirbt Marie-Louises Mutter. Marie-Louise klingt am Telefon hart, fast anklagend.

»Ja, ja, Mauritz, jetzt ist es vorbei. Jetzt ist sie tot.«

Er empfindet eine verwirrende Sehnsucht, weiß nicht, was er sagen soll.

»Jetzt habe ich also keine Mutter mehr«, fügt sie hinzu.

»War ihr da, wart ihr bei ihr?«

»Ja, wir haben in der letzten Zeit sozusagen bei ihr gewohnt, Papa und ich.«

Nun klingt ihre Stimme auf irgendeine Weise abwesend.

»Wie geht es dir?«

»Mama ist tot! Verstehst du? Im einen Moment warm und glühend vor Fieber, lebendig, ja, natürlich angefressen, aber doch Gegenstand großer Fürsorge. Und gleich darauf tot und tiefgefroren. Eine Leiche, ein Körper, kein Mensch mehr. Mauritz, das ist so schrecklich … dass man aus dieser Fürsorge hinausgeworfen wird, sie haben sogar gefragt, ob wir erkältet seien, ehe wir zu ihr durften … und dann in einen Kühlraum im Keller. Und niemand fragt noch, ob man Durst oder Schmerzen hat.«

»Das hat man ja auch nicht.«

»So war das nicht gemeint. Das sind ja keine logischen Gedanken. Ich bin einfach nur so traurig, so verdammt scheißtraurig.«

Er hofft, dass sie nicht weinen wird. Damit könnte er jetzt nicht umgehen. Sie weint aber auch nicht. Mit kindlicher und bitterer Stimme geht sie alles durch, was sie nicht mehr tun kann: »Ich kann sie nicht bitten, von meiner Geburt zu erzählen, wie es war, meine ersten Bewegungen zu spüren, wie es war, mich zu stillen, ich kann ihr zum Muttertag keine Blumen schicken, ich kann die Entscheidungen nicht verteidigen, die ich im Leben getroffen habe. Gegen ihren Willen.«

»Meinst du mich?«

»Hör auf.«

»Soll ich jetzt kommen?«

»Das ist nicht nötig. Ich komme nach Hause. Papa und ich gehen morgen ins Bestattungsbüro, dann komme ich nach Hause.«

»Bringst du Edvin mit? Der braucht uns vielleicht.«

»Er will nicht. Er sagt, dass er hier sein will. Zwischen all ihren Sachen.«

»Und wann kommst du also?«

»Übermorgen. Wenn du mich am Bahnhof abholen könntest, wäre das gut. Ich kann die Vorstellung nicht ertragen, mich in die U-Bahn zu setzen, und dieser blöde Bus ist ja meistens gerade weg, wenn man ankommt.«

»Aber Liebes«, sagt er. »Natürlich hole ich dich ab. Und sag Edvin, dass … Sag, dass ich an ihn denke.«

Sie will mich sehen.

AnnaAnna.

Sie will mich sehen.

Wie werden wir miteinander sprechen?

Dann: die grauen Augenlider der Schwiegermutter, die leicht geöffneten Lippen. Haben sie ihr das Gebiss wieder eingesetzt? Sieht man es glänzen, wenn die Bahre aus dem länglichen Kühlfach gezogen wird? Liegt sie vom Leben sauber gespült in ihrer halb zerfressenen Hülle aus Zellen, eine geschändete und verkommene Hülsenfrucht?

Sie, die meine Frau geboren hat.

So wird es uns allen eines Tages gehen. Am äußersten Tag. NEIN: für mich gilt der Gegensatz, für mich ist jetzt der innerste, INNERSTE Tag!

Anna. Sie werde ich treffen, mit ihr werde ich reden, wir werden uns gegenseitig unsere Fragen beantworten.

Ich mache jetzt die Lampe aus.

Gute Nacht, all ihr Teufel.

Mir geht es. Gut.

Der Abend glüht, Brandgeruch liegt im Wind, der über die Pflastersteine weht. Es ist einer dieser seltenen heißen Tage im August, unmittelbar ehe der Himmel wieder anfängt, dunkel zu werden, gleich vor den Sternen. Und dem Herbst.

»Anna, ich will dich ansehen… du bist schön.«

»Ich werde nächstes Jahr im Dezember fünfzig.«

»Was hat das damit zu tun?«

»Aber… Frauen, die bald fünfzig werden, sind nicht schön.«

»Ich habe dich mit zwanzig oder dreißig nicht gesehen. Ich habe keine Erinnerung an dich mit zwanzig oder dreißig oder vierzig. Ich sehe dich jetzt, und du bist schön.«

Sie spielt mit einem Zahnstocher. Die Wärme ihrer Hände lässt ihn dunkler aussehen.

»Erzähl von dir«, bittet er.

»Du weißt schon viel.«

»Mehr will ich wissen, mehr.«

»Du weißt, wo ich arbeite. Du weißt, dass ich zwei Kinder habe und verheiratet bin.«

»Per-Erik.«

»Hab ich das gesagt?«

»Nein. Ich habe im Telefonbuch nachgesehen. Seid ihr glücklich?«

»Was für eine Frage!«

»Seid ihr das?«

»Manches ist gut, anderes ist weniger gut. In meinem Leben.«

»Und was ist gut?«

»Materiell gesehen haben wir es gut, und das ist ein wichtiger Faktor, das wird mir jedes Jahr klarer. Ein schönes Haus, versorgt sein. Zwei liebe Mädels, die die schwierigen Jahre hinter sich haben und jetzt nur noch Freude machen.«

»Bist du da sicher?«

Sie lacht, der Wind streicht ihr die Haare aus der Stirn. Sie sitzen in einem Straßencafé. Er hat wie verabredet auf sie gewartet, zusammen sind sie zum Wasser gegangen und dann der Strandpromenade zum Restaurant gefolgt. Sie haben keinen Hunger. Sie bestellen Tomatensalat und Wein.

»Und was ist weniger gut?«, fragt er.

»Ach … es gibt noch viel mehr, was gut ist. Meine Kolleginnen. Meine Brüder, ich meine, der Zusammenhalt unter uns Geschwistern. Hast du Geschwister?«

Er schüttelt den Kopf.

»Dann fehlt dir eine große und wichtige Dimension im Leben.«

»Vielleicht«, sagt er leichthin.

»Wir hatten eine geborgene und harmonische Kindheit, wir Geschwister. Typische Arbeiterfamilie, mein Vater war Lokführer und meine Mutter Hausfrau. Ich habe zwei ältere und einen jüngeren Bruder. Du kannst dir also denken, dass ich verwöhnt worden bin, als einziges Mädchen … der im Krankenhaus ist übrigens mein jüngerer Bruder.«

»Und dein Mann? Was ist der von Beruf?«

»Er arbeitet im Marketing. Er ist übrigens ziemlich tüchtig. Hat Kunden in aller Welt … im Moment ist er gerade in Chicago.«

»Over there.«

»Ja.«

»Wie lange seid ihr schon verheiratet?«

»An die zwanzig Jahre.«

»Dann warst du also fast dreißig, als ihr geheiratet habt?«

»Ja, meine Mama hatte sich schon Sorgen gemacht, ich könnte übrig bleiben. Ich hatte so viele Freunde … ich war sogar einmal zwei Jahre lang verlobt. Aber ich hatte doch bei keinem das Gefühl, dass ich für den Rest meines Lebens mit ihm zusammen sein wollte. Und Kinder bekommen.«

»Aber bei Per-Erik wolltest du das?«

»Ich glaube schon.«

»Als du vorgestern gegangen warst … mit dem Hund … da war ich irgendwie so froh. Ja, nicht weil du gegangen warst, meine ich. Sondern, weil du da gewesen warst.«

»Ich war auch froh. Das ist komisch … Gestern habe ich gehofft, dass du anrufen würdest, den ganzen Tag, ja, ich war gestern nicht gerade eine produktive Arbeitnehmerin. Aber glücklicherweise gab es auch nicht so viel zu tun.«

»Anna, hast du an deinem Schreibtisch draußen in Råcksta gesessen, hast du da gesessen und gehofft, dass ich anrufen würde?«

»Ja …«

Sie legt ihre Hand neben seine. Die runden Daumen, eine Ader wie ein verzweigter blauer Baum.

»Was empfinden wir?«, fragt sie. »Ich will jetzt nicht überlegen, ob wir das Recht haben oder nicht, zu empfinden und zu handeln. Aber was ist es?«

»Wärme, Sehnsucht, Sympathie. Der Anfang von Verliebtheit. Nein, verdammt, Blitzverliebtheit. Auf den ersten Blick!«

»Ja, ja, genau. Ich hätte nie gedacht, dass ich es noch einmal erleben würde. Dieses Gefühl.«

»Blödsinn! Wieso denn nicht?«

»Aber das ist … irgendwie … für Frauen ist das anders.«

»Was denn, lässt eure Fähigkeit, euch zu verlieben, nach, wenn ihr auf die fünfzig zugeht?«

»Aber nicht doch, absolut nicht.«

»Na also.«

Sie bezahlen und gehen. Fahren mit der U-Bahn nach Vällingby, gehen durch den Wald. Heimwärts.

Er bleibt stehen, legt die Hände um ihre Schultern.

»Anna. Ich will, dass wir uns lieben.«

Sie atmet schwer, macht einen Schritt auf ihn zu.

»Hier«, sagt sie. »Hier im Wald.«

Am Sonntag hörte es auf zu schneien. Im Schnee lagen Stummheit und Schweigen, aber das ferne Läuten der Kirchturmglocken wurde über Hausdächer und Parkplätze getragen. Den ganzen Tag blieb die Temperatur unter null. Kein Kind spielte draußen, und das war schon seltsam, da es selten schneite und da der Schnee sicher bald wieder schmelzen würde. So war es sonst immer. Und so würde es wohl auch jetzt gehen. Gegen Abend stieg die Temperatur auf null.

»Treibhauseffekt«, verkündete Susanne. Sie hatte hereingeschaut, um ihre Slalomstiefel zu holen, sie und ihr Freund wollten für eine Woche nach Åre. Sie aß bei ihnen, eine wenig fantasievolle Mahlzeit mit Erbsen und sehnigem Fleisch.

»Als wir klein waren, gab es im Winter jede Menge Schnee, da waren die Jahreszeiten noch so, wie sich das gehört«, sagte sie herausfordernd. »Aber jetzt passiert etwas Unheimliches, eine ökologische Katastrophe, und ihr habt daran mitgewirkt, sie auszulösen, ihr Eltern unserer Generation.«

»So einfach ist das ja wohl nicht, Herzchen«, murmelte Marie-Louise und fing an, die Spülmaschine einzuräumen. »Aber das begreift man natürlich nicht, wenn man jung und rotwangig ist wie du. An sich gibt es nicht viel, was ein kleiner Mensch tun kann. Man kann nur protestieren und demonstrieren. Und da haben wir gemacht, Susanne, das war unsere Generation, die das gemacht hat. Wann warst du zuletzt bei einer Demo? Ach, ich glaube, sogar das kann ich dir sagen. Mit uns zusammen nämlich, vor vielen Jahren, am 1. Mai. Du konntest noch auf Papas Schultern sitzen. Nein, du Herzchen, komm du mir ja nicht mit Vorwürfen, denn dann krieg ich richtig schlechte Laune. Jetzt seid ihr an der Reihe, etwas zu unternehmen.«

»Ich glaube aber trotzdem, dass ich ein gewisses Recht habe, Vorwürfe zu machen… wenn man sich überlegt, wie die Welt heute aussieht. Was sagst du, Papa? Bist du ihrer Ansicht?«

Sie war sonnenbraun und unwahrscheinlich dünn. Er sah nichts in ihrem Gesicht, was an früher erinnert hätte.

»Vermutlich.«

»Hm. Ihr seid total blind, ihr wollt nicht sehen.«

»Hast du in letzter Zeit deinen Bruder Peter getroffen?«

»Peter? Ja, sicher.«

»Hat er sich endlich eine Freundin zugelegt?«

»Was ihr euch aufregt… ihr habt garantiert totalen Schiss, er könnte schwul sein, nur weil er gerade mal keine feste Freundin hat.«

»So hatte ich das nicht gemeint.«

Er fühlte sich ohnmächtig, hatte das Gefühl, jeden Moment in Tränen ausbrechen zu können. Vielleicht spürte sie das. Sie nahm, ganz schnell, seine Wangen zwischen ihre Hände, sie waren klein und warm und dufteten wie der Frisiersalon in Blackeberg, den er früher immer besucht hatte.

»Geht es dir gut, Susanne?«, fragte er mit belegter Stimme. »Ist er lieb zu dir, dein Freund? Und bist zu lieb zu ihm?«

»Kleiner Papa«, sagte sie weich.

Sie ging die Treppe hoch. Sie trug eng sitzende Jeans mit

Rissen an Hintern und Oberschenkeln. In den Rissen leuchteten bunte Stofffetzen, an einer Stelle sah er ihre Haut. Er legte einen munteren Tonfall ein.

»So soll man derzeit wohl aussehen, I presume?«

»Genau. Aber jetzt suche ich meine alten Tagebücher, habt ihr die gesehen? Können die wohl im Abstellraum sein? In dem scheußlichen braunen Koffer?«

»Susanne, könnt ihr nicht mal an irgendeinem Abend herkommen, du und dein Freund? Damit wir ein wenig zusammen sein können?«

»Er heißt Fredrik, Papa, er hat einen Namen.«

»Für uns hat er noch kaum einen Namen.«

Sie sagte nichts dazu. Sie war bereits im Abstellraum verschwunden und hob Kartons und Taschen hoch.

Er ging ebenfalls die Treppe hoch. Die Rückenschmerzen konnten jederzeit wieder zuschlagen, bei der kleinsten unvorsichtigen Bewegung. Er hielt sich wie ein alter Mann am Geländer fest.

Die Tür zum Abstellraum stand offen, drinnen brannte Licht.

»Glaubst du, die liegen hier?«, rief sie. »Wenn Mama sie bloß nicht weggeworfen hat. Sie kriegt doch manchmal solche Wegschmeißanfälle. Von Sachen, die wir als Kinder hatten. Das ist blöd, man kann alles noch einmal verwenden. Recycling nennt man das.«

»Man muss aber auch Platz haben …«, murmelte er.

»Ja, ja. Aber ihr habt ja wohl genug Platz, jetzt, wo ihr keine Kinder mehr habt. Ein ganzes Haus nur für euch. Gott, was für ein Luxus!«

Sie rechnete mit keiner Antwort und wühlte weiter herum. Er musterte die scheußliche grüne Farbe der Tapeten im Treppenhaus, wie hatte sich irgendwer für eine solche Farbe entscheiden können? Aber die Baufirma war in Konkurs gegangen, als die Häuser gerade fertig waren, sicher war eine irgendwo übrig gebliebene Farbe verwendet worden. Schlampig angestrichen waren die Tapeten auch, das fiel ihm jetzt zum ersten Mal auf. Und oben in der Ecke, zu hoch, um dort sauber zu machen, hingen lange Staubfäden.

Etwas flatterte aus der Türöffnung, etwas Rotes und Blaues mit hässlichen kleinen Händen. Ein Gummigesicht, eine verzerrte, schleppende Stimme.

»Guten Tag, guten Tag. Ich heiße Ephraim…«

Ein verzogenes lispelndes Clownsgesicht, grotesk.

»Schau mal, was ich gefunden habe, Papa. Ist das von uns? Ich kann mich absolut nicht daran erinnern, dass ich als Kind damit gespielt habe. Aber es ist total witzig!«

Die Puppe war über ihre Hand gestülpt. Die Handpuppe, die er vor langer Zeit Lynn geschenkt hatte.

In dem Sommer, in dem die Schwiegermutter starb. In dem Sommer, in dem er Anna kennen lernte. Im September, die Beerdigung war überstanden, ein trauriger Akt, den er mit einer ihn fast zum Invaliden machenden Migräne überlebt hatte.

Edvin war abgemagert, sah aber nicht verhärmt aus, nein, eher passte es zu ihm. Der dunkle Anzug, die Hände auf dem Sarg, er schnappte nach Worten, als wolle er ihr einen Vortrag halten, seiner toten Gattin, die da unter Blumen und Seidenbändern lag. Glücklicherweise versagte seine Stimme, der Pastor stand schon bereit und führte ihn diskret zurück in die Bank. Er war es gewöhnt, dramatische Szenen zu vermeiden.

Später beim Essen wirkte der Alte erleichtert, als sei er einer langen, strengen Belagerung entronnen. Dann kam der Kaffee, Mauritz und sein Schwiegervater nippten an einem edlen Cognac, und die Kopfschmerzen ließen ganz behutsam nach.

»Wie wirst du jetzt zurechtkommen, Edvin? Alles wird sicher so leer sein, aber du weißt, dass du bei uns immer willkommen bist.«

Der Schwiegervater schaute ihn vielsagend an.

»Ein richtiger Mann kommt immer zurecht. Oder was, Mauritz? Stimmt das nicht?«

Er hatte schon einige Gläser geleert, seine Nasenspitze glänzte. Sein Hemd war achtlos in seine Hose gestopft, und er hatte sich das Revers bekleckert.

»Ich weiß nicht, Edvin. Ich bin nicht sicher, ob ich das richtig verstanden habe …«

»Ach! Sieh mich doch an! Meinst du vielleicht, ich tauge nichts mehr? Sehe ich nicht gut aus, findest du, ich sei nicht mehr interessant?«

Mauritz fühlte sich absolut nicht wohl in seiner Haut. Einige der Beerdigungsgäste sahen schon zu ihnen herüber, Marie-Louises Tante rümpfte die Nase.

»Eins will ich dir sagen …« Edvin wurde leiser. »Sie war in fast jeder Hinsicht eine gute Frau, und ich habe sie geliebt und geehrt, das tue ich übrigens immer noch. Ich werde um sie trauern, und sie wird mir fehlen, so wird es sein. Nach so vielen gemeinsamen Jahren … ich werde zutiefst trauern und ich habe schon ungeheuer tief getrauert. Aber ich werde mir Trost verschaffen. Wenn du verstehst, was ich meine.«

»Aha. Ich glaube schon …«

»Der Mensch ist polygam, so sehe ich das. Der Mann jedenfalls.«

»Die Frau nicht?«

»Woher soll ich das wissen? Frauen werden anders erzogen, das hemmt sie vielleicht. Aber den Trieb, wenn ich das mal so sagen darf, den Trieb, den gibt es auch bei Frauen. Und das kannst du deuten, wie du willst.«

»Ja, ja. Ich glaube, ich habe verstanden … Aber Nancy, hat sie denn gewusst, dass … Marie-Louise hat erzählt, dass sie gegen Ende davon geredet hat, dass du dir ›eine andere nehmen‹ würdest, sowie sie …«

»Ach! Was heißt schon gewusst. Solche Dinge erledigt man doch elegant. Sonst kann man es auch gleich lassen.«

Die Tante kam zu ihnen herüber, ihre Augen waren verweint, ihr Mund rot und üppig.

»Habt ihr hier Geheimnisse?«, versuchte sie zu scherzen.
»Männer haben auch allerlei, worüber sie klatschen können. Genau wie Frauenzimmer.«
Sie legte den Arm um ihn und schluchzte auf.
»Ja, du, Edvin. Du lieber, lieber Edvin…«

Er erzählt Anna von diesem Gespräch. Marie-Louise ist noch einmal zu ihrem Vater gefahren, um alle Erbschaftsangelegenheiten zu regeln. Es ist September. Anna und er sind unterwegs nach Skansen. Sie sagt, dass sie allerlei nachtaktive Tiere sehen möchte. Bisher kennt sie die nur von Fotos.
»Ich möchte so gern so ein Tier umarmen, einen Mauergecko oder ein kleines Fingertier, ich würde ihnen zuflüstern und sie trösten…«
»Glaubst du, sie sind wirklich traurig, meinst du nicht, dass sie nur so aussehen?«
»Nein, Mauritz, es gibt Wesen, die traurig geboren werden.«
»Wenn sie traurig geboren worden sind, dann ist es doch sicher unmöglich, sie zu trösten?«
»Ich glaube, ich könnte das. Ich habe in meinem Leben schon so viele getröstet, Tiere und Menschen…«
Sie fahren mit der Fähre von Slussen hinüber, und noch ist es warm, und die Luft duftet nach Meer und Ferien.
»Ach, ich liebe den Herbst«, ruft Anna und drückt ihm die Hand. Er spürt ihre Ringe, sie drückt so hart zu, dass es wehtut.
»Ich nicht« sagt er.
»Doch… Alles wird wieder normal. Kinos und Theater machen wieder auf, die Menschen sind dort, wo sie hingehören, statt mit Wohnwagen und Zügen durch die Gegend zu irren. Und dann diese wunderbare klare Luft!«
»Der Herbst ist die Zeit des Todes. Das Grüne verwest und verschwindet, das Leben…«

»Nein, es ist die Zeit des Zurückholens.«

»Du meinst also, es besteht die Gefahr, dass Per-Erik Hermansson hier auftaucht, um seine Frau zurückzuholen?«

»Dussel!«

»Anna... wenn uns hier irgendwer begegnet... jemand, den du kennst, und wenn dieser Mensch uns so eng zusammen sieht. Auch wenn wir uns nicht an den Händen halten, sind unsere Gefühle uns doch sicher anzusehen.«

»Das ist mein Leben!«, sagt sie wütend.

»Aber es kann doch Menschen geben, die sich für dein Leben interessieren.«

Sie überlegt eine Weile. »Wie würdest du selbst reagieren?«

»Wenn uns jemand hier sähe, meinst du?«

»Ja.«

»Kommt darauf an... ob es meine Kinder wären... aber sonst, Anna, bin ich stolz darauf, dass ich hier mit dir umhergehen kann und dass ich weiß, dass du für mich so empfindest wie ich für dich. Ich will, dass die Leute denken, da geht ein richtiges Glückskind von Mann.«

»Wenn du einen Nachbarn sähest, oder einen Arbeitskollegen? Zusammen mit einer fremden Frau?«

»O verdammt, würde ich denken, aber so tun, als hätte ich nichts begriffen. Ich wäre ungeheuer diskret.«

»Ich nehme an, dass du während eurer Ehe noch andere Frauen gehabt hast als Marie-Louise.« Zum ersten Mal nennt sie Marie-Louise beim Namen. Der klingt steif und unnatürlich in ihrem Mund, wie der einer ganz anderen.

»Warum nimmst du das an?«

»Das ist nicht ungewöhnlich.«

»Okay, es ist schon vorgekommen. Ich hatte einmal ein Verhältnis mit einer jungen Schauspielerin. Keiner bekannten, ihr Name würde dir nichts sagen. Ich habe sie damals interviewt und dann...«

»Und sie, deine Frau?«

»Ob sie Seitensprünge macht?«

»Nein, hat sie das gewusst?«

»Nein.«

»Meinst du nicht, dass sie es gespürt hat? Frauen merken so was doch.«

»Es sind aber nicht alle Frauen gleich.«

»Warum hat die Sache ein Ende genommen? Die mit der Schauspielerin?«

»Wir hatten einfach keine Lust mehr. Und dann ist sie von hier weggezogen. Sie war allein erziehende Mutter. Ihr Mann saß im Gefängnis.«

»Tat sie dir leid?«

»Nicht direkt. Sie war sexy und witzig. Und immer scharf auf eine kleine Runde Tamtamtam.«

»Mauritz«, sagt sie und hält ihn fest. »Ich weiß von einer Wohnung, die wir benutzen können. Nächste Woche. Sie gehört meinem ältesten Bruder und liegt in Sundbyberg. Er wohnt allein dort. Zu manchen Zeiten ist er viel unterwegs, er arbeitet mit Computern, und dann sehe ich in seiner Wohnung nach dem Rechten.«

Er drückt sie an sich, küsst sie, es ist ihm egal, dass sie mitten in einem Strom von Menschen stehen.

»Du bist ein kleines Juwel, weißt du das? Ich liebe dich.«

Zusammen mit zwei Kindergartengruppen besichtigen sie das Aquarium von Skansen. Anna ist hin und weg, nicht einmal Schlangen oder Krokodile lassen sie zurückschrecken.

»Als ich klein war, hab ich davon geträumt, Tierpflegerin zu werden. In einem Sommer hab ich sogar in einem Zoo gejobbt. Es war eine schreckliche Plackerei und überhaupt nicht so romantisch, wie ich mir das vorgestellt hatte. Wenn ich abends nach Hause kam, musste ich mir anhören, dass ich nach Affenkacke stank. Und das tat ich ja vielleicht auch, Affenexkremente setzen sich eben in Haaren und Kleidung fest. Ihr Geruch, meine ich…«

Die stickige Luft im Gebäude macht ihm das Atmen schwer. Einen halben Meter vor ihnen sehen sie Schlangenleiber, bleiche Unterseiten, schuppige harte Häute, vollkommen bewegungslos liegen sie da, wie ausgestopft. Reptilien haben ihn schon immer angewidert.

Aber Anna redet.

»Zu meinem neunten Geburtstag habe ich eine Schildkröte bekommen. Es war eine Landschildkröte, sie stammte aus Griechenland. Ich habe sie Piaster getauft. Den ganzen Sommer wohnte sie auf unserem Balkon und fraß und schien es gut zu haben. Sie wurde richtig zahm, das kann ich dir sagen, sie kroch auf meine Finger zu und schnupperte nach Essen. Aber im Herbst kam sie dann nicht mehr aus ihrem Panzer. Meine Brüder sagten, dass Schildkröten eben Winterschlaf halten. Ich hab sie nachts in mein Zimmer genommen, und am Morgen hing ein kränklicher, seltsamer Geruch im Raum, der Kopf der Schildkröte hing heraus, und ihr Hals war geschwollen und feucht. Ich hab dann ihr Schnabelmaul berührt und versucht, sie mit Haferbrei zu locken, den liebte sie eigentlich, aber jetzt kam keine Reaktion. Mama sagte, die Schildkröte sei tot. Ich habe geweint, das weiß ich noch, ich war in Tränen richtig aufgelöst. Ich bin dann in den Park gegangen und habe die schönsten roten und gelben Blätter geholt, die ich überhaupt finden konnte. Mama gab mir einen Karton, und ich machte darin ein Bett aus Blättern, wir haben die Schildkröte auf ein Bett aus schönem weichen Laub gelegt… Aber ich weiß noch, dass niemand sie noch anfassen mochte, das musste mein ältester Bruder übernehmen. Ich und meine Freundin gingen hinter die Eisenbahnlinie, um sie dort zu vergraben. Einige Wochen später sagte einer meiner Brüder, Piaster sei vielleicht doch nicht tot gewesen, sondern habe eben einfach Winterschlaf gehalten. Und dann hätten wir ihn lebendig begraben, und das sei die schlimmste Tierquälerei, von der er je gehört habe. Du kannst dir ja vorstellen, wie schrecklich das für mich war.«

»Aber er hatte doch gestunken…«

»Ja. Und Mama sagte, er habe jedenfalls tot ausgesehen. Aber ganz sicher waren wir eben nicht. Weißt du, im Frühling, als der Boden nicht mehr gefroren war, habe ich ihn wieder ausgegraben. Aber dann habe ich nur ein dünnes, gewölbtes Stück von ihrer Schale gefunden. So ungefähr wie ein Plektrum. Danach wollte ich keine Tiere mehr haben. Wir wohnten auch ziemlich eng. Ich hatte ein eigenes Zimmer, weil ich ein Mädchen war. Die Jungs mussten sich eins teilen, ein großes zwar, aber trotzdem. Hattest du früher Tiere, Mauritz?«

Er nimmt ihren Ellbogen.

»Wir gehen, Anna, ich brauche Luft.«

Sie mustert ihn besorgt. Als sie ins Licht hinauskommen, behauptet sie, er sehe elend aus.

»Du kannst Schlangen nicht vertragen, was?«, versucht sie zu scherzen. Dann beugt sie sich vor und küsst ihn auf die Stirn.

Sie essen Waffeln mit Moltebeermarmelade und Sahne und trinken dazu starken Kaffee. Es geht ihm jetzt besser. Danach kaufen sie an einer Bude Lose. Man kann Puppen gewinnen, allerlei Arten und Modelle. Anna gewinnt zwei kleine scheußliche Stoffbären mit aufgedruckten Hüten und Westen. Sie gibt ihm den einen.

Er gewinnt eine Art Kasperlepuppe, so eine, mit der man Theater spielen kann. Sie hat ein Clownsgesicht aus rotem Gummi, eine aufgemalte Träne auf der Wange und gelbe Kunststoffhaare. Man steckt den Zeigefinger in den Kopf und Daumen und Mittelfinger in die Arme der Puppe.

»Der hat ein bisschen Ähnlichkeit mit dir«, kichert Anna. Sie verzieht den Mund, ihre Augen strahlen.

Mauritz zwingt den Kopf der Puppe nach vorn, zu Ihren Diensten, Madame, I'm your man, ich tue, was immer Sie begehren… äh, begehren, begehren… ich liebe Sie, Madame, und möchte immer in Ihrer Nähe sein, nehmen Sie mich zu Ihrem Sklaven und Liebhaber… Sie werden es nicht bereuen, das garantiere ich… Die kleinen weißen Clownshände fahren über das Gummigesicht, und plötzlich fühlte er sich ganz schwach, empfindet eine tiefe, bebende Furcht. Er steckt die Puppe in die Jackentasche, muss sich setzen.

»Geliebter«, flüstert sie. »Ich bin so erschrocken…«

Er schmiegt sein Gesicht an ihren Hals, spürt ihre Wärme, ihren zarten Duft, den er vergeblich heraufzubeschwören versucht, wenn er nicht bei ihr ist.

»Mauritz, es wird spät, wir fahren nach Hause. Ich wünschte, ich könnte dich nach Hause bringen und ins Bett stecken. Dich ins Bett stecken wie einen kleinen Jungen. Bei dir sein, wenn du aufwachst und Angst hast.«

»Tu das… komm mit mir, Anna, komm mit mir.«

»Das geht nicht…«

»Das geht… ich bin doch ganz allein im Haus.«

»Die Zwillinge….«

»Die wohnen nicht mehr zu Hause. Sie kommen nie zu Besuch.«

»Deine Frau.«

»Die kommt erst übermorgen zurück.«

»Mauritz, ich kann nicht… Es käme mir vor, wie sie zu verletzen. Ihre Mutter ist tot, sie rechnet nicht damit, dass du sie gerade jetzt im Stich lässt, wo sie ganz wehrlos ist und einen Teil ihrer Herkunft verloren hat. Nicht in eurem eigenen Heim, das wäre eine schlimme Beleidigung.« Sie kneift die Augen zu, Verwirrung und Schmerz liegen in ihrem Gesicht.

»Anna, was ist mit mir … wenn ich verletzt bin, weil du nicht mit mir nach Hause kommen und dich um mich kümmern willst … Wo ich dich doch so brauche.«

»Wir haben doch … nächste Woche, die Wohnung.«

Seine Stirn pochte, jetzt kneift auch er die Augen zu, hart, fest, fest.

»Nur ein paar Minuten … nur ein paar … ich brauche dich so unendlich sehr.«

Er weiß nicht, warum die Tür nicht richtig geschlossen wird. Vielleicht weil Anna zuletzt ins Haus geht, sie hat doch keine Ahnung, dass man noch einmal drücken muss, um sie zu schließen. Er müsste ein wenig aufmerksamer sein. Aber er ist so verletzlich an diesem Abend, so betäubt und so müde.

Sie kochen eine Kanne Kamillentee und essen in der Küche ein Butterbrot. Anna ist überaus angespannt, es wird nicht so, wie er erwartet hatte. Während er noch isst, räumt sie den Tisch ab, spült ihre Tasse aus, trocknet sie ab und stellt sie wieder in den Schrank.

Dort oben im Schlafzimmer zieht er sich aus. Sie wartet mit hängenden Armen, bewegt den Kopf nicht, es ist deutlich, dass diese viele Intimität, die ihr nicht zukommt, sie quält.

Als sie ihn dann ins Bett stecken will, wie sie versprochen hat, zieht er sie zu sich hinunter. Im Zimmer herrscht Dämmerlicht, sie leistet schwachen Widerstand.

»Was ist los?«, flüstert er mit dem Mund an ihrem.

»Ich habe Angst.«

Er presst sie an sich, harte Kleidung, kühle Knöpfe und Schnallen.

»Lass uns warten, Mauritz… bis nächste Woche, lass uns…«

Sein Glied ist groß und heiß, er nimmt ihre Hand und zieht sie nach unten; im Dunkeln spürt er, dass sie lacht. Ihre langen, starken Finger schließen sich um ihn, wandern bis zur Wurzel, auf und ab.

Ach, und schon nach ein paar Sekunden kommt es ihm!

Sie wischt sich am Laken ab.

»Jetzt muss ich los. Jetzt darfst du mich nicht mehr daran hindern.«

»Anna ... ich hatte mir nur das hier gewünscht ... ich wollte dich nicht so im Stich lassen wie eben. Du solltest doch auch dabei sein.«

»Das weiß ich. Aber ich hätte das doch nicht gekonnt. Nicht hier und jetzt. Nicht in diesem Zimmer.«

»Ich liebe dich, und es geht mir jetzt viel besser ... kann ich verraten.«

»Darf ich also gehen?«

Er überschüttet sie mit Küssen, fährt ihr durch die Haare, will sie nicht loslassen.

»Heute war irgendetwas mit dir«, flüstert sie. »Etwas Schweres und Verzweifeltes. Hat das mit uns zu tun?«

»Nein ... nein.«

»Ich wüsste das so gern.«

»Geh jetzt, Anna«, sagt er. »Ich bring dich nicht nach unten. Wir reden später weiter, nächste Woche. Wir werden lange, lange miteinander reden. Und wir werden uns lieben. Und lieben. Und lieben. Und ich verspreche, ich werde es so schön für dich machen, dass du vor Sehnsucht nach mir fast platzen wirst, wenn du bei deinem langweiligen Job sitzt. Ich habe dir noch nicht alles gezeigt, was ich kann. Noch längst nicht. Aber du wirst es sehen. Und spüren.«

Doch. Er muss einfach. Aus dem Bett springen, die Treppe hinunterstürzen.

»Ich liebe dich, Anna. Tatsache ist, dass ich deiner alten

Mama dankbar dafür bin, dass sie neulich umgekippt ist. Sonst wüsste ich doch nichts von dir … oder du von mir. Aber so was darf man wohl nicht sagen?«

Sie ist jetzt ruhiger, jetzt, wo sie das Haus fast schon verlassen hat.

»Nimm mich in den Arm, ein letztes Mal.«

»Du frierst. Du bist ganz nass.«

»Das weiß ich doch. Dussel.«

Er tritt vor sie hin, legt ihre Arme um sich. Aber sie ist nicht mehr da, in Gedanken nähert sie sich bereits ihrem eigenen Haus und ihrer eigenen Geborgenheit.

»Du, die Tür scheint nicht richtig geschlossen zu sein«, sagt sie und schaut über seine Schulter.

»Ach, verdammt. Ich muss sie wohl mal wieder ölen. Falls das hilft. Sie bockt schon länger.«

Durch das Fenster sieht er sie gehen. Sie dreht sich nicht um, jetzt biegt sie um die Ecke und ist verschwunden.

Mit dem Daumen drückt er das Patentschloss nach unten und schlägt die Tür ins Schloss, hart.

Oben im Schlafzimmer ist die Decke hochgezogen, und ein bleiches, gequältes Gesicht liegt auf seinem Kissen. Ein verzerrtes Gesicht, ein Affe?

Und das Gesicht zuckt, in tiefer Angst.

Seine nackten Füße auf dem Boden, er schreit.

Auch sie schreit, verschwindet unter der Decke, in der Wärme, die sein und Annas Körper hinterlassen haben, in seinen kalten Spermien, dort liegt sie gerade ausgestreckt und zitternd.

»Du!«, brüllt er und reißt die Decke vom Bett. Sie windet sich, bewegt sich, dreht sich auf den Bauch und hält sich die Ohren zu.

Mauritz schlägt zu. Seine Fäuste treffen den dünnen, biegsamen Körper, sie schweigt jetzt, starrt ihn an und lässt ihn gewähren. Und das ist ja verdammt noch mal auch richtig so, jetzt ist sie zu weit gegangen, jetzt gibt es keine Entschuldigung mehr.

Er hört erst auf, als er nicht mehr kann. Seine Handgelenke tun weh, sein Gebein gibt nach, auf allen vieren kriecht er ins Badezimmer, kotzt in die weiße Porzellanschüssel, schluchzt.

Sie hat alles zerstört. Er hatte ins Bett zurückgehen und sich vom Laken umschließen lassen wollen, Anna hatte dort gelegen, und wenn er die Augen zumachte, würde er noch immer ihren Bauch spüren, ihre Hüften, ihren keuchenden Atem.

Er schaut in den Spiegel. Spritzt sich Wasser ins Gesicht, kaltes Wasser.

»Nimm dich zusammen«, sagt er, und diese Worte machen ihm Angst.

(Was habe ich getan, getötet?)

Nein.

Sie ist noch immer da, und sie ist zu hören, sie weint, danke, guter Gott – oder Teufel. Ohne sie anzusehen, zieht er sich an, zieht die Rollos hoch.

»Du darfst nie mehr hier hereinkommen!«

Ihr Gesicht ist angeschwollen, ihre Wimpern ragen aus hellen Wülsten heraus.

»Wie geht es dir jetzt?«

Sie atmet ruckhaft, kann sich nicht setzen. Er muss sie hochheben, sie auf den Boden stellen. Die Beine knicken unter ihr weg, sie liegt da wie ein Lumpenbündel. Aber jetzt schweigt sie, zieht die Unterlippe ein.

»Was tut am meisten weh?«, fragt er, und die Schleimhäute in seinem Mund sind rostig.

Sie wimmert leise, ihr Rumpf zuckt.

»Zieh dich aus, dann seh ich mal nach.«

Er bebt vor Unbehagen, ihr knochiger Kinderkörper, aber er muss ja, was kann ihm alles passieren, Kindesmisshandlung, niemand wird ihm mildernde Umstände zubilligen –

Und sie, hat sie gesehen, war sie dabei, hat sie Worte gehört, die für eine andere bestimmt waren?

Sie ein Kind sein lassen, sie ein Baby sein lassen, sie in die Arme nehmen, ihr ein Kleidungsstück nach dem anderen ausziehen, Schwellungen und Schrammen anblasen, ihre zerzausten Haare entwirren, ihre Haut baden, ihr Saft und süßen Honig geben, sie wiegen wie ein sehr kleines Kind, sie zum Pissen hinaustragen, ihre Tränen abwischen, ihre Angst beschwichtigen, ihr sagen, dass alles vergessen ist, nichts ist passiert, du warst nicht in meinem Haus, ich habe dich niemals hier gesehen, dich niemals in meinem Rotdorn gefunden, du hast die Tür zu meinem Haus nicht geöffnet, niemals die Luft innerhalb der Wände geatmet, die mir gehören, draußen warst du, du bist den rauen und gefährlichen Felsen hinuntergerutscht, auf den Kinder gar nicht steigen dürfen, und bist unter dem Zaun hindurchgekrochen und heimlich auf den Felsen geklettert, auf den scharfen kalten Stein: Der hat dich weggestoßen und nach unten fallen lassen, einen Fall von mehreren Metern, deshalb die Schrammen … ja … SO!

»Lynn, was glaubst du, was deine Mama sagt, wenn sie hört, dass du an Orte gehst, an die du gar nicht gehen darfst? Dass du Dinge tust, die man nicht tun darf? Was wird sie dazu wohl sagen und denken? Also. Sie wird sagen und denken, dass ihr einziges Kind nach dem Vater kommt, dass sie seine verdorbenen Gene und Eigenschaften hat. Lynns Papa ist ein Dieb und Verbrecher, er sitzt im Gefängnis, was, wenn Lynn diese Eigenschaften von ihm geerbt hat, was, wenn es auch mit ihr so weit kommt, dass die Polizei sie holt und sie dann einsperrt, wie man das mit Dieben und Verbrechern macht? Lynn ist eine, die in fremde Häuser eindringt, das nennt man Hausfriedensbruch … Lynn ist eine, die Hausfriedensbruch begeht, die den Frieden eines Hauses bricht. So werden alle denken.«

Endlich sieht sie ihn an, endlich sitzen ihre Arme wieder richtig in den Gelenken, die Beine sind gerade, die Handgelenke lassen sich bewegen, die Rippen umschließen die kleine, kleine Lunge, die gebrechliche Schale des Beckens …

»Geh ins Badezimmer, und zieh dich aus. Geh allein hin,

stell fest, wo es wehtut, such nach blauen Flecken. Zieh dich dann wieder an, und komm her. Erzähl mir, was du gefunden hast.«

Sie stolpert durch die Türöffnung, über den Flur, die Tür zum Badezimmer ist angelehnt. Er zieht sie zu. Reißt die Wäsche vom Bett, will sie nie wieder anrühren. Wirft sie die Treppe hinunter, befördert sie mit Tritten zur Waschmaschine.

»Bist du so weit?«, ruft er und hämmert gegen die Tür. Sie heult dahinter auf.

»Bald, bald«, mit brüchiger Stimme.

»Wenn du fertig bist, schenk ich dir etwas.«

Sie reißt die Tür auf, vollständig angezogen, den Pullover aber falsch herum. Er muss ihr noch einmal helfen, und das macht er, ohne Luft zu holen.

»Hast du blaue Flecken und Wunden gefunden?«

»Nur ganz wenig.«

»Wo?«

»Beine.«

»Sonst noch?«

»Arme. Und es tut so weh im Bauch… aber nur ein bisschen.«

»Was hattest du auch da oben auf dem Felsen zu suchen?«

»Ja…«, flüstert sie.

»Kinder, die auf Felsen klettern, stürzen ab und tun sich weh. Es ist ganz böse und gefährlich, das zu tun.«

»Ja…«

Er holt einen Kamm, der gehört Marie-Louise.

»Kämm dich.«

»Das macht Mama sonst immer.«

Er zwingt den Kamm durch ihre zerzausten Haare, sieht ihr an, dass es wehtut.

»Wenn du nicht weinst, schenk ich dir nachher etwas.«

»Ja…«, flüstert sie, und um ihre Nasenlöcher hängen Rotz und Tränen.

Sie stehen jetzt unten in der Diele. Er wirft den Kamm in den Mülleimer.

»Hier«, sagt er dann.

Die Clownspuppe auf seiner Hand, die fleht und erniedrigt sich, schreit und grinst, alles ihretwegen.

Aber das Mädchen starrt die Wand an, sie ist stumm und wund.

»Lachen, Lynn! Die Puppe sagt, dass Kinder fröhlich sein müssen. Kinder müssen lieb und fröhlich sein, und sie müssen lachen, wenn man sie darum bittet. Hier hast du sie. Sie gehört dir.«

Liv Johansen sagt, dass ihre Tochter Lynn Sie manchmal besucht, Leman.«

»Das ist einige Male vorgekommen. Das ist richtig.«

»Warum macht sie das?«

»Das wüsste ich auch gern, verdammt.«

»Sie scheinen nicht übermäßig gern Besuch zu bekommen.«

»Es kann ziemlich anstrengend sein. Sie kommt einfach. Privatsphäre und so was scheint sie einfach nicht zu respektieren.«

»Haben Sie ihr gesagt, dass sie nicht mehr kommen soll?«

»Das habe ich ihr unzählige Male gesagt. Aber sie scheint nicht zu begreifen, dass ich es ernst meine.«

»Welchen Eindruck haben Sie eigentlich von dieser Lynn? Können Sie versuchen, uns den zu schildern?«

»Ich habe eigentlich gar keine Ahnung mehr von Kindern. Ich bin zu alt. Ich mag einfach nicht mit ihnen zusammen sein.«

»Etwas anderes… Liv Johansen sagt, dass Sie beide alte Bekannte sind.«

»Das stimmt.«

»Wie kommt das?«

»Das kommt daher, dass ich sie damals interviewt habe. Vor einigen Jahren.«

»Aus welchem Grund haben Sie Liv Johansen interviewt?«

»Sie war doch Schauspielerin … ich meine, das ist sie noch immer, auch wenn es wohl nicht so leicht ist, Rollen zu bekommen. Sie hat damals die Nora gespielt, die Nora in ›Ein Puppenheim‹, wenn Ihnen das etwas sagt.«

»Sie sagt, Sie hatten damals ein, wie soll man sagen, intimes Verhältnis.«

»Sagt sie das?«

»Ja.«

»Dann wird es wohl stimmen.«

»Sie hatten also ein Verhältnis?«

»Ja.«

»Wie lange hat das gedauert?«

»Zwei Jahre vielleicht. So hin und wieder.«

»Weiß Ihre Frau eigentlich etwas von diesem Verhältnis?«

»Meine Frau?«

»Ja.«

»Warum wollen Sie das wissen?«

»Weiß sie es?«

»Nein. Das tut sie nicht. Und ich gehe davon aus, dass sie auch nichts erfahren wird.«

»Es ist also jetzt beendet, Ihr Verhältnis mit Liv Johansen?«

»Schon lange. Es ist ein abgeschlossenes Kapitel.«

»Was ist passiert? Warum hat es ein Ende genommen?«

»Beziehungen enden eben, so ist das einfach. Man gleitet auseinander. Wieso?«

»Und das Mädchen?«

»Ja?«

»Glauben Sie, sie kann sich an Ihre frühere Bekanntschaft erinnern?«

»Wohl kaum. Sie war so klein.«

»Liv Johansen sagt, dass Sie Lynn Geschenke machen.«

»Was?«

»Ja, das sagt sie. Sie sagt, dass das Mädchen eines Abends mit einer Art Marionette nach Hause gekommen ist, die sie angeblich von Ihnen erhalten hatte.«

»Das kann schon stimmen, ja… aber das war keine Marionette, sondern eine Handpuppe, so eine, die man auf die Hand nimmt. Wenn ich das richtig in Erinnerung habe.«

»Warum haben Sie ihr eine Puppe geschenkt, Leman?«

»Tja…«

»Sie behaupten doch, dass Sie dieses Mädchen gar nicht leiden mögen.«

»Ich hatte sie gewonnen, glaube ich. An einer blöden Losbude, wenn ich mich nicht irre. Und was hätte ich mit einer Puppe anfangen sollen?«

»Aber wieso haben Sie sie gerade Lynn geschenkt, das ist hier die Frage.«

»Ich hab sie wohl auf der Straße gesehen.«

»Es ist nicht so, dass sie bei dieser Gelegenheit bei Ihnen war?«

»Es ist nicht so leicht, sich an alle Details zu erinnern… das muss doch mehrere Jahre her sein.«

»Es war im Herbst 1989, nach unseren Informationen.«

»Das ist ziemlich lange her.«

»Denken Sie nach, Leman.«

»Na ja… es muss wohl so gewesen sein, ich glaube, ich erinnere mich jetzt. Sie saß vor meiner Mülltonne. Sie weinte und war traurig. Sie war offenbar gestürzt und hatte sich wehgetan, und ich weiß nicht, warum sie nicht nach Hause gegangen ist, das wäre doch normal gewesen, aber ihre Mutter war vielleicht nicht zu Hause, darum kümmere ich mich doch nicht. Ich weiß auch nicht, ob sie sich vielleicht mit Liv gestritten hatte… aber jedenfalls saß sie da.

Sie war verzweifelt und traurig. Und da habe ich ihr die Puppe geschenkt.«

»Sie haben sie ihr geschenkt?«

»Ja! Verdammt … Ist das vielleicht verboten?«

Er musste gehen. Jede Faser seines Körpers sehnte sich nach Bewegung.

Unten am Mälar lag das Eis dunkel und porös, vom Fjord her hörte er Dröhnen und Klirren. Er ging über den Weg, überquerte die neue Brücke, die im Fels verankert war und es den Wanderern ermöglichte, die Bucht zu umrunden.

Es dröhnte und klirrte, seine Füße bewegten sich, seine Hacken schlugen zu, die Schwere im Kreuz …

Kreuzfeuer.

Leichter Nebel an diesem Tag, keine Sonne.

Sie waren freundlich genug, ihn zu sich zu bitten, ins Büro oder auf die Wache. Oder wie immer sie das nun ausgedrückt hatten.

Diskretion jedenfalls.

Als ob Liv.

Als ob sie wichtig wäre.

Zwei Jugendliche, sie verschwammen zu einem langen grünen Mantel, ohne sie anzusehen, ging er an ihnen vorbei, ging, ging,

es werde Licht, es werde Erleuchtung,

klick, klick,

jetzt verschwanden sie hinter der Brücke,

kleine geile Punkte,
jetzt war er ganz allein.

Hinter ihm der Felsen, gehüllt ihn brüchige Eisschichten, die Flechten darunter wurden vergrößert, sickerndes Wasser, das lebte und pulsierte.

Ein Flötenton…

danach zischende Schritte über dem Eis, ein Mann taucht aus dem Nebel auf, sucht sich zwischen den Lachen einen Weg. Mauritz kann seinen Rucksack und ein an den Riemen verknotetes, flatterndes Halstuch erkennen, der Mann fegt über das Eis, in gleitenden Zügen.

(Du Narr, das trägt doch nicht, du verdammter Narr, wer soll dich denn wohl retten, wer soll deinetwegen sein Leben aufs Spiel setzen, niemand hört dich, niemand sieht dich, niemand.)

Kein Geräusch erreicht ihn, als der Mann durch das Eis bricht. Kein Splittern, kein Bersten, kein Wasserlaut. Aber der Kopf kommt wieder zum Vorschein; er ist dunkel und glatt wie der eines Seehundes, die Arme fuchteln und klammern, kein Schrei, keine sichtbare Angst.

(Warum wird mir das angetan, warum muss ich zusehen, wie er von Meerwasser erfüllt wird, von Untergang, wenn ich nun die Beine in die Hand nehme, aber die Sache mit dem Rücken macht mich zum Invaliden, und ich bin nicht hergekommen, um zu laufen und zu rennen; wenn ich es doch tue, werde ich zu spät ein Telefon finden, danach braucht man noch mehr Zeit zum Bergen, lange, lange Zeit, wer dort hinauswill, muss mit einer Leiter oder einem Ast auf dem Bauch hinausrobben, wie lange kann jemand das aushalten, ein Körper, der im Eiswasser versinkt.)

Der Seehundskopf wogt auf und nieder. Es ist wirklich ein Seehund, ein Seehund oder ein Tümmler, das Fell wird weiß, soll er sich doch aufs Eis tummeln und sich umherwälzen, umherwälzen, bis er erstarrt.

Anna, wenn es dich irgendwo gibt, wenn du mich jetzt siehst, du verdammtes kleines Wesen, wenn du mich liebst, so, wie du es behauptet hast, in Ewigkeit, amen, dann öffne eine Luke und wirf eine Strickleiter herunter, und dann komme ich, dann komme ich geklettert –

Und du sitzt da in einem Negligé aus himmelblauem Stoff, das würde dir gut stehen, diese himmlische Farbe, du müsstest da oben sitzen und warten und dann lachend deine Mutterarme ausbreiten, mich zu dir nehmen –

Der Seehundskopf schnauft, der runde Körper bewegt sich, glänzt. Ein Sonnenstreifen, Geflimmer.

Mauritz dreht sich um, geht los, schnell, schnell geht er, rutscht ein wenig, rennt. Seine Lunge glüht.

Ins Leere klafft sein Schlund,

Hilfe, ruft er, Hiiiiiilfe.

Seine Stimme ist ohne Schärfe. Ein vages Geräusch einfach. Ein Ton.

Die Wohnung ist quadratisch und überaus sonnig. Er fühlt sich dort wohl. Noch hat er nicht begonnen, sich vor dem Licht zu fürchten.

Die Wohnung liegt ganz oben in einem etwas älteren Vierparteienhaus, zwei Zimmer und eine Küche. In der Diele steht ein großes Aquarium, darum und um die Topfblumen kümmert Anna sich, wenn der Bruder auf Reisen ist.

Ström steht an der Tür. J. Ström.

»Er heißt Johan«, sagt Anna. »Wir haben alle vier redliche schwedische Namen. Mein zweitältester Bruder heißt Bengt und mein kleiner Bruder heißt Olof. Hast du noch einen anderen Namen außer Mauritz?«

»Nein, keinen.«

»Seltsam. Die meisten haben doch mehr als nur einen.«

»Ich nicht. Ich bin etwas Besonderes.«

»Ja, du bist etwas Besonderes, das bist du wirklich. Weißt du, wie ich außer Anna noch heiße?«

»Nein, woher soll ich das wissen?«

»Ich heiße Anna Eva Kristina.«

Er wiederholt die Namen, sieht zu, während sie die Tagesdecke zusammenfaltet.

»Die passen zu dir, alle drei. Es sind schöne Namen, ebenso schön wie du.«

Anna hat von zu Hause Bettwäsche mitgebracht. Gemeinsam beziehen sie das große Bett. Es nimmt das halbe Zimmer ein.

Ihm kommt ein Gedanke.

»Per-Erik hat sicher in dieser Wäsche geschlafen?«

»Ich kann nicht garantieren, dass das nicht der Fall ist. Aber natürlich habe ich sie seither gewaschen.«

»So hatte ich das nicht gemeint.«

»Dann denk daran, dass ich sie gewaschen und durch die Mangel gedreht habe. Denk daran, dass ich das für uns getan habe, für dich und mich.«

»Verzeih mir, Anna. Ich bin manchmal ein wenig töricht …«

Er kommt sich gemein vor, zugleich ist da aber diese unvernünftige Eifersucht, eine Wut auf alles, das sie mit anderen teilt, Wut auf ihren Mann, ihre Familie, ihre Verwandtschaft, auf alle Bereiche ihres Lebens, zu denen er keinen Zutritt hat.

»Was hast du noch gesagt, was er von Beruf macht, dein Bruder?«

»Er besucht allerlei Firmen und hilft ihnen bei Computerprogrammen. Er nennt sich Computerberater, glaube ich.«

»Versteht ihr euch gut?«

»Ja, sicher, natürlich tun wir das.«

»Was würde er wohl sagen, wenn er uns jetzt sehen könnte?«

»Er würde … er wäre leicht überrascht, glaube ich. Aber er würde es mir von ganzem Herzen gönnen. Er mag Per-Erik nicht besonders gern.«

»Warum nicht?«

»Ich weiß nicht. Manche Menschen können einfach nicht miteinander. Das hängt mit der persönlichen Chemie zusammen, weißt du.«

»Wie lange hat er diese Wohnung schon?«

Sie richtet sich auf, überlegt.

»Das weiß ich nicht. Zehn Jahre vielleicht?«

»Dass er nicht geheiratet hat… oder… ist das vielleicht eine unangenehme Frage?«

»Durchaus nicht. Johan war verheiratet. Zweimal sogar. Aber es ist bei beiden Frauen schief gegangen.«

»Keine Kinder?«

»Keine Kinder.«

Das Zimmer ist schlicht eingerichtet. Eine Bücherwand im Wohnzimmer zeugt von Naturinteresse: Bücher über Aquarien, Blumen, Vögel.

Sie stehen zu beiden Seiten des Bettes, plötzlich von Schüchternheit überkommen.

»Was ist los?«, fragt Anna.

»Wie viele Männer hast du vor mir hergebracht?«

»Mauritz!«

Er läuft um das Bett herum, packt ihre Handgelenke.

»Neulich hast du mich gefragt. Jetzt frage ich dich. Wen hast du außer mir geliebt?«

»Oi… soll ich die wirklich alle aufzählen?«

»Ernsthaft jetzt, Anna.«

»Dann legen wir uns hin.«

Und sie liegen auf der Bettdecke, vollständig angezogen. Anna starrt zur Deckenlampe hoch, einem scheußlichen, fünfarmigen Relikt aus den fünfziger Jahren.

»Ehrlich gesagt, gab es nur einen. Und der war nie mit mir hier, der zählt nicht, Mauritz. Es ist schon viele Jahre her. Die Kinder waren noch ziemlich klein, er war unser Nachbar… es war bei etwas so Banalem wie einem Nachbarschaftsfest… du weißt, wie das in den siebziger Jahren war, dem Jahrzehnt der Freiheit… Ja, ich war sehr verliebt, das gebe ich gern zu.«

»War er gut im Bett?«

»Im Bett! Ha! Wir hatten nie die Möglichkeit, in einem Bett zu liegen.«

»Was, habt ihr nie gevögelt?«

»Doch, natürlich. Im Stehen, im Wald an einem Baum, in seinem schönen Volvo, man war damals doch jung und gelenkig.«

Er schüttelt sie, will ihr wehtun.

Sie wehrt sich.

»Was ist denn los mit dir … du musst akzeptieren, dass auch ich ein früheres Leben gehabt habe, genau wie du.«

»Ja … aber wenn ich mir vorstelle, wie ihr …«

Er legt sich über sie, lässt seinen Zeigefinger in ihrem Ausschnitt spielen.

»Wie lange ist das so gegangen?«

»Einige Jahre. Dann verlief die Sache im Sande, wenn ich das mal so sagen darf. Eigentlich hatten wir einander nichts zu geben. Wir waren total unterschiedliche Menschen. Wenn ich ihn heute sehe, kann ich einfach nicht fassen, was mich an ihm angezogen hat. Er ist ein trister, grauer alter Mann in meinem Alter.«

Ihr Gesicht wird heiß, ihr Atem schmeckt nach einer säuerlichen Frucht. Er saugt an ihren Lippen, streift ihr Pullover und BH ab, darunter ruhen die Brüste, Annas Brüste, schwer liegen sie da, er liebkost sie mit der Zunge, mit der Wange, beißt ein wenig hinein, küsst. Das tut seine Wirkung auf sie, er merkt es und öffnet vorsichtig den Reißverschluss in ihrer Hose.

Und dort: die glatte Wölbung des Bauches, Streifen und Spuren der Schwangerschaft, dort drinnen haben Embryos geruht, zwei zusammen, Stirn an Knie, Nabelschnüre, körperwarmes Wasser. Eine weite, wachsende Zärtlichkeit erfüllt ihn, er küsst ihren Nabel, umarmt sie behutsam, als könne sie seinen Händen entgleiten.

Sie hilft ihm dabei, die Hose über ihre Hüften zu streifen,

hilft dabei, ihn auszuziehen. Unter ihrer Unterhose ist die Haut weiß. Seine Hand zwischen ihren Schenkeln, streichelnd, liebkosend, er dreht sie auf den Bauch und berührt massierend die Gegend, wo die Beine in die Hinterbacken übergehen. Sie stöhnt laut und öffnet sich.

Ihre Klitoris ist klein und ziemlich schwer zu finden; sie muss ihm helfen, sie führt seinen rechten Zeigefinger zwischen den krausen Haaren dorthin –

dort, dort, merkst du …

Und als er ein wenig gedrückt hat und gekreist ist, wird sie unter seinem Finger groß, sie ist weich und mit Blut gefüllt.

Sie zittert, jammert, wimmert, sie ist jetzt sehr nah daran.

Aber sie kann nicht …

Nach einer Weile kneift sie die Oberschenkel zusammen und dreht sich auf die Seite. Ihr ganzer Körper ist rot gefleckt, sie ist schwach.

»Was ist los, geliebte Anna, mache ich etwas falsch …«

Ihr Hinterteil an seinem Bauch, das Glied gegen die Spalte, schon lange bereit und aufgereizt von ihrer Steigerung, jetzt wird es weich und schlaff.

Anna murmelt ins Kissen, nein, nein, du machst nichts falsch, nichts falsch …

»Aber was ist denn dann los, irgendwas ist es doch!«

»Ich finde das einfach nur schwer«, flüstert sie. »Du musst sehr viel Geduld haben. Und ich ahne, dass du das auch hast, dass du einer bist, dem ich mich ganz überlassen kann, ganz und gar, wenn die Zeit reif ist … aber jetzt will ich dich in mir haben … denn ich sehne mich danach, dich dort drinnen zu spüren, dich aufnehmen zu können.«

Sie bekommt niemals einen Orgasmus, wenn er sich in ihr bewegt, aber an diesem Abend gelingt es ihm, sie kommen zu lassen, indem er sie mit der Wärme seiner Lippen stimuliert. Sie schmeckt sauber und frisch, die kräftigen Oberschenkel umschließen ihn; ihre Waden liegen über seinen Schultern, und als der Orgasmus angerollt kommt, spürt er ihn an seiner Zungenspitze.

Seine Freude ist ebenso groß wie ihre.

Du kommst aber spät!« Marie-Louise sah ihn über den Brillenrand hinweg an, es war eine Brille mit schmalem Gestell, und sie hatte sich nur äußerst widerwillig damit abgefunden, dass sie ohne Brille weder schreiben noch lesen konnte. Sie sah unzufrieden aus, hatte heftig die Stirn gerunzelt.

»Essen steht im Herd. Ich habe so lange wie möglich gewartet. Aber du bist ja nicht gekommen. Du könntest wenigstens anrufen. Damit man Bescheid weiß. Damit man eine Ahnung hat.«

»Bitte, Marie-Louise. Sei still.«

»Der Zahnarzt hat auch angerufen. Du hattest heute einen Termin. Um halb drei. Das hattest du offenbar vergessen.«

»O verdammt.«

»Ich habe versprochen, dass du anrufst, sowie du nach Hause kommst. Ich wäre ja nicht im Traum auf die Idee gekommen, dass es so lange dauern könnte.«

»Ich fahre morgen früh hin, dann nehmen sie mich sofort dran.«

»Das kann man doch nicht machen. Nicht mal, wenn man Mauritz Leman heißt.«

»Was bist du gehässig, was ist los mit dir?«

»Was treibst du eigentlich? Da ist etwas... das mich so entsetzlich unruhig macht, Mauritz...«

Sie hatte beide Abendzeitungen gekauft, sie lagen auf dem Küchentisch. Ein Bild von Lynn und dicke Schlagzeilen. Das gleiche Bild übrigens, in beiden Zeitungen. Eine Ganzaufnahme: Lynn im Overall, aber ohne Mütze, ihre strähnigen Haare fallen ihr auf die Schultern.

WAS IST MIT LYNN (6) PASSIERT?
LYNN (6) SEIT FREITAG VERMISST!

Und in den Zeitungen wurde über mehrere Seiten alles berichtet, was Lynn und Liv Johansen seit dem Freitagmorgen unternommen hatten, es gab Bilder des Reihenhauses, von Lynns Fahrrad, dem Park, der Garage.

Die Polizei hat eine Vielzahl von Vernehmungen durchgeführt, hat bisher aber noch keine konkreten Spuren gefunden. Es wird jetzt befürchtet, dass das Mädchen einem Verbrechen zum Opfer gefallen sein könnte.

»Möchtest du einen Whisky?«, rief er ins Wohnzimmer.

»Jetzt?«

»Ja.«

»Warum nicht? Wenn du auch einen trinkst.«

Er füllte zwei Trinkgläser, setzte sich an den Küchentisch. Nach einer Weile kam sie zu ihm.

Spöttisch zeigte er auf die Zeitungen.

»Wie ich sehe, wühlt jetzt auch die Abendpresse in der Sache herum. Aber das war sicher nur eine Frage der Zeit. Jetzt haben sie eine neue spannende Story, in der sie sich so richtig suhlen können. Das verkauft sich gut, das schwör ich dir. Verschwundene Kinder. Und der große böse Wolf.«

»Das sind doch deine Kollegen…«

»Ich scheiße auf meine Kollegen!«

»Aber sie sind jedenfalls Journalisten.«

Er brachte es nicht über sich, zu antworten.

»Du hast nichts gehört?«, fragte er.

»Über sie? Lynn?«

»Ja… ich dachte, du hättest vielleicht heute hier in der Gegend mit irgendwem geredet oder so.«

»Nein… oder doch. Mit Eva.«

»Ach.«

»Sie sagt, dass es ihr schlecht geht, sie schämt sich, weil sie so viele dumme Gedanken über Lynn gedacht hat. Ich finde es ja auch schlimm… ich meine, ich müsste doch Verständnis für Kinder und ihre Eigenarten haben. Wo ich doch mit Kindern arbeite. Aber ich war ja auch nicht gerade begeistert von ihr. Und das kommt mir fast vor wie ein Versagen. Ich weiß nicht einmal so genau, wieso ich sie eigentlich nicht leiden kann.«

Der Whisky füllte seinen Schlund, dämpfte seine Unruhe, hüllte sie ein.

»Man kann nicht alle leiden mögen«, sagte er vage. »Deshalb braucht man doch kein schlechtes Gewissen zu haben.«

»Erst, wenn es zu spät ist, sieht man so allerlei ein. Wenn man sich ein wenig mehr um sie gekümmert hätte… wenn man sie nicht jedes Mal abgewiesen hätte, wenn sie hergekommen ist…«

»Es ist ja wohl nicht unsere Aufgabe, anderer Leute Kinder zu erziehen.«

»Das habe ich auch nicht gesagt. Aber deshalb braucht man doch nicht abweisend und hochmütig zu sein. Und ich finde, in der Hinsicht hast du allerlei falsch gemacht, Mauritz. Ich habe gestaunt, als du sie damals so angefaucht hast, als wir hinter dem Haus saßen und sie durch den Zaun gestiegen ist. Das sah dir überhaupt nicht ähnlich…«

Ja, das weiß er noch. Das Kind taucht im Garten auf, nimmt die Hände als Fernglas, schaut ihn an, dann sie.

»Hau ab!«, sagt er hart.

»Aber Mauritz!« Marie-Louise blickt ihn erstaunt an,

macht Gesten, die um Entschuldigung bitten, legt ihr Buch weg.

»Möchtest du etwas, Lynn?«

»Habt ihr Kinder?«

»Wir haben nur erwachsene Kinder, Zwillinge, einen Jungen und ein Mädchen.«

»Ich habe auch Zwillinge, das sind meine besten Kumpels.«

»Was du nicht sagst. Und wie heißen die?«

»Pelle und Melle. Und dann hab ich noch eine Katze. Graui.«

»Die Katze habe ich gesehen. Die ist toll.«

»Meine Mama spielt Rollen.«

»Ja, das habe ich gehört.«

»Meine Mama ist eine alte Kuh und eine Hexe.«

Mit dem Zeigefinger wackelt sie an einem Zahn, der Finger ist zerschrammt und flach, der Nagel bis zum Nagelbett abgeknabbert.

»Du hast lockere Zähne, sehe ich.«

»Die schick ich später meinem Papa. Wenn ich sie raus hab. Mein Papa wohnt nicht hier. Er sitzt im Gefängnis.«

»Ach was … im Gefängnis sitzt er?«

»Ja. Mein Papa ist total stark. Er hat jede Menge Leute umgebracht und ermordet und mit seinem langen Messer erstochen. Mein Papa hat ein fünf Meter langes Messer, alle haben Angst vor meinem Papa. Aber ich werde ihm die Zähne schicken, alle meine Zähne. Und mein Papa wird die Zähne in den Mund stecken und daran lutschen. So ist mein Papa nämlich.«

»Ach, so einen gefährlichen Papa hast du. Ich muss schon sagen.«

»Und er wird mir einen Hund kaufen, und dann wird er … alle schlagen, die gemein zu mir sind, und sie mit seinem Messer totstechen.«

»Aber Lynn, man darf Leute nicht einfach totstechen.«

Sie schlägt ein paar Purzelbäume, johlt.

»Pass auf die Blumen auf«, sagt Marie-Louise. »Und vielleicht solltest du jetzt nach Hause gehen, deine Mama macht sich sonst Sorgen.«

»Meine Mama macht sich keine Sorgen, sie ist lustig. Sie ist immer nur lustig. Eine lustige Frau und Person.«

»Ja, aber ich glaube trotzdem, dass du jetzt gehen solltest. Komm, ich bring dich zum Gartentor.«

Und Marie-Louise erhebt sich aus dem Gartensessel, er weiß noch, wie sie angezogen war, zu seiner Überraschung weiß er das noch, knielange Shorts und ein rosa Hemd, das ihr nicht besonders gut steht. Sie streckt die Hand aus, und das Mädchen nimmt sie. Als sie durch das Tor gehen, dreht das Kind sich zu ihm um und formt mit den Lippen einen Kuss.

»Wenn ihr biologischer Vater sie nun geholt hat«, sagte Mauritz.

»Ja, vielleicht. Das habe ich mir auch schon überlegt. Aber müsste den dann nicht irgendwer gesehen haben?«

»Nicht unbedingt, er kann mit dem Auto gekommen sein und sie einfach hineingerissen haben, ex und hopp sozusagen.«

»Trink nicht so schnell, Mauritz.«

»Was geht dich das denn an!«

»Das sollte kein Vorwurf sein.«

»Was sollte es denn dann sein? Ab und zu hab ich deine vielen Vorwürfe dermaßen satt! Als ob ich ein Kind wäre.«

Er öffnete den Kühlschrank, holte mehr Eis.

»Mir geht langsam alles auf die Nerven…«

»Die Sache mit Lynn?«

»Nein, alles. Mein Rücken und… Ab und zu komme ich mir vor, als ob ich zur Schlachtbank geführt werden sollte.«

Sie stellte ihr Glas hin und betrachtete ihn aufmerksam.

»Was ist los?«, fragte er gereizt. »Was glotzt du so?«

»Sie haben mit dir geredet, nicht wahr? Die Polizei…«

»Die haben ja wohl mit allen geredet, verdammt noch mal.«

»Ja… aber heute.«

»Wieso glaubst du das? Glaubst du, ich hab das Kind ermordet, oder was?«

Sie schüttelt sich, trinkt.

»Ich glaube, ich nehme noch einen Schluck. Ist doch klar, dass du sie nicht ermordet hast.«

»Ich könnte es aber getan haben. Ich so gut wie jeder andere. Ich besitze unerhört starke Mörderinstinkte, ist dir das in all den Jahren noch nicht aufgefallen?«

»Hör jetzt auf, Mauritz. Hör auf… Du, jetzt müssen wir die Nachrichten sehen. Es ist halb acht, vielleicht sagen sie da ja etwas.«

Das Verschwinden wurde kurz gemeldet. Lynns Gesicht huschte vorüber, diesmal ein Portrait, wie es in Kindergärten und Schulen aufgenommen wird. Lynn war auf diesem Bild ernst. Sie sah zart und verletzlich aus.

Danach ging er aus dem Haus. Seine Ohren waren heiß, unter seinen Armen pochte es. Er kam sich verkommen vor, hatte das Rasieren vergessen. Er müsste sich auch neue Kleidungsstücke kaufen, Sachen, die nicht zu klein waren. Er drehte einige Runden durch die Nachbarschaft, sah Licht bei Liv, sah sie hin und her laufen.

Näherte sich: Ja, warum sollte er nicht? Normale höfliche Mitmenschlichkeit.

Und wenn sie nicht allein war?

Scheiß drauf.

Aber sie war allein, und ihre Haare waren glatt und offen und versteckten ihre schmalen, runden Schultern. In der

Hand ein Taschentuch, Weinen, Stirn an seiner Jacke, Weinen. Unbeholfen streichelte er ihren Kopf. Wie einen kleinen Hund, einen schwarzen, kläffenden Schoßhund.

Sie wich einige Schritte zurück, mit dem Rücken zur Wand. Ein Strahler in der Decke leuchtete sie von der Seite her an, ließ ihre Züge grob aussehen.

»Du riechst nach Schnaps«, sagte sie tonlos.

»Hab einen Whisky getrunken.«

»Den könnte ich jetzt auch brauchen.«

»Dann nimm dir doch einen.«

»Hab keinen. Mahmut will nicht, dass getrunken wird.«

»Wo ist er, ist er zu Hause?«

»Er kommt bald. Er ist Joggen.«

»Wie geht es dir denn, Herzchen?«

»Einfach schlecht... ich mache mir solche Sorgen, so schreckliche Sorgen.«

Ihre Augen waren klein und rot, sie weinte wieder und ließ sich auf den Boden gleiten.

»Liv...«, flüsterte er.

»Mein Kind ist verschwunden! Verstehst du nicht? Mein Kind, mein einziges Kind!«

Er ging in die Hocke, griff nach ihrem Ärmel, zog ein wenig an einem heraushängenden Faden.

»Du tust mir so leid...«

»Was ist mit ihr passiert, wo steckt sie? Ich mache mir so schreckliche Vorwürfe, ich war keine gute Mutter, ich hätte mich mehr um sie kümmern müssen, ich habe sie geschlagen, Mauritz, sie verprügelt. Ich hätte sie überhaupt nicht in die Welt setzen dürfen.«

»So darf man das nicht sehen...«

»Ich bin kein Mamatyp, Mauritz. Ich habe nie darum gebeten, Mutter zu werden. Plötzlich war sie einfach da, in mir, ach, ich habe sie gehasst, ich habe die ganze Schwangerschaft hindurch gekotzt und war krank. Über neun Monate … und als sie dann saugen sollte … das ging auch nicht, ach, wenn du wüsstest, wie weh das getan hat! Und kein Tropfen kam heraus, ich war einfach nicht zur Mama geschaffen.«

Sie weint, schnieft. Seine Hände liegen auf seinen Knien, massiver Stein, er bringt es nicht über sich, sie zu heben, sie zu rühren.

»Ich wollte eigentlich fragen … du hast der Polizei offenbar erzählt. Von uns.«

Ihre Lippen sind dunkelrot, verzogen. Eine Haarsträhne klebt an ihrer Wange. Sie versucht nicht, sie zu entfernen.

»Ich hab solche Kopfschmerzen, ich hab solche Kopfschmerzen.«

»Hast du das getan, Liv? Hast du von uns erzählt?«

»Ja. Das musste ich.«

»Musstest du das?«

Ihre Hände fliegen auf, sie schlägt sich ins Gesicht, ohrfeigt sich. Er muss sich dazu zwingen, sie anzufassen. Seine Muskeln zittern, sein Magen ist ein glühend heißer Sack.

»Das musste ich, Mauritz«, flüstert sie, und ihr Kopf fällt auf ihre Knie.

Er bringt es nicht über sich, sie anzusehen, er will aufspringen und davonstürzen.

Aber er macht weiter.

»Du hast offenbar auch gesagt, dass Lynn mich bisweilen besucht …«

»Darüber hast du dich doch selbst beklagt«, murmelt sie.

Er hört seine Worte, sie fallen wie Münzen in ein Kupfergefäß. Stumm, tonlos.

»Bei ihnen hat es sich aber angehört, als ob du meinst … dass ich sie mehr oder weniger … zu mir locke … mit Geschenken.«

Ihr Gesicht nähert sich seinem, Nase und Wangen sind mit schwarzen Mitessern übersät.

»Das hab ich jedenfalls nicht gesagt. Aber ich habe ihnen von der Puppe erzählt, die du ihr geschenkt hast. Die hat sie sogar nach dir genannt. Weißt du das?«

Eine Wolke von Schweiß, wie eine Woge, die sich über seinen Rücken ergießt, dann wird ihm kalt, er verschluckt sich.

»Warum hast du sie ihr geschenkt ... das will sie nicht verraten.«

»Schlechtes Gewissen, nehme ich an ... sie saß vor dem Haus und heulte. Ich war wohl ein wenig zu schroff gewesen und hatte sie vor die Tür gesetzt.«

»Sie ist doch nur ein kleines Kind ... Kinder können nicht alles verstehen.«

»Nein ... aber sie ist jedenfalls auf irgendeine Weise seltsam. Und jetzt will ich dir gegenüber ehrlich sein. Andere Kinder verhalten sich nicht so wie sie. Deshalb glaube ich, dass sie vielleicht mit irgendwem mitgegangen ist.«

Sie sieht ihn entsetzt an.

»Aber ... du meinst, dass sie seltsam ist ...«

»Nimm das jetzt nicht so wichtig. Hattet ihr übrigens Kontakt mit ihrem biologischen Vater? Wie hieß er doch noch gleich? Levertin?«

»Levertin sitzt jetzt im Rollstuhl. Er wird nie wieder laufen können. Ein Verkehrsunfall.«

»O verdammt.«

Er erhob sich. Seine Beine waren eingeschlafen. Sie stachen und taten weh.

»Aber kann er nicht jemanden geschickt haben, um sie zu sich zu holen? Er kann doch Sehnsucht nach seiner Tochter haben, auch wenn er nicht mehr laufen kann? Vielleicht gerade deshalb?«

»Die Polizei war schon bei ihm.«

Jetzt erhob auch sie sich. Jemand stand vor der Tür, Schlüssel klirrten. Ihre Augen nahmen einen wilden Ausdruck an.

»Mahmut«, flüsterte sie.

Dann stand er in der Diele, zuckte vor Überraschung leicht zusammen, versuchte zu lächeln. Er trug einen Trainingsanzug, seine Schuhe waren verschmiert.

»Ach«, sagte er nur.

»Ich wollte mit Liv sprechen.«

»Und wollte Liv auch mit dir sprechen?«

»Ja ... und jetzt gehe ich jedenfalls.«

»Das ist eine gute Idee.«

Er sah sie hinter dem Iraner, sah ihr Gesicht. Und er begriff, dass der Mann Bescheid wusste.

Am nächsten Morgen schaffte er es nicht, zum Zahnarzt zu gehen. Das war aber nicht so wichtig. Zahnarzt Östergren und seine pickelige Sprechstundenhilfe, ihre Augen in seinem Rachen, Finger mit Füllungen und anderem Dreck, den sie in ihn hineinstopften.

Einmal war er zu früh gekommen, gleich nach dem Mittagessen, das Wartezimmer war leer, die Tür zum Behandlungsraum dagegen geöffnet. Niemand hörte ihn. Er sah den Zahnarzt im Stuhl liegen. Mit der Hand zwischen den Schenkeln der Sprechstundenhilfe dirigierte er sie, während sie in einem seiner Zähne bohrte. Sie schnaufte nervös, und als sie Mauritz entdeckte, lief sie unter ihrem weißen Kittel rot an.

Danach konnte er nach Belieben kommen und gehen.

Er wollte an diesem Tag eigentlich in die Redaktion. Als es dann aber so weit war, brachte er es nicht über sich.

»Marie-Louise«, rief er, und ihr Name erhob sich im Zimmer und schwebte durch die Diele, die Treppen hinunter und weiter in Küche, Dusche und Waschküche.

Sie war gegangen.

Es war neun Uhr.

Er hatte Durst. Seine Zunge war wie ausgedorrt und gesprungen, sogar in den Mundwinkeln und auf den Lippen gab es diese kleinen brennenden Wunden.

Er nickte ein, wurde vom Telefon geweckt, erhob sich auf wackeligen Beinen, die Schlafanzugjacke über dem Rücken, nahm seinen eigenen Geruch wahr, er stieg ihm in die Nasenlöcher, der Geruch, den sie so geliebt hatte.

»Schläfst du noch?«

Marie-Louise. Im Hintergrund Kindergeschrei und Lachen.

»Ich habe einen Mann durch das Eis brechen sehen, Marie-Louise. Voll durch das Eis.«

»Das hast du geträumt. Das musst du geträumt haben.«

Er versuchte zu schlucken, hatte keinen Speichel.

»Jetzt machst du dir einen starken Kaffee. Okay?«

»Ja.«

»Das wirst du tun. Und dann isst du einen Teller Dickmilch mit Apfelkompott, das Gute, das ich im Herbst gekocht habe, im Kühlschrank steht ein Topf davon, ein brauner mit weißem Wellenmuster. Du weißt sicher, welchen ich meine.«

»Ja.«

»Iss auch ein Butterbrot. Dann wird es dir viel besser gehen. Wenn du nur erst aufgestanden bist.«

»Ja.«

»Ich rufe nachher an. Ich hab jetzt zu tun.«

»Ja.«

»Dann bis dann, ich muss ...«

Sie legte auf. Er zog den Schlafanzug aus, trat mitten in die Diele, schwenkte die Arme wie eine Windmühle. Als könne er mit diesen gewaltigen Flügeln das Weinen in Gang bringen.

Er erstarrte, versuchte, ihre Stimme zu hören. Ihr Lachen, das ihn zuerst ein wenig abgestoßen, an das er sich dann aber rasch gewöhnt hatte, als einen Teil von ihr. Ihre eifrigen kleinen Bewegungen, ihre Tränen, wenn er ihr einen Orgasmus besorgte, ihre Tränen des Genusses und der Zuneigung.

In ihm nur Schweigen. Leere und graue Schlieren unter seinen Augenlidern, der widerwärtige Geschmack von altem Suff.

Er stößt einen brüchigen Schrei aus, schaut nach oben, durch die Decke, als wäre sie wirklich dort. Im Weltraum. In der ersten Zeit nach ihrem Tod war sie in der Nähe gewesen, hatte bei ihm im Zimmer gesessen und war abends mit ihm durch die Straßen gegangen. Er hatte ihre Anwesenheit deutlich gespürt, ihr Atmen, ihre Hände.

»Du hast gesagt«, schreit er. »Du hast versprochen! Wir haben versprochen! Einander! Nutte, Nutte, Nutte!«

Nur dieser vergiftete Zorn! Alles andere: Tränen, Sanftheit? Eingekapselt, darf nicht ausgesprochen werden. Darf nicht gezeigt werden.

Zur Beerdigung hatte er nichts geschickt. Warum auch? An Per-Erik. Der voller Misstrauen in den Listen des Bestattungsunternehmens geblättert hätte.

Und sie? Welche Freude hätte sie noch an Blumen gehabt?

Er wollte später hingehen, irgendwann würde er zum Friedhof zurückkehren. Wenn erst der Stein mit ihrem Namen dastünde. Wenn die Spatenspuren planiert wären und das Gras wachsen könnte.

Er würde einige Löwenzahnsamen in den fetten Mutterboden stecken, sie würden von ihm sein, und sein Löwenzahn würde sich ausbreiten und seine Wurzeln bis zur Urne hinuntersenden, sie umschlingen, sie aus ihrer unbeweglichen Lage reißen. Sein Löwenzahn würde alles andere verdrängen, den Fliederstrauch und die Blumenzwiebeln, die der Witwer vermutlich pflanzen würde, sowie der Boden nicht mehr gefroren wäre.

Sie hätte das mit dem Löwenzahn verstanden. Das wäre ganz nach ihrem Geschmack gewesen.

»Irgendwann werde ich im Familiengrab meiner Schwiegereltern liegen.« Das hatte sie ihm erzählt, und sie war sogar mit ihm zum Friedhof gegangen und hatte ihm das Grab gezeigt.

Aber damals hatte er noch nicht gewusst, dass sie krank war.

»Und wenn wir irgendwann wirklich zusammen sind?«, hatte er gefragt. »Wenn du und ich einander irgendwann so sehr lieben, dass wir uns von allen Fesseln befreien und frei sein können. Füreinander.«

»Dann legen wir uns ein eigenes Familiengrab zu. Da können wir dann liegen und uns amüsieren, und niemand kann sehen, was wir treiben.«

»Staub«, hatte er gesagt und eine vage Müdigkeit empfunden. »Wir werden uns in Asche verwandeln. Unsere Zähne und unsere Knochen werden zu dünnem, flüchtigem Mehl zermahlen werden. Anna, von uns wird nichts übrig bleiben, was da unten liegen und sich amüsieren kann.«

Das, was ich für dich empfinde, Anna, habe ich noch nie für einen anderen Menschen empfunden. Das ist so unvorstellbar für mich. So zerbrechlich. Und besitzt doch eine solche Urkraft.«

Ein Nerv zuckt an ihrer linken Augenbraue, leise, fast unmerklich.

»Wir dürfen niemandem wehtun«, flüstert sie.

»Ich kann mich nicht so schön und feierlich ausdrücken, wie ich das gern tun würde, auf meiner Zunge landen nur banale, abgegriffene Wörter. Aber mein Leben hat sich verändert, seit ich dich kenne, mein Leben hat einen anderen, größeren Wert bekommen. Und das ist dein Verdienst.«

»So ist es auch für mich ... Aber ich habe Angst, Mauritz, gleichzeitig habe ich solche Angst.«

»Wir haben einander. Nichts wird passieren, solange wir einander haben. Wir werden Glück und Stütze füreinander sein, in alle Ewigkeit ...«

Sie sitzen im Mazda, sind nach Svartsjölandet hinausgefahren, weit hinaus, weil die Gegend überall bebaut und bewohnt ist. Die Wohnung steht ihnen nicht zur Verfügung, Annas Bruder ist schon seit Wochen wieder zu Hause. Auch Per-Erik ist zu Hause. Das bedeutet, dass Anna sich nur schwer freimachen kann. Er bewacht sie wie ein Löwe.

Anna lehnt den Kopf an seine Schulter, ihre Haare sind sauber, sie kitzeln sie am Hals.

»Wir müssen eben Rücksicht auf sie nehmen«, sagt sie gepresst. »Auf ihn und auf sie. Sie haben niemandem etwas getan, sie sollen nicht leiden müssen, weil wir so füreinander empfinden.«

»Glaubst du, ich würde ihn sympathisch finden … deinen Mann?«

Sie schiebt die Rückenlehne so weit zurück, dass sie fast liegt.

»Was für eine Frage … wie soll ich darauf antworten?«

»Du kannst doch wohl ein bisschen über ihn erzählen?«

»Streichel mich lieber, sei lieb zu mir. Mach es so schön und fein wie sonst auch.«

Und sie öffnet ihre Knöpfe, streift ihr Kleid hoch.

»Ich habe ein neues Kleid, nur deinetwegen … aber du siehst ja nichts hier in der Dunkelheit.«

»Doch … ich sehe. Ich sehe, dass es neu und schön ist und dass es dir sehr gut steht. Ich sehe, dass du schön bist, Anna, und dass ich dich liebe.«

»Ich hab so eine blöde Strumpfhose … die ist nicht sonderlich sexy. Aber man muss ja etwas an den Beinen haben, es ist doch schon kalt.«

»Frierst du?«

»Nein. Noch nicht. Nicht, wenn du mich anfasst, in den Arm nimmst, mich wärmst …«

Sie ist ein wenig trocken. Er feuchtet seine Finger mit Speichel an, und sie fängt an, sich zu entschuldigen.

»Glaub bitte nicht, ich hätte keine Sehnsucht … aber manchmal bricht er einfach ab, der Zufluss …«

»Ganz ruhig, Geliebte, versuch, ganz ruhig zu sein und zu genießen. Darum geht es doch, ich will es so schön für dich machen, dass du es mehr genießt, als du für möglich gehalten hättest.«

Aber sie verspannt sich, ballt die Fäuste, ihre Augen sind weit offen.

»Wenn wir uns richtig hinlegen könnten, würde ich dich so küssen wie sonst… wenn wir ein richtiges Bett hätten.«

Sie kichert.

»Sollen wir zu Johan fahren und ihn bitten, sich für ein paar Stunden zu verziehen?«

Die Innenseite ihrer Oberschenkel ist erregend weich. Dort spielt er mit seinen Fingerspitzen; dort merkt er endlich, wie ihre Schamlippen sich öffnen. Sie macht ihn nass, seine Finger gleiten hinein wie in ein Gefäß voll lauwarmer Butter. Als er das sagt, lacht sie. Gleich darauf spannt sie sich zu einem Bogen, Gebein und Hals zucken, sie stöhnt, und ihre Tränen fließen, wie immer, wenn sie ihren schwer erreichbaren Orgasmus hat.

»Erzähl jetzt…«, flüstert er nach einer Weile.

Sie will nicht, sie ist noch immer vom Genuss umfangen. Trotzdem setzt er ihr zu.

»Er ist zehn Jahre älter als ich. Er wird jetzt kahl, hat aber graue Schläfen. Und wie er sich anzieht. Die meisten finden das elegant. Ich glaube, er ist allgemein beliebt. Treibt nicht unbedingt Sport, spielt aber Golf, er hat auch schon versucht, mich mitzuschleppen, aber mir gefällt das nicht. Ich mag die Golffans nicht, wenn man das verallgemeinern kann. Und das kann man… Gott, Mauritz… so einen tiefen Orgasmus habe ich nur selten erlebt. Ach, ich spüre es noch immer, ich spüre es bis in die Füße, in die Zehenspitzen.«

»Das freut mich ja so sehr!«

»Aber du?«

»Es wird noch andere Gelegenheiten geben, noch viele andere. Erzähl mehr! Wie sind deine Orgasmen mit ihm?«

Sie erstarrt, zieht ihre Kleider gerade.

»Was ist los, Anna… soll ich das nicht fragen?«

»Musst du gerade jetzt gerade diese Frage stellen?«

»Verzeih mir… das war vielleicht ungeschickt.«

»Ich will überhaupt nicht auf solche Dinge eingehen. Fändest du es denn richtig, dich über dein und ihr Liebesleben zu verbreiten?«

»Was heißt schon richtig. Mechanisch. Ein einziges Wort. Mechanisch, so ist das.«

»Ja… das ist unseres dann wohl auch. Seins und meins. Aber wir sind ja auch keine Teenies mehr. Was erwarten wir also?«

»Das hier. Das, was wir einander geben, du und ich. Das erwarten wir, und das ist nur recht und billig.«

»Glaubst du, wir könnten das einander geben, wenn wir zusammenlebten und uns den ganzen Tag lang sehen könnten?«

»Das glaube ich«, antwortet er rasch.

Sie beruhigt sich, berührt seine Wange.

»War er bei der Geburt der Kinder dabei?«, wagt er zu fragen.

»Ja, natürlich. Er hat übrigens noch drei Kinder, aus seiner ersten Ehe.«

»Wie habt ihr euch kennen gelernt?«

»Sein Büro hat einige Jobs für die Firma gemacht, bei der ich damals gearbeitet habe. Ich saß in der Telefonzentrale. Und da kam er ja jeden Tag vorbei… und war seit einem halben Jahr geschieden. Er hat mich ganz einfach zum Essen eingeladen.«

»Hast du dich in ihn verliebt?«

Sie schnaubt.

»Das hab ich sicher. Irgendwas war jedenfalls. Er war groß und schenkte Geborgenheit. Er hat mich zu allerlei lustigen Dingen mitgenommen. Er hat mir Skilaufen beigebracht, er hat mich verwöhnt.«

Er ist besessen von dem Gedanken, Per-Erik Hermansson zu sehen. In Wirklichkeit. Anna hat in ihrer Brieftasche ein Foto von ihm, er hat heimlich einmal hineingeschaut, als sie auf der Toilette war. Eine Tochter auf jeder Seite, der Mann in der Mitte. Die Mädchen haben Ähnlichkeit mit ihr, Annas Kopfform, Annas muntere Augen.

Er beschließt, sich vor ihr Haus zu stellen, wenn es dunkel ist. Das Laub fällt jetzt, die Luft ist gesättigt von Fruchtsäften.

Abends brennen in Annas Wohnzimmer immer die Lampen. Ab und zu sieht er sie dort drinnen, er steht gut versteckt in der Dunkelheit, sie ahnt nichts von seiner Anwesenheit, und zu seiner Überraschung kommt es vor, dass er eine Erektion hat.

Eines Abends sieht er auch Per-Erik. Annas Beschreibung trifft zu. Er zeichnet sich im Fenster ab, füllt es fast ganz aus, stützt sich mit den Händen auf, und sein Schlips hängt über die Topfblumen. Sein Gesicht ist rund und fröhlich, jetzt dreht er sich halbwegs um und scheint etwas zu rufen. Dann starrt er wieder in die Dunkelheit hinaus, und seine Lippen verziehen sich zu einem zufriedenen Pfeifen.

Lärm und Stimmen, die Umgebung dunkel vor Menschen. Schatten um das Klettergestell, Menschengruppen am Haus, Livs Haus, dem eigentlichen Kern der Sache.

Hier drinnen hausen Unglück, Kummer, Trauer.

Hier drinnen wartet jemand atemlos auf eine Nachricht.

Mütter mit Kinderwagen, alte Leute. Runzlige Gesichter, Handschuhe, frech glotzende Blicke, sie erfassen alles, gleichzeitig.

Ist sie gefunden worden?

Er verknotete einen Müllsack, legte sich die Jacke über die Schultern, marschierte hinaus. Als er die Mülltonne erreichte, kam eine Frau mit drei Kindern in dicken Overalls vorbei. Sie zuckte zusammen und zog ein wenig den Kopf ein, um das passende Maß an unterwürfiger Höflichkeit anzudeuten. Er ließ sie nicht aus den Augen, zwang sie, den Mund aufzumachen.

»Verzeihung, das verschwundene Mädchen…«

»Ja!«, sagte er drohend.

»Wohnt sie dort hinten?«

Und sie hob den Arm zu einer vagen, unklaren Bewegung. Sie trug eine ausgebeulte Hose, Turnschuhe und weiße Socken, die über die Hosenbeine gezogen waren. Stoffjacke und ein fetter Hintern.

»Wieso?«

»Wir haben gestern Expressen gesehen. Und da wollten wir doch mal herkommen und uns umsehen.«

»Wieso denn? Sie ist doch verschwunden. Sie ist eben nicht hier.«

Ein glühender Zorn, das Sehen fiel ihm schwer, alles schien vor seinen Augen zu verschwimmen. Er knallte erst den Mülltonnendeckel zu, dann die Tür.

Blieb eine Weile in der Küche sitzen, bis sein Zittern sich gelegt hatte, ja, er blieb sitzen und starrte seine Handgelenke an, die zuckten und bebten.

Dann klingelte das Telefon. Es war Elsebeth, seine Kollegin aus der Redaktion, eine fleißige junge Frau mit Brille und drahtigen Locken, die ihr Examen eben erst hinter sich hatte.

»Wie geht's dir, mein Lieber?«

Dieses Wort verabscheute er, wollte nicht »mein Lieber« genannt werden, schon gar nicht von Leuten, die viel jünger waren als er. Er hätte ihr Vater sein können.

»Es geht«, sagte er kurz.

»Tatsache ist, dass man immer in Bewegung bleiben sollte, wenn man es mit dem Rücken hat. Darüber habe ich neulich erst einen langen Artikel gelesen, ich kann ihn dir heraussuchen, wenn du willst, ein Professor der Orthopädie hatte ihn geschrieben. Seinen Namen habe ich vergessen. Rydbeck oder so was.«

»Was willst du mir damit sagen?«

»Vielleicht geht es dir besser, wenn du herkommst.«

»Hör mal, lass mich das bitte selbst entscheiden.«

»Ja, ja... sei doch nicht so empfindlich. Ich wollte dich bloß ein wenig aufmuntern.«

»Die Leute mischen sich dauernd in alles ein und glauben zu wissen, was für mich das Beste ist. Ich habe diese vielen so genannten guten Ratschläge ja so satt. Verzeihung.«

Sie lachte spitz. Sie war die unsinnlichste Frau, die ihm jemals über den Weg gelaufen war.

»Also… dieses verschwundene Mädchen«, sagt sie dann. »Hat sie nicht in deiner Gegend gewohnt? Ich hab mir den Stadtplan im Telefonbuch angesehen, und da sieht es ganz so aus.«

»Wohnt.«

»Was hast du gesagt?«

»Wohnt, habe ich gesagt. Soviel ich weiß, ist hier noch kein Möbelwagen vorgefahren.«

»Aber sie ist doch verschwunden.«

»Ja, das ist sie. Und auf der Straße wimmelt es nur so von miesen Gaffern, die laufen hier rum und schnüffeln und glotzen, bald werden sie sich sicher auch noch in die Häuser hineinpressen.«

»Ich dachte… könntest du nicht ein paar Zeilen schreiben? Wo du doch den Handlungsverlauf und den Hintergrund kennst.«

»Ich weiß wirklich nicht mehr als alle anderen. Und ansonsten halte ich das nicht für ein Thema, das unsere Zeitung aufgreifen sollte. Wer weiß, was passiert ist, wenn wir am Montag erscheinen.«

»Ich hatte eher an etwas allgemein Gehalteneres gedacht.«

»Nein. Das gehört sich nicht. Und außerdem bin ich krankgeschrieben.«

»Dann mach ich es eben selbst.«

»Elsebeth, bitte, tu das nicht.«

»Was bist du blöd. Ich finde den Fall eben wichtig. Das geht uns doch alle an, die Gewalt in der Gesellschaft. Bald kann man sich ja kaum noch aus dem Haus trauen, verdammt noch mal.«

»Du bist ja wirklich ungeheuer nuanciert.«

»Natürlich«, sagte sie eiskalt. »Ebenso nuanciert wie der Mörder.«

»Wer sagt, dass es hier irgendwo einen Mörder gibt?«

»Das ist jedenfalls die Theorie, von der jetzt die Polizei ausgeht. Hörst du dir keine Nachrichten an?«

»Nein. Haben sie das gesagt?«

»Ja … sie schließen es jedenfalls nicht aus. Aber jetzt will ich dich nicht länger belästigen, Mauritz. Pass auf dich auf. Und was glaubst du übrigens, wann du wieder herkommen kannst?«

»In ein paar Tagen, hoffe ich.«

»Schön. Du wirst gebraucht.«

»Du …«, sagte er. »Ruf bitte an, und lies mir deinen Artikel vor.«

»Okay.«

Die Türklingel, er hörte sie in dem Moment, in dem er den Hörer auflegte, und sein Zwerchfell zog sich zusammen, wie um einen Anfall anzukündigen. Er wünschte sich ein Guckloch in der Tür, denn jetzt musste er aufmachen, ohne sich vorbereiten zu können.

Ein schmaler junger Mann mit fetter, ein wenig unreiner Haut und furchtlosen blauen Augen. Jeans, Schultertasche und eine so neue Lederjacke, dass sie noch nach Leder roch.

»Hallo, Mauritz! Ich heiße Leif Engman. Erinnerst du dich an mich, wir haben uns mal bei der Arbeit kennen gelernt, ist aber schon eine Weile her.«

»Kann sein.«

»Darf ich einen Moment reinkommen? Du bist krankgeschrieben, hab ich gehört.«

(etwas Gewerkschaftliches, irgendeine Art von Besuchstätigkeit, kenn ich ihn, hab ich einfach seinen Namen und sein Gesicht vergessen?)

Er wich ein wenig zurück, trat beiseite. Der Mann kam herein und zog die Schuhe aus.

»Wir können da reingehen. Worum geht es also?«

»Wie sieht's denn bei dir aus, Mauritz? Bist du schlecht dran?«

»Ach, ich hab's mit dem Rücken, das findet sich schon wieder.«

»Ischias?«

»Ich weiß nicht. So ein Dreck, den man manchmal kriegt …«

»Ich weiß, mir passiert das auch. Der ganze vergangene Sommer ist zum Teufel gegangen, lag nur an meinem Rücken. Lustig ist das ja nicht.«

»Nein, das nicht gerade.«

»Nette Gegend jedenfalls. Wohnst du schon lange hier?«

»Ja, ziemlich lange sogar, an die fünfzehn Jahre bald.«

Der Mann blieb stehen. Er blickte sich im Zimmer um, als wolle er sich so viele Details einprägen wie möglich.

»Wer in deiner Familie malt denn?«

»Niemand. Das da hab ich mal auf dem Flohmarkt gekauft.«

»Die Farben gefallen mir … türkis und grün, das sind meine Töne.«

»Ja, das ist gar nicht schlecht.«

»Das hier ist eine angenehme, ruhige Gegend, was?«

»Ja, normalerweise.«

»Wie meinst du das?«

»Im Moment herrscht hier eine gewisse Unruhe. Ein Kind ist verschwunden.«

»Ja, genau, ich weiß. Unter anderem wollte ich darüber mit dir reden.«

»Ach?«

»Ich komme von Expressen. Hier ist meine Karte.«

Ein Ton in seinen Ohren, irgendwo zwischen ihnen, ein

Ton in seinem Kopf, scharf und wogend, schrill wie das sture Klingeln einer Straßenbahn… und dann schrittweise übergehend in ein dumpfes und gedämpftes Hacken, eine stumpfe Klinge auf einem Holzbrett,

ick, ick, ick –

»Ein Interview also, mehr oder weniger. Hast du dir das vorgestellt? Eine Reportage, zu Hause bei einem der Nachbarn?«

Er staunte darüber, dass die Buchstaben ihren Platz fanden und dort landeten, wo sie hingehörten, vor- und hintereinander.

»So in etwa, ja. Also, eine Art Interview. Das andere aber nicht.«

Steh auf, wirf ihn hinaus, reiß die Tür auf, zuerst die Schuhe, dann den Lederarm packen, ihn auskugeln, und raus –

aber der Krampf in den Mundwinkeln,

das törichte Lächeln:

»Ich habe nichts zu sagen.«

»Aber als Nachbar weißt du doch zumindest, wer dieses Mädchen ist?«

»Eine ganz normale Sechsjährige, nehme ich an. Frag jemand anderen.«

»Ich habe den Eindruck gewonnen, dass sie nicht ganz normal ist.«

»Wie… wieso das denn?«

»Ich habe schon mit anderen hier in der Gegend gesprochen. Und ich habe gehört, dass du dich einige Male von diesem Mädchen arg provoziert gefühlt hast.«

»Was heißt schon provoziert. Kinder können einen eben ab und zu aus dem Gleichgewicht bringen. Das gehört dazu.«

»Und Lynn? Wann kann sie einen aus dem Gleichgewicht bringen?«

Seine Schleimhäute trockneten ein, zerkrümelten, bohrten sich in seinen Hals, in seine Zungenwurzel, er musste husten. Holte Wasser, trank. Seine Lunge füllte sich mit Reinheit.

»Ich bin für kein Interview zu haben, und jetzt geh bitte.«

»Nur noch ein paar Kleinigkeiten, Mauritz. Was glaubst du, was diesem Kind zugestoßen ist? Glaubst du, dass sie noch lebt? Und wenn nicht... was glaubst du, wer sie umgebracht hat?«

»Ich habe da keinerlei Meinung zu, bitte, geh jetzt...«

geh, ehe das Grinsen wieder heranwächst,
    geh, ehe das hastig Gemauerte einstürzt,
    das schlampig Gemauerte,
    die Abwehr,
    das Bild des Mädchens, Streichholzglieder,
    die Nase zerkratzt, zerschrammt,
    angerissene Nagelhaut,
    gebrochene Zehen, bis auf zwei, die beiden kleinsten,
    an ihrem Rückgrat kleben Ruß und Lehm
    (und das winzig kleine Geschlecht)

Die Küchenuhr schlug die halbe Stunde. Sie hing ein wenig schief an der Wand, aber das musste so sein, sonst blieb sie stehen.

»Du hast meine Karte, wenn dir etwas einfallen sollte. Ich lege sie da auf den Schrank.«

Engmans gelbe Fingerspitzen, scharfe Nägel, da steht er und balanciert, in seinen Schuhen.

»Ehrlich gesagt, ich hatte gedacht, Mauritz... so unter Kollegen. Ein bisschen was hättest du ja wohl ausspucken können, mehr als das hier.«

Licht fällt herein, dann das Klicken einer Kamera, offenbar steht draußen noch einer, ein Fotograf.

»Hör damit auf, ja…«
aber nur stammelnd, flehend,
und mit dem Grinsen, das in den Mundwinkeln wächst –

Diese schwarzen Vögel, diese Schnäbel, diese stechenden Augen. Die sich überall dort zusammendrängen, wo Trauer und Tod zu ahnen sind.

Trauer.

Er zog den Telefonstecker heraus, öffnete die Tür zur Garderobe, verschwand unter Mänteln und Kleidersäcken, ganz hinten –

den Hinterkopf gegen die Wand gepresst:

Warum

hast

du

mich

– verlassen, einsam, niemand, wenn du nicht mehr.

Bei mir bist.

Du hast mich zum Reden gebracht, du hast mich dazu gebracht, in das Schwerste zurückzukehren,

du hast mir dorthin geholfen.

Und den Wörtern hinaus. Den Wörtern –

Zweimal mietet er für sie das Haus auf der Schäreninsel. Er findet es in einer ganz normalen Zeitungsanzeige. Es wird auf Wochenbasis und für Wochenenden angeboten. Haus am Meer, schön gelegen.

Das Haus gehört einem älteren Paar, aber sie könnten es sich ohne die Vermietungen nicht leisten. Es ist gepflegt und liebevoll eingerichtet. Wie für sie geschaffen. Und Anna gibt ihm den Namen Schneckenhaus.

Sie sehen es zum ersten Mal an einem Freitagnachmittag im November. Vor ihnen liegt das ganze Wochenende.

Anna sagt:

»Meine Güte, was wir alles vor uns haben... zusammen einschlafen, aufwachen und frühstücken, in den Herbststurm hinausgehen und wissen, dass wir noch einen Abend haben, noch eine Nacht, in denen wir zusammen sein können.«

Sie ist stark und warm, und wenn sie lacht, sieht er, dass einer ihrer Backenzähne mit Gold gefüllt ist.

Die Frau hat das Haus entworfen, und es ist ganz anders als alle anderen Häuser, die sie je gesehen haben. Ein großes Zimmer mit Holzboden und zwei kleinere Räume, die sie nicht verwenden. Drei Seiten haben Blick aufs Meer. Mitten im Zimmer ein Herd, der Boden und Wände wärmt. Und das Schönste: ein ganz modernes Badezimmer, in dem eine

Fußbodenheizung dafür sorgt, dass man keine kalten Füße bekommt.

Mit dem Kopfende zu einem der Fenster steht ein breites, majestätisches Doppelbett. Es gibt keine Rollos, in der ersten Nacht fühlen sie sich von irgendwem dort draußen beobachtet und hängen Decken auf. Aber am Samstag gehen sie hinaus und begegnen keinem einzigen Menschen. Nun beruhigen sie sich und reden sich gegenseitig ein, dass sie hier draußen am Meer ganz allein sein dürfen, das ist ihr gutes Recht!

Der Wind rüttelt am Dach, reißt an Fensterhaken und Dachziegeln. Er kommt von Norden, er dröhnt und heult. Das Rauschen der Wellen dringt durch die Wände, es ist einer der allerersten schweren Stürme in diesem Herbst.

Aber im großen Zimmer brennt das Feuer. Sie haben Wildbraten mit Zwiebeln und Gewürzgurken gegessen, danach gab es Schokoladenpudding aus der Tüte. Mauritz hat den Wein mitgebracht. Er isst zum ersten Mal mit Anna zu Abend, nur sie beide, zum ersten Mal sieht er sie ein wenig beschwipst. Nicht sehr, gerade so, dass sie mehr redet als sonst. Und lacht.

Der Wind draußen wird immer stärker, brüllt und rüttelt.

»Als ich klein war, dachte ich, dass die Toten den Wind lenken«, sagt sie. »Die Verstorbenen… die wohnten eben in den Winden und reisten mit ihnen, wohin sie wollten. Als meine Oma gestorben ist, war ich erst sieben. Ich weiß noch, dass ich bei Sturm auf einem Zaun stand und glaubte, sie da oben umherjagen zu sehen, mit den Winden, allen vieren, Nord, Süd, West und Ost, und sie rissen an ihren Haaren und ihrem langen Engelsgewand. In meiner Fantasie war sie wieder groß und kräftig, im Krankenhaus war sie doch so klein geworden. Ich hasste das Krankenhaus. Für mich waren die Ärzte daran schuld, dass sie so komisch und schlaff geworden war. Das war doch passiert, als sie dort eingewiesen worden war. Ich war wirklich davon überzeugt. Ich stand auf dem Feld und rief zu den Wolken hoch meiner Oma zu, sie sollte die Winde zu dem großen Krankenhaus lenken und das ganze Gebäude einreißen lassen. Als Rache.«

»Woran ist sie gestorben, deine Großmutter?«

»Brustkrebs. Ihr Tod war für mich ein großer Verlust, es war meine erste wirkliche Begegnung mit dem Tod. Ich habe so an meiner Oma gehangen. Sie wohnte ganz in unserer Nähe. Mein Opa war schon früh gestorben, lange vor meiner Geburt. Aber Oma war oft bei uns, hat uns Kinder gehütet und meiner Mutter geholfen. In meiner Erinnerung ist sie groß und weißhaarig und sehr schön. Sie sagte, ihre Haare seien nach dem Tod meines Opas in ganz kurzer Zeit weiß geworden. Opa war Schuster, er wurde eines Morgens auf dem Weg zur Arbeit vom Blitz getroffen. Du kannst dir also denken, dass ich großen Respekt vor den Kräften der Natur habe… er wurde zuerst zu Oma gebracht, und er war rußig und verbrannt, und sie begriff nicht, dass er es war. Dann sah sie seine Finger, seine ganz besonderen Schusterfinger.«

Sie schweigt eine Weile, streckt die Arme nach ihm aus.

»Weißt du, dass ich dich liebe…«, sagt sie. »Weißt du, dass ich es liebe, mit dir zusammen zu sein. Ich sehe so gern dein Gesicht, deine kleine kindliche Nase, deine Ohren… und deine Hände… wenn ich sie sehe und daran denke, was sie mit mir machen können, dann wird mir am ganzen Körper warm, und mein Herz schlägt in meiner Brust wie wild los, in der linken, die hier unter der Bluse hervorlugt… he, verdammt, rein mit dir!«

Er beugt sich vor und küsst ihr Knie.

»Möchtest du einen Schluck Kaffee?«, fragt er.

»O ja. Das möchte ich. Und ich habe Luziabrötchen mit,

in einem Monat ist Luzia, hast du dir das schon mal überlegt? Die Wochen vergehen so schnell … wir kennen uns erst seit drei Monaten, aber mir kommt es vor, als wären wir immer beieinander gewesen, irgendwo. Immer.«

Ja, sie ist bei ihm. Und er ist jetzt bereit, bereit, mit der Erinnerung zu beginnen –

an eine Art tiefen Brunnen, lange, schmale Röhre, glatte Steine –

da hängt er mit gekrümmten Fingern, da hockt er unter einem gewölbten grauen Blechdeckel.

»Verdammter Bengel!«

Der Deckel knallt zu, der Dunst bildet Tropfen, und die werden schwer und lösen sich von ihrem Platz, scharf und glatt unter seinem Hemd, seinem Kragen.

»Verdammter Bengel! Hast du ihn gesehen?«

Weg der Deckel, scharfes Licht, voll in sein Gesicht, in die Blindheit geschleudert, Arme werden nach hinten gezerrt, das dumpfe Knistern, für eine Sekunde, als der Mann das Gleichgewicht verliert, rasch unter das Bett, stinkend wie eine Katze:

jetzt nicht mehr, jetzt nicht mehr, jetzt nicht mehr, jetzt nicht –

»Nimm deinen verdammten Bengel, und scher dich zum Teufel!«

Und dann macht er sich über sie her, das Geräusch von blutroten Nägeln, von Zähnen, die reißen und beißen.

»Lauf, Mauritz, lauf zu Onkel Karlsson, und hol Hilfe …«

Dröhnen und Splittern, das Holzpiedestal, Wasser an seinem einen Bein, es ist warm, er hat sich bepisst,

die Krallenhand des Mannes packt ihn auf der Schwelle, schlägt zu, so dass alles explodiert, die Häute in seinen Ohren –

Später. Die Mutter auf Knien, sucht, stellt wieder her. Ihre Nase ist schräg geschlagen, das eine Auge: blutig.

»Du hättest schneller laufen können, Junge. Das schöne Piedestal! Du hättest wenigstens weg sein können, ehe alles zum Teufel ging!«

Macht sich mit Stöckchen und Stoffstücken zu schaffen, drückt, fügt zusammen. Stößt danach in resigniertem Zorn alles um.

Erst viel später ging mir auf, was sie eigentlich machte. Sie ging auf die Straße, verstehst du. Ein Luder. Hast du dir je überlegt, wie widerlich und gemein dieses Wort sich anhört. Luder. Und doch hat es mit Spiel zu tun, es kommt vom lateinischen ludus, und das bedeutet Spiel und Zeitvertreib.

Doch. Ihre langen Beine in den glänzenden Strümpfen, komm nicht zu nah, es darf keine Laufmaschen geben, wink Mama jetzt zu, brav im Bettchen sitzen und mit deiner Puffpuff spielen.

Es war ein kleiner Zug aus unlackiertem Holz, ich kann mich an die rostigen kleinen Haken erinnern. Sie wurden ineinander verhakt, aber sie waren so klein, dass das fast unmöglich war. Ich machte unter der Decke Tunnel für sie, und wenn sie dann nach Hause kam, kroch ich unter die Decke und stellte mich schlafend. Ab und zu brachte sie jemanden mit, sie waren im Zimmer, und ich legte mir das Kissen auf den Kopf, um nichts hören zu müssen.

Er war dann nie zu Hause. Sie muss ganz sicher gewesen sein, dass er nicht kommen würde.

Der Mann, der uns schlug und mit dem sie verheiratet war, war nicht mein Vater. Auch wenn sie das behauptete und ihn bei uns wohnen ließ. Ich wäre lieber vom höchsten Felsen gesprungen, als mit diesem Mann verwandt zu sein.

Er stieß mich einmal die Treppe hinunter, legte mir die

Hand auf die Brust und schob mich an. Ich hatte das Gefühl, mir das Rückgrat gebrochen zu haben. Er war betrunken. Ich konnte ihm ansehen, dass er mich hasste. Ich war einmal ein anderer gewesen, einer, der zu ihm hätte gehören können. Jetzt war ich das nicht mehr. Sie hatte ihn hinters Licht geführt, und deshalb hasste er mich.

Ab und zu war er erträglich. Und zwar dann, wenn er lange gesoffen und nun beschlossen hatte, damit aufzuhören.

»Gib mir noch eine Decke, es zieht so schrecklich.«

Und unter der Decke seufzt und zischt und raschelt es, es stinkt nach Schweiß und Verdauungsstörungen.

»Du musst hier im Zimmer bleiben, du gehst jetzt nicht weg, du kannst ein wenig aus dem Buch da vorlesen, lesen kannst du ja wohl, verdammt, Kerl, du gehst ja in die Schule. Lies schon, lies, egal was, wenn ich nur höre, dass ich hier bin …

Du … wenn ich dich schlecht behandelt habe, dann bitte ich um Entschuldigung, aber werd jetzt bloß nicht frech, denn unverschämte Bengels, die kann ich nicht ertragen, die ertrag ich nicht … außerdem hat eine Tracht Prügel noch keinem geschadet, jetzt lies, zum Teufel!«

Der Mann schließt die Augenlider, aber darunter bewegt es sich die ganze Zeit, die Augäpfel.

Dann fährt er plötzlich auf, brüllt, streckt den Zeigefinger aus, der Schweiß strömt über seine Wangen:

»Gunvor, Gunvor!«

Die Mutter in ihrem Rock, die rote Wunde des Mundes.

»Was siehst du denn jetzt wieder?«

Röchelnder, gurgelnder Atem, er kauert sich in der Ecke zitternd zusammen, die harten Beine mit den groben grauen Haaren.

»Nimm das weg, nimm das weg!«

»Ich sehe nichts, was ich wegnehmen könnte, und wenn, dann würde ich es doch dalassen, das geschieht dir recht, du

Schwein, du Arsch, ich wünsche dir das ganze Bett voll von dem, was da bei dir ist, ja, verdammt...«

Und sie schlägt die Hand vor den Mund, sie hat scheußliche Zähne, sie grinst, er sieht den Ring mit dem grünen Stein, aus seiner Sicht scheint der in ihrer Nase zu sitzen.

Er hat mich gehasst. Er hasste meinen bloßen Anblick. Sie hatte ihn betrogen. In Wahrheit war er ja nicht einmal mein Vater. Nein. Und natürlich kann einen so was um den Verstand bringen.

Ich hatte eine wahnsinnige Angst vor ihm. Er war Schmerz, Bosheit, Entsetzen. Ich wünschte ihm den Tod, wünschte, er fiele in einen Abgrund, landete vor dem Zug, söffe sich zu Tode, erlitte einen Schlaganfall, würde von einem Stier auf die Hörner genommen, von einem Stock aufgespießt.

Er jagte mich aus dem Haus, und er war schnell und wütend, meine Angst machte mich ungeschickt, und wenn ich stolperte, war er immer da, mit seinen großen, gemeinen Pranken. Er zog mich an den Haaren, so dass sich große Büschel lösten, und immer hatte ich schreckliche Schmerzen, in der Kopfhaut und im Kopf.

Sicher versuchte ich, mich zu wehren. Aber er machte sich ja auch über sie her. Einmal hat er sie so heftig in den Bauch geschlagen, dass sie eine Fehlgeburt erlitt.

Was ja wohl auch besser so war.

Ich nehme an, dass wir von der Sozialhilfe lebten. Ich habe ihn niemals arbeiten sehen. Bisweilen saß er, in der Ausnüchterungszelle oder in irgendeiner Anstalt. Ich wagte trotzdem nicht, aufzuatmen, jederzeit könnte die Tür aufgerissen werden, könnte er schwankend auf der Schwelle stehen. Das hatte ich schon viel zu oft erlebt.

Sie arbeitete, auf ihre Weise. Ich nehme an, deshalb konnte sie sich Kleider und fesche Unterwäsche kaufen. Und diesen Kaninchenmantel. Wenn sie guter Laune war, lief sie einfach in Korsett und BH herum, darüber trug sie diesen weißen Pelz, dazu gehörte übrigens auch eine Kapuze mit einem Band, das man verschnüren konnte. Der Mantel war rot gefüttert. Und überall hinterließ sie dann Büschel aus weißen Kaninchenhaaren. Ich ging zum Teppichklopfen hinaus, manchmal war sie peinlich sauber, und an gewissen Tagen durfte man nicht einmal im Haus sein, man hätte ja etwas schmutzig machen können.

Aber es gab auch Zeiten mit viel Besuch zu Hause, vielen fremden Gesichtern, mit Menschen, die johlten und sangen. Es wurde einfach wahnsinnig gesoffen, ehrlich gesagt.

Eines Nachmittags, als er aus der Schule nach Hause kommt, hängt sie an ihrem Gürtel unter der Decke. Die Deckenlampe liegt auf dem Boden. Die Lampe ist das Erste, was er sieht, die verstaubte gelbe Kuppel. Dort in der Ecke hängt sie, nicht still, sie bewegt sich leicht im Luftzug der Tür. Ihre Hände sind blau und geschwollen, ihr Gesicht kann er nicht sehen, ihre Haare haben sich gelöst und verstecken es. Sie trägt noch einen Schuh, er hängt an den Schnürsenkeln, den anderen hat sie im Kampf um Luft abgestreift, und er findet ihn später auf dem Küchensofa. Der Hocker ist umgestürzt, auf dem hat sie gestanden, dem roten Hocker, auf dem er seinen Rotz abwischt, unter dem Sitz. Das ist jetzt aber nicht zu sehen.

Er steht da und sieht ihre Beine und Hände, die Sonne leuchtet ihre Strümpfe an, ein langes blondes Haar klebt an dem Bein, das am nächsten zu ihm hängt.

Er füllt die Wangen mit Luft und bläst es weg.

Der Mann verzichtet gern auf das Sorgerecht für ihn. Das übernehmen der Oberlehrer und seine Frau, Alvar und Viola

Viklund. Sie tragen nun die Verantwortung für seine Erziehung. Und er zieht in das grüne Turmhaus, am Tag vor seinem neunten Geburtstag. Er friert dermaßen, dass er sich erbricht.

Sie hatten keine eigenen Kinder. Sie hatten einen Jungen gehabt, doch der war mit zwölfeinhalb Jahren an Hirnhautentzündung gestorben. Ich ging ab und zu sonntags mit ihnen zum Grab. Hinter dem Stein mit seinem Namen, Erland Viklund, lag ein kleiner hellblauer Plastikspaten. Den hatten sie, um das Grab zu pflegen. Um Blumen einzupflanzen und so.

Er war auf irgendeine Weise immer dabei, auch wenn er tot war. Ich glaube, sie hatten vielleicht gehofft, dass ich ihn ersetzen könnte. Aber als sie merkten, dass ich das nicht konnte, ich war doch so, wie ich eben war … waren sie nicht enttäuscht von mir, sondern gaben sich alle Mühe, damit ich mich bei ihnen wohl fühlte. Dennoch.

Materiell gesehen, kam ich mir vor wie im Himmelreich. Sie wohnten in einem dunkelgrünen Holzhaus mit zwei Türmen. Erland, der Sohn, hatte in dem einen Turm gewohnt. Ich bekam den anderen.

Sein Zimmer war unberührt, ich durfte hineinschauen, durfte es aber nicht betreten. Sie hatten sogar so eine geflochtene Schnur aufgespannt, wie im Museum. Sie ging zweimal die Woche hinein und stellte frische Blumen auf die Fensterbank. Aber ihn sah ich dort nie.

Zu mir waren sie sehr freundlich, sehr höflich und sehr großzügig. Jeden Abend um halb sechs aßen wir in einem besonderen Zimmer, wir saßen seltsamerweise alle drei an der Längsseite des Tisches. Sie wollten beim Essen nicht angesehen werden. An der gegenüberliegenden Wand hing ein Monumentalgemälde, das einen Marktplatz mit Pferden, Buden und Menschen zeigte.

Sie sagten, ich könnte sie Mama und Papa nennen. Aber das schaffte ich nie. Ich blieb bei Alvar und Viola.

Viola war Belgierin, sie hatte einen leichten Akzent und sprach manche Wörter falsch aus. Das fand ich wunderbar. Auf diese Weise wurde sie weniger perfekt. Sie gab mir Nachhilfestunden in Französisch, als ich aufs Gymnasium kam.

Sie war dunkelhaarig und hatte ziemlich schwere Züge, sie war lang und mager, ja, ungewöhnlich groß, würde ich sagen. Deshalb trug sie immer nur flache Schuhe. Und das gab ihr eine ziemlich schlechte Haltung.

Aber über solche Dinge dachte man damals doch nicht nach. Ich habe es erst später auf Fotos gesehen. Und dann erinnerte ich mich auch daran.

Er war kleiner als sie und wie gesagt, Oberlehrer an der Volksschule. Das war damals der offizielle Titel, später wurde das in Rektor umgeändert. Ich konnte nur zwei Jahre seine Schule besuchen, dann wechselte ich auf die Mittelschule über. Ich hatte den Eindruck, dass er ziemlich beliebt war.

Sie hatten einen alten Wohnwagen, mit dem sie durch die Gegend gondelten. Einige Sommer lang fuhr ich mit ihnen in Ferien. Einmal waren wir in Dänemark, an der jütländischen Westküste, aber wegen der starken Unterströmung dort konnte man nicht baden. Ich war ein wenig enttäuscht, deshalb weiß ich das noch.

Viola und ich schliefen im Wohnwagen, Alvar draußen in einem kleinen Zelt. Für alle drei war im Wohnwagen kein Platz. Wir lagen dort drinnen, Viola und ich, und hörten Alvars lautes Schnarchen. Wir sahen einander im Dunkeln an und lachten. Sie streckte ihre Hand aus dem Wagen und sagte gute Nacht.

Sie stritten sich nie. Aber sie waren auch nie zärtlich zueinander. Jedenfalls nicht vor meinen Augen. Aber ich nehme an, dass sie sich abends liebten, wenn ich in meinem Zimmer war. Ihr Schlafzimmer lag auf der anderen Seite des Hauses. Nachts hörte ich manchmal, wie jemand die Toilettenspülung betätigte.

Sie waren freundlich und freigebig zu mir, und sie verschafften mir eine gute Grundlage. Ich hatte wirklich große Achtung vor ihnen. Als ich mein Abitur machte, veranstalteten sie ein Fest für mich, sie mieteten den Festsaal im Hotel und luden den halben Ort ein, glaube ich, zu Essen und Tanz. Marie-Louise und ihre Eltern waren auch dabei. Wir waren damals seit einem Jahr zusammen.

Eine Woche darauf musste ich zum Barras.

In diesem Sommer fuhren sie mit dem Wohnwagen nach Norrland. Dort wurden sie eines Morgens gefunden, kurz vor einem Ort namens Sikfors. Es war in diesen Wochen ungewöhnlich kalt, die Temperatur sank sogar unter null. Sie hatten alle Ritzen mit Isolierband und Stoffstücken abgedichtet. Danach hatten sie das Gas aufgedreht. Sie lagen vollständig angezogen in ihren Betten. Die Polizei sagte, sie seien an Abgasvergiftung gestorben.

Ich weiß es nicht.

Glücklich waren sie nie.

Er nannte mich nie beim Namen, er benutzte immer andere, selbst erfundene.

Er hieß auch so. Wie ich. Mit Nachnamen.

Er wohnte die ganze Zeit bei uns. Er wusste, was sie machte, natürlich wusste er das. Aber scheiß drauf! Sie brachte doch Geld ins Haus.

Er hatte Haare in der Nase, das weiß ich noch, und in den Ohren. Abends pulte er am Nagel seines großen Zehs herum. Der wuchs ins Fleisch. Ich habe niemals jemanden so heftig fluchen hören wie ihn.

Ich weiß nicht, wie er gewesen wäre, wenn er nicht so verzweifelt gesoffen hätte. Er saß immer am Küchentisch und legte Patiencen. Einmal schälte er stundenlang Möhren und Kartoffeln und kochte eine Suppe, die wir zwei Tage lang aßen. Wir lobten ihn wie bescheuert, sie und ich.

Aber es war unmöglich, mit ihm zu reden wie mit einem normalen Menschen. Ich glaube, er war irgendwo im Kopf beschädigt. Nicht einmal sie konnte das, und dabei hatte sie sich doch für ihn entschieden.

Sie liegt in der Badewanne, ihre Haut ist gefleckt vor Hitze, ihre Haare voller Locken. In diesem Moment spürt er, dass sie ihn liebt. Er darf mit ihr im Dampf sein, er darf auf dem Toilettendeckel sitzen, sie will ihn bei sich haben.

»Hol eine Flasche Bier, Mauritz, bitte. Mama kriegt vom Baden solchen Durst.«

Ihre Brust fließt unter dem Wasser dahin, die Warzen sind braun und flach. Er fragt sich, ob er jemals Milch daraus gesaugt hat, kleine Kinder machen das doch so. Sein Mund zieht sich zusammen.

Sie achtet darauf, sich nicht die Hände nass zu machen. Denn dann weicht der Nagellack auf und blättert ab, sagt sie. Sie ist sehr stolz auf ihre Nägel. Wenn der Mann sie schlägt und ein Nagel abbricht, macht das sie trauriger als ihre blauen Flecken und Beulen.

Er muss ihre Hacken mit Bimsstein abreiben, und kleine graue Würstchen aus toter Haut fallen auf seine Hose. Wenn es sie zu sehr kitzelt, wackelt sie mit den Füßen, und er wird nass.

Über ihren Bauch zieht sich eine scharfe, wulstige Narbe. Sie sagt, daran sei er schuld.

»Du wolltest nicht wie normale Kinder herauskommen. Und da musste der Doktor mir den Bauch aufschneiden und dich da rausfischen.«

Das Zimmer rauscht, die Fliesen hageln auf ihn herab. Als er wieder zu sich kommt, liegt er auf dem Boden. Sie kniet in der Badewanne, beugt sich über den Rand. Tropfen fallen von ihrem Körper auf seine Stirn.

»Was ist denn los mit dir, du bist ja einfach gefallen!«

Als sie sieht, dass er bei Bewusstsein ist, lässt sie sich wieder ins Wasser gleiten und fängt an zu summen. Ihre Stimme ist melodisch und hallt wider.

Einmal ist auch der Mann dabei. Sie streiten sich um Geld. Seine gewaltige Handfläche über ihrem Schädel, er drückt sie unter Wasser, hält sie dort fest.

»Du verdammte Scheißfotze, hundert Eier, ich brauch die sofort, sonst ertränk ich dich!«

Sie kommt nach oben, schnappt nach Luft wie ein glatter, glänzender Fisch, versucht, ein Bein über den Wannenrand zu schwingen, beißt ihn in die Finger. Er drückt sie wieder nach unten, diesmal für längere Zeit. Als er sie endlich loslässt, ist sie blass und zittert, und das halbe Zimmer steht unter Wasser.

Als sie abgeschnitten und fortgebracht worden war, waren sie allein miteinander.

»Hast du Hunger?«, fragt der Mann, der so heißt wie er, mit Nachnamen.

»Nein …«

Die Lampe liegt noch auf dem Boden, den Hocker haben sie aufgestellt. Zwei Gläser auf dem Tisch, die Schnapsflasche. Es brennt wie Essig auf seiner Zunge.

»Nur ganz ruhig und gelassen«, sagt der Mann. »Nichts weghusten.«

Die Hände auf der Tischplatte, ausgebreitet. Der Trauring, zur Hälfte unter den Haaren verborgen.

»Wir machen eine Kerze an«, sagt er und zieht aus seiner Brieftasche ein zusammengefaltetes und abgenutztes Passfoto der Frau, auf dem sie aussieht wie damals, als er sie kennen gelernt hat.

»Da war sie jung«, sagt er leicht beleidigt. »Noch das pure Kind. Und verdammt geschickt mit Bällen. Ha ... hast du das mal gesehen? Fünf Tennisbälle gleichzeitig in der Luft, auf und ab und hinter dem Rücken, hast du das gesehen?«

Er schüttelt den Kopf, er ist sehr müde.

»Sie hätte in einem Zirkus arbeiten müssen, verdammt, das hab ich ihr auch gesagt. Geh zum Zirkus, hab ich gesagt. Aber das hat sie nie geschafft. Und als sie dann einen dicken Bauch kriegte ... da hat sie mit den Bällen aufgehört.«

Er wühlt in Schränken und Schubladen und findet schließlich einen eingestaubten Kerzenstummel. Lässt ihn eine Weile brennen, lässt dann Stearin auf die Tischplatte tropfen. Drückt den Stummel hinein.

»Und dann hat sie einen Scheißbengel gekriegt«, knurrt er, vor allem an sich selbst gerichtet.

Das Kerzenlicht flattert über das kindliche Kinn der Mutter. Ihre Augen sind ernst, der Mund lächelt.

»Früher hat sie ab und zu gesagt, dass sie sich das Leben nehmen wollte. Aber das war früher. Hast du sie das in letzter Zeit mal sagen hören, na?«

»Nein ... ich glaube nicht.«

Der Haken, schräg hinter ihm in der Decke. Hängt sie noch immer dort? Er muss hier in der Küche schlafen, er schläft immer auf dem Sofa. Sie hätte sich eine andere Stelle aussuchen können. Sie hat gewusst, dass er hier schlafen und nachts aufwachen und an ihre Beine und Hände denken würde.

»Wo ist sie jetzt?«, rutscht es ihm heraus.

»Was glaubst du?«

Er zuckt steif mit den Schultern.

»In der Leichenhalle natürlich. Dahin kommen sie. Du dann auch, irgendwann. Um die Leichenhalle kommt keiner herum. Wenn man nicht zuerst verbrannt wird, damit sie einen nicht finden.«

»Was werden sie mit ihr machen?«

»Sie werden sie obduzieren.«

»Was?«

»Sie schneiden sie auf und schauen sie sich von innen an. Damit sie nicht an etwas anderem gestorben ist. Damit niemand sie vergiftet und sie erst danach aufgehängt hat.«

Die Kerzenflamme flackert, Schatten huschen über den Tisch. Er schlägt die Beine übereinander, räuspert sich.

»Sie hatte doch uns«, sagt er leise.

Der Mann trinkt, er ist schon ziemlich voll.

»Du bist jedenfalls ein braver Junge«, nuschelt er.

Einige Tage nach der Beerdigung sieht er den Mann zum letzten Mal. Mauritz ist zu Hause und packt seine Sachen, bei ihm ist eine fremde Frau. Sie soll ihn zu den Viklunds bringen.

Der Mann liegt auf dem Rücken im Doppelbett. Er schnarcht, schläft. Als Mauritz versucht, die unterste Kommodenschublade herauszuziehen, wacht er auf und trottet ins Badezimmer. Dort bleibt er dann.

»Ich geh jetzt!«, ruft Mauritz.

»Tu das!«

Er hört die Toilettenspülung, die Badezimmertür bleibt geschlossen.

Frau Viklund hat gebacken, der Duft von frischem Brot gehört zu seinen ersten und stärksten Eindrücken. Auf dem Tisch stehen eine Sahnetorte und eine große Schüssel voll Zimtbrötchen.

Aber er friert, er friert so sehr, dass ihm davon schlecht wird.

Die fremde Frau schlägt die Beine übereinander. Sie lächelt ihn an wie eine alte Bekannte.

»Er ist lieb und überaus umgänglich«, erklärt sie.

»Davon bin ich überzeugt.«

Frau Viklund lächelt ebenfalls, sie hat lange, spitze Wangen.

»Er hat in seinem Leben schon so allerlei mitgemacht.«

Die Frau senkt die Stimme. Mauritz schaltet seine Ohren aus und betrachtet die Sofakissen. Eins davon hat Schnauze und Pfoten, es sieht aus wie ein dicker Hund. Er hebt die Hand und stochert in dem Kuchenstück herum, das sie für ihn abgeschnitten haben. Legt ein wenig auf den Löffel, hält es vor die Hundeschnauze. Seine Hand mit dem Löffel zittert, Sahne auf dem Sofa, Sahne auf dem braunen Hundefell, Ellbogen vor das Gesicht schlagen, den Atem anhalten.

Frau Viklund lacht freundlich.

»Mach dir keine Sorgen wegen diesem bisschen Kuchen, das spielt doch keine Rolle. Das waschen wir später ab, das ist doch nicht die Welt.«

Sie versetzt ihm einen freundlichen kleinen Rippenstoß. Er starrt seinen Teller an und schluckt hart.

Ich habe nie um sie getrauert, sie hatte das nicht verdient. Sie wollte sterben, und sie starb auf eine verdammt egoistische Weise. Ihr war es doch scheißegal, dass ich als Erster nach Hause kommen, dass ich sie finden würde. Sie hätte das wissen müssen, aber das war ihr scheißegal. So war sie.

Sie machte mir eigentlich erst viel später so richtig schlimme Angst, als ich anfing, sie wieder zu sehen, wie sie, vom Seil abgeschnitten, auf der Bahre lag, mit ihrem verzerrten Mund, den großen verfärbten Händen. Ab und zu konnte ich sie durch meine Zimmertür kommen sehen, sie breitete die Arme aus und wollte zu mir, sie wollte bei mir im Bett liegen, ich hörte sie flüstern und jammern. Manchmal hob sie ihr Nachthemd hoch, darunter war sie vernarbt und zerschnitten… sie wollte zu mir ins Bett kriechen, sie sagte, sie sei meine Mutter und habe niemanden außer mir.

Ich wollte die Viklunds auf keinen Fall wecken oder stören. Ich knipste die Lampen im Zimmer an und saß bis zum Morgen hellwach in meinem Sessel. Dann ließ sie mich in Ruhe.

Doch, sicher merkten sie, dass ich müde und zerstreut war, aber ich machte ja doch gewissenhaft meine Schularbeiten. Ich weiß noch, dass der Schularzt mich untersuchte und mir eine stärkende Medizin verschrieb. Ich nahm sie Viola zuliebe. Die Medizin schmeckte widerlich. Ich hatte schreckliche Angst, Viola traurig zu machen oder sie auf irgendeine Weise zu verletzen, ich wusste doch, dass sie ein Kind verloren hatte.

Nein… ich weiß nicht, was aus ihm geworden ist. Wie gesagt, seit damals habe ich ihn nie wieder gesehen. Ehrlich gesagt, ist mir das egal.

Das Haus, in dem wir gewohnt haben, ist schon vor vielen Jahren abgerissen worden. Aber die Holzvilla existiert noch, die mit den Türmen. Sie ist jetzt weiß angestrichen. Ich bin zweimal daran vorbeigefahren, aber ich weiß nicht, wer jetzt dort wohnt. Das kann ja schließlich egal sein.

Jetzt kommen die Schmerzen; Stirn, Glieder, Bauch.

Er bekommt an diesem Abend hohes Fieber und klammert sich an sie.

Als sie am Sonntagmorgen erwachen, werden sie von Stille empfangen. Der Wind hat sich gelegt. Er ist schlapp, hat aber kein Fieber mehr, er lässt sie los, und sie kann aufstehen und Frühstück machen. Er bleibt in der Wärme ihrer Körper liegen, sieht zu, wie sie Feuer macht, sieht ihre Finger, ihr getupftes Nachthemd.

Anna, denkt er.

Dann bricht er in Tränen aus.

Es ist dunkel, als sie ihre Sachen in den Wagen laden, Regen hängt in der Luft. Sie haben sauber gemacht, haben aufgeräumt, sie schließen ab und legen den Schlüssel hinter den Holzschuppen, wie sie es mit den Vermietern verabredet haben.

Anna fährt, er selbst ist erschöpft vom Weinen, fühlt sich verschlissen, verbraucht.

»Ich weiß nicht, ob ich es schaffe, mich wieder dem normalen Alltag zu stellen«, sagt er und streichelt ihre Hand, die auf der Gangschaltung liegt. »Ich will das hier nicht abbrechen, ich will weiterhin bei dir sein... zurückzukehren kommt mir vor, wie ohne Kleider, ohne Schutz hinaus in die Winternacht geschickt zu werden. Und doch liegt ja dort mein Leben...«

»Winternacht?«

»Normalerweise nicht, sonst kommt mir das nicht so vor. Aber jetzt. Nach allem.«

»Dann ist es nicht nur eine Freude, dass wir uns treffen.«

»Es ist nur eine Freude. Eine große Freude sogar.«

»Ich liebe dich so unendlich sehr...«

»Aber nicht genug, um mit mir zusammenzuleben?«

Sie schweigt neben ihm, ihre Hände umklammern das Lenkrad.

»Verzeih mir... verzeih mir, Anna. Ich will dich nicht

mehr bedrängen, verzeih mir, verzeih mir… es fällt mir nur so verdammt schwer zu akzeptieren, dass du jetzt nach Hause zu deiner Familie gehst und lebst und redest und dich verhältst, als ob ich nicht existierte, als ob ich nicht die geringste Bedeutung hätte.«

»So ist das nicht, du weißt, dass es nicht so ist.«

»Wie ist es dann?«

Er hört sich quengelig wie ein Kind an. Und sie weint, dort im Auto, und auch er weint, so sehr seine schmerzende Stirn es erlaubt.

»Halt an«, sagt er.

Sie fährt an den Straßenrand, schaltet das Warnlicht ein. Dann dreht sie den Motor aus und schreit:

»Es ist doch nur, weil ich niemandem wehtun will! Nicht ihm, nicht dir, nicht den Kindern… und ihr auch nicht!«

Er nickt, legt seine Wange an ihre. Die ist nass und glühend heiß.

»Wir müssen stark sein«, flüstert sie und betont dabei jedes Wort. »Wir haben einander. Das macht uns stark, das wird uns noch stärker machen. Das ist wichtiger als alles andere, so müssen wir denken, das müssen wir uns immer vor Augen halten. Egal, was passiert.«

Er legt seine eiskalten Hände um ihr Gesicht. Das Weinen jagt in ihm nach oben, durchspült und schüttelt ihn, er hat das Gefühl, weggetragen zu werden, ganz ohne seinen Willen, sein Bewusstsein, sein Ich, wie dann, wenn man dicht vor dem Einschlafen ist.

»Anna…«, sagt er, aber sie hört nicht, er sagt es noch einmal, laut und schnell.

»Du wirst mich doch nie verlassen, du gehst doch nicht von mir. Das versprichst du mir doch, Anna, versprich mir das!«

»Nein«, sagt sie. »Nie, nie werde ich dich verlassen.«

Sie lässt den Motor wieder an, fährt auf die Straße. Der

Asphalt glänzt vor Nässe, überall klebt feuchtes, braunes Laub. Sie schaltet das Radio ein, eine moderne Popmelodie, die er einige Male gehört und die sich ihm eingeprägt hat.

»Phil Collins«, Anna lächelt vorsichtig, summt mit. »Another Day in Paradise… Meine Mädels lassen die jeden Tag laufen.«

Dann:

»Mauritz… alles, was du mir erzählt hast, zeigt, dass du ein ziemlich starker Mensch bist, einer, der überlebt. Du hättest sehr wohl untergehen können, aber du hast dich dafür entschieden, weiterzumachen. Du lebst, du bist wirklich, du kannst lieben und große, große Liebe zeigen. Du bist nicht beschädigt worden… ich meine, das bist du natürlich, aber deine Verletzungen konnten heilen. Das denke ich jetzt. Deshalb sehe ich dein Leben nicht als Winternacht… möglicherweise als Abend im November, mit Zugang zu Decken und Wärme.«

»Ich finde mich nicht stark, das habe ich nie getan. Aber auch nicht besonders schwach.«

»Wann in deinem Leben bist du glücklich gewesen? Wann hast du Glück verspürt, meine ich? Ich weiß, dass der Begriff Glück schwer zu definieren ist… aber man erinnert sich ja doch an besondere Augenblicke.«

»Jetzt! Mit dir!«

»Ja, aber früher?«

»Ach… zu unterschiedlichen Anlässen, nehme ich an. Als wir beim Barras entlassen wurden… als wir unsere erste Wohnung bekamen. Und als die Kinder geboren worden waren, am nächsten Morgen, als mir wirklich bewusst wurde, dass ich dazu beigetragen hatte, zwei neue kleine Individuen auf die Welt kommen zu lassen. Und als ich sie zum ersten Mal auf dem Arm hatte… das war ein Moment von tiefem, stillen Ernst, diese kleinen warmen Wesen da in meinen Armen. Da beschloss ich, dass ihnen niemals etwas

Böses passieren sollte, nicht, solange ich lebe und sie beschützen kann.«

»Ja, Kinder sind ein Reichtum.«

»Aber offenbar nicht für alle.«

»Deine Mutter?«

»Ja, sie… aber erinnerst du dich an diese Schauspielerin, von der ich dir erzählt habe? Ich glaube nicht, dass sie ihre Tochter als Reichtum betrachtet. Habe ich übrigens erwähnt, dass sie bei uns in die Nachbarschaft gezogen sind? Im vorigen Sommer.«

»Nein.«

»Mach dir keine Sorgen, zwischen uns ist seit langem Schluss.«

»Na gut.«

»Aber, wie du gesagt hast… meine Mutter, ja. Ich kann mir einfach nicht vorstellen, dass sie es als besonders großes Glück empfunden hat, meine Mutter geworden zu sein. Ich habe jedenfalls keinerlei Anzeichen dafür entdecken können.«

»Als sie dein erstes Lächeln gesehen hat, als du ihr deine niedlichen Ärmchen entgegengestreckt hast…?«

»Ich weiß nur, dass sie mich im Stich gelassen hat… dass sie mich ganz plötzlich und brutal verlassen hat und dass es sie eigentlich nie interessiert hat, was ich dachte und fühlte.«

Sie werden von einem wütend hupenden Lieferwagen überholt, der ihre ganze Windschutzscheibe voll spritzt. Ihr Wagen gerät ins Schlingern, Anna flucht. Er hat sie bisher noch nie fluchen gehört.

»Ich kann fahren, wenn du willst. Mir geht es jetzt besser.«

»Ich bin das Fahren nicht richtig gewöhnt. Und ich möchte ihn dir ja nicht zu Schrott fahren. Außerdem sehe ich wohl nicht mehr so gut. Vor allem, wenn es so dunkel ist wie jetzt, dann finde ich das Fahren wirklich unangenehm.«

»Hast du keine Brille?«

»Doch, aber nur zum Lesen.«

Sie tauschen die Plätze. Regen prasselt auf das Autodach, durchnässt sie, als sie um den Wagen herumlaufen.

»Ach, ich wünschte, wir wären in der Wüste«, sagt Anna und legt den Sicherheitsgurt an. »Du und ich, mit leichter Ausrüstung, einfach nur Rucksäcken, und der Sand wäre dicht und fest. Die Sonne sollte durch Dunstschleier auf uns herabscheinen, und wir wären angenehm warm und vielleicht beschwipst, ganz leicht, nach einem kühlen Weißwein, und vor uns stünde ein wilder Esel und schaute uns an, um dann zu schnauben und hinter den Sandhügeln zu verschwinden…«

»Warum ausgerechnet in der Wüste?«, fragt er lachend.

»Da könnte uns niemand finden. Die Wüste ist so weit von unserem näher rückenden Abschied entfernt, wie man sich das überhaupt nur wünschen kann. Weißt du übrigens, dass die Wüste grün wird, wenn es einmal regnet, es ist wie ein grüner Dunst, der sich über den Boden zieht. Ich würde gern in diesem grünen Dunst stehen und dich an der Hand halten, hart, hart… wir könnten auch Kamele haben, Dromedare, meine ich… mit freundlichen, flatternden Lippen, sie würden uns tragen, wenn wir zu müde zum Gehen wären, mit ihren starken, platten Füßen, weißt du, dass es in einigen arabischen Ländern Kamelrennen gibt, mit kleinen, kleinen Reitern, Jungen von drei, vier Jahren, sie sind so klein und leicht, dass sie mit Klebeband am Kamelrücken befestigt werden. Und dann kommen die Scheichs und feuern sie an, so wie hier auf der Rennbahn.«

»Woher weißt du das?«

»Das hat Per-Erik erzählt. Er hat es gesehen.«

»In mir krampft sich alles zusammen, wenn du seinen Namen nennst.«

»Verzeihung. Aber er ist wirklich, er gehört mit zur Winternacht … mir geht es ihr gegenüber übrigens ebenso. Ich will nicht über sie sprechen und will es doch. Im einen Moment erfüllt mich eine richtig tiefe Verachtung für alles, wofür sie steht, ihren Namen, ihre Arbeit, ihre Art, euer Haus einzurichten … und eine Wut … auf ihre gesetzlichen und juristischen Rechte. Im nächsten Moment möchte ich mich auf schrecklich dramatische Weise ihr zu Füßen werfen und heulen und mich erniedrigen, sie soll mich an ihre Brust ziehen und mir immer wieder sagen, dass sie uns nicht böse ist und uns … einander gönnt. Hat sie … hatte sie schon einmal einen anderen, was glaubst du?«

»Keine Ahnung. Ich nehme an, ich hätte es gemerkt. Oder? Vielleicht nicht?«

»Per-Erik hat kein Verhältnis gehabt, das weiß ich. Er ist viel zu beschäftigt, einerseits mit mir, andererseits mit seinem übrigen Interessen. Es ist in seinem Leben einfach kein Platz dafür.«

»Den würde ich gern erschießen!«, ruft er. »Ich weiß, das klingt übel, und natürlich meine ich es nicht wirklich so. Aber mich kann einfach eine Wut packen, eine tierische und primitive Lust, ihm eins in die Fresse zu geben.«

»Aber wir müssen uns doch trotzdem jetzt verändert haben, meinst du nicht? Müssen froher sein. Über einander. Und das muss sich doch auf irgendeine Weise bemerkbar machen …«

Ahnt sie etwas? Möglicherweise. Zugleich ist sie mit dem Verlust ihrer Mutter beschäftigt. Abends steigert sie sich in heftige Weinanfälle, sie trinkt auch mehr als früher, und wenn sie trinkt, streben ihre Gedanken immer wieder der Toten zu.

Schließlich kann er es nicht mehr aushalten, er muss sie bitten, nicht immer wieder darauf herumzureiten, Tag für Tag, hör auf, dir Vorwürfe zu machen, finde dich damit ab, dass sie nicht mehr da ist und auch nicht zurückkehren wird, verbeiß dich nicht darin, denn das führt zu nichts, es hemmt und lähmt dich nur.

Auf irgendeine Weise ahnt er, dass er damit einen Fehler begeht. Er sollte für sie da sein, als Zuhörer, indem sie redet und wieder redet, bearbeitet sie ihre Trauer, das ist ihre einzige Möglichkeit, damit fertig zu werden.

Aber er schafft es nicht.

Sie trägt die Goldkette ihrer Mutter um den Hals, sie sitzt vor dem Schlafzimmerspiegel: Siehst du, ich sehe ihr jetzt ähnlich, so wie sie aussah, als sie alt war, sie kriecht in mich hinein und nimmt ganz und gar von mir Besitz, ach, ich habe sie zu sehr vernachlässigt, als ich erwachsen war, war es so nötig für mich, ihr zu zeigen, dass ich von jetzt an mein eigenes Leben leben könnte, ich habe mich von ihr abgeschirmt, und jetzt ist es zu spät, daran etwas zu ändern… ach, Mauritz, wenn sie nur noch leben könnte, nur noch ein paar Wochen, dann könnte ich mit ihr reden, dann wäre alles weniger kompliziert … erinnerst du dich an den langen Brief, den sie mir geschrieben hat, den habe ich nie beantwortet … und jetzt weiß ich nicht einmal, wo er liegt.«

»Was hilft es denn, jetzt noch darüber zu reden!«, sagt er noch einmal und will das Zimmer verlassen. Aber sie springt auf und verstellt ihm den Weg.

»Sieh mich an, Mauritz. Sehe ich alt aus? Bin ich alt?«

»Bitte, Marie-Louise …«

»Begehrst du mich noch immer … oder siehst du dich jetzt nach jüngeren Frauen um, solchen mit knackigem Hintern, die nichts anderes können als lachen?«

»Hör auf …«, sagt er erschrocken.

»Wir lieben uns jetzt nur noch so selten, Mauritz! Aber du wirst wohl auch älter … Leidenschaft und Hitze gehören wohl eher zur Jugend.«

»Jetzt bist du ungerecht. Wie oft, glaubst du, machen unsere Nachbarn hier …«

Sie lacht schrill und laut.

»Auf die scheiß ich doch. Und eigentlich … dieses Raus-und-Rein-Gewackel ist ziemlich unästhetisch, wenn ich ehrlich sein soll. Eigentlich hat es mich nie besonders angesprochen. Das rein praktische Ficken. Aber … ich möchte mich begehrt fühlen können, ich will, dass du dich nach mir sehnst, so wie früher.«

Er beißt die Zähne zusammen, hart, hart, zieht sie an sich. Sie schwankt, macht einen falschen Tritt und stürzt fast.

»Alter träger Mauritz«, murmelt sie an seiner Brust.

Ungeschickt streichelt er ihren Rücken.

»Du bist toll«, flüstert er. »Toll und begehrenswert, das weißt du. Aber du darfst nicht soviel trinken, das lässt dich die Form verlieren.« Sie stöhnt, bohrt die Finger in seine Oberarme.

»Und wenn ich jetzt will… wenn ich will, dass wir uns jetzt lieben…«

»Morgen, wir machen das morgen. Ich kann jetzt einfach nicht, nicht auf Befehl…«

Sie küsst seine Hand, ihr Mund ist feucht und weich.

»Morgen, morgen, nur nicht heute, sagen alle faulen Leute.«

Aber sie beruhigt sich, und er kann sie überreden, ein paar Tassen starken Kaffee zu trinken. Später an diesem Abend erzählt sie, dass Edvin angerufen hat.

»Eine Frau wird bei ihm einziehen und mit ihm zusammenleben. eine wildfremde Frau, von der ich noch nie gehört habe.«

»O verdammt.«

»Dann hat Mama also Recht gehabt. Dann war sie nicht so verrückt und ungerecht, wie ich geglaubt habe, gegen Ende.«

Sie schlägt mit der Faust so hart auf den Tisch, dass die Tassen hochspringen.

»Eine spitznasige Hexe zwischen Mamas Sachen, eine, die sich an ihrem Wäscheschrank zu schaffen macht, die aus ihren niedlichen kleinen Mokkatassen trinkt, auf die sie so stolz war…«

»Glaubst du wirklich, dass sie so besonders spitznasig ist? Meinst du, Edvin hätte sie sich dann ausgesucht?«

»Ja, das glaube ich.«

»Aber kannst du ihm das nicht gönnen, ich finde, du bist jetzt ein bisschen egoistisch, Marie-Louise. Was soll er denn machen? Soll er einsam in seiner Wohnung sitzen und verwelken? Weißt du nicht, dass viel zu viele, die ihren Partner oder ihre Partnerin verloren haben, die Lebenslust verlieren und nach wenigen Jahren dann auch sterben? Warum willst du ihm nicht noch eine Blütezeit gönnen?«

»Ich sehe das eben nicht ganz so«, sagt sie kühl. »Und

schon gar nicht nach so kurzer Zeit. Er hätte zumindest das Trauerjahr abwarten können.«

»Du weißt doch nicht, wie lange sie sich schon kennen, er und die Spitznasige.«

»Was!«, ruft sie. »Was sagst du da? Meinst du, dass er Mama außerdem noch betrogen hat?«

In dieser Nacht verführt sie ihn. Im Schlaf ahnt er ihre Hände um seinen Sack, und ohne wirklich aufzuwachen, wälzt er sich auf sie und zieht ihre Schlafanzughose nach unten.

Er kennt ihren Körper, seine Handflächen spüren ihre Haut; seit fast einem Vierteljahrhundert haben sie sich daran gewöhnt, an ihre Senken und Unebenheiten, an ihre traurigen kleinen Falten, sie zieht die Knie an und öffnet sie, umfasst ihn, bugsiert ihn in sich hinein.

Danach kann er nicht einschlafen. Sie auch nicht, er hört, wie sie sich im Bett herumwälzt, hört ihre tiefen Seufzer. Denkt, dass er zu ihr hinüberrutschen und sie in den Arm nehmen müsste, so, wie sie es so oft mit ihm gemacht hat.

Stattdessen dreht er sich zum Fenster und mustert die vielen kleinen Löcher im Rollo, starrt sie an, bis ihm die Tränen in die Augen treten.

Ein Polizeihubschrauber kreiste über dem Park. Es dröhnte und lärmte, die Fensterscheiben klirrten. Im selben Moment klingelte das Telefon. Er stand mitten im Wohnzimmer und konnte sich nicht entscheiden, irgendetwas zu tun. Als er den Hörer abnahm, dauerte es eine Weile, bis er begriff, wer da anrief, nicht einmal, als sie ihren Namen nannte, verstand er das richtig.

Aber es war Eva. Die Nachbarin.

»Bist du beschäftigt?«

»Nein. Aber aufgeregt. Und verdammt wütend.«

»Warum denn?«

»Eben war so ein Verrückter von Expressen hier.«

»Ach, der. Mit dem hab ich auch geredet.«

»Mieser Typ.«

»Ja .... du. Kann ich ein wenig hinüberkommen? Ich würde gern mal mit dir reden. Du bist doch allein, oder?«

»Ja ... sicher«, sagte er überrascht. »Natürlich. Komm nur. Ich bin den ganzen Abend allein. Marie-Louise ist bei ihrem Webkurs. Komm nur.«

Einige Minuten darauf war sie da, sie trug ein umfangreiches und exzentrisch gemustertes Kleid mit weiten Ärmeln und ein Haarband. Damit sah sie klobig aus, wie ein zu alt gewordener Teenager. Er nahm ihre Hand, verhielt sich übertrieben höflich.

»Vielleicht kann ich der Dame etwas anbieten?«, fragte er. »Einen kleinen Drink gar? Ich selbst empfinde in diesem Moment ein starkes Bedürfnis nach einem Drink, dieser Trottel hat mich aus der Fassung gebracht.«

»Ich bin schwanger«, sagte sie. »Ich weiß nicht, ob Marie-Louise es dir erzählt hat, aber ich bin schwanger.«

Er umfasste sie kurz mit seinen Blicken.

»Nein … das wusste ich nicht.«

»Aber natürlich … ein Glas kann ich ja wohl trinken. Ein kleines.«

»Campari? Geht das?«

»Ja, bitte. Ich habe schon lange keinen Campari mehr getrunken. Das tut gut.«

»Ja ja, meine Güte, da gibt es also Familiennachwuchs. Wann ist es denn so weit?«

»Ende August.«

»Ich dachte, ihr wärt jetzt zufrieden. Ihr habt die Erde doch schon bevölkert, wie man so sagt …«

Sie nahm das Glas mit beiden Händen, setzte sich. Ihr Rücken blieb dabei schnurgerade.

»Tja … wir waren wohl eigentlich auch zufrieden, aber es hat sich eben so ergeben. Ich dachte, ich wäre gerade in der sicheren Periode. Aber das war ich dann eben doch nicht.«

»Hättest du keinen Abbruch machen können?«

»Eine Kindsabtreibung? Nein, Erik und ich sind beide dagegen.«

»Ja, dann.«

Er stellte die Flasche wieder in den Schrank und ließ sich ihr gegenüber in den Sessel sinken. Ihre Augen waren hellgrau. Sie hatte eine Art, Menschen anzustarren, die Unsicherheit erzeugte. Ihr Blick hielt den ihres Gegenübers fest, und sie schien niemals zwinkern zu müssen. Oft schwieg sie eine Weile und wartete, bis jemand das Wort an sie richtete, was in der Regel dazu führte, dass man nervös über Dinge losplapperte, die besser nicht erwähnt worden wären, über empfindliche Privatangelegenheiten, Details.

»Ich glaube nicht, dass ein Schluck Campari dem Baby schaden kann«, sagte sie und beugte sich vor. »Meinst du? So ein kleines Glas doch nicht.«

»Nein. Das glaube ich auch nicht. Aber erzähl jetzt. Er war also auch bei dir, dieser verdammte Pressefritze?«

»Ja. Er hat behauptet, dich zu kennen.«

»Ich hatte den Kerl noch nie gesehen.«

»Ich habe die Kleinen für ein paar Tage zur Oma geschickt. Das habe ich ihm gesagt. Wir haben nicht mehr das Gefühl, hier sicher zu sein, habe ich gesagt.«

»Spinnst du? Du kannst dich darauf verlassen, dass sie das schreiben werden: Wir wagen nicht mehr, hier noch zu wohnen.«

»Aber das wäre doch gar nicht ganz falsch... ich habe Angst, Mauritz.«

»Verdammt, Eva, das ist doch eine outrierte Angst.«

»Bitte?«

»Ach, das ist nur so ein Wort, das mir gerade eingefallen ist. Warum verwendet man solche Wörter eigentlich nicht ein wenig häufiger? Outriert. Übertrieben. Ziemlich ausdrucksvoll, oder was?«

Sie schluckte, er sah, wie ihr Hals sich bewegte, wie ihre Nasenlöcher sich weiteten.

»Ich weiß wirklich nicht, wovon du hier redest.«

»Dann vergiss es.«

»Ich halte meine Ängste absolut nicht für übertrieben. Lynn ist verschwunden, sie ist seit Freitagmorgen verschwunden, jetzt haben wir Dienstagnachmittag. Eins steht absolut fest, und zwar, dass etwas Entsetzliches passiert ist. Und du findest das alles übertrieben.«

»Vergiss es, hab ich doch gesagt.«

»Wie lange kann ein Kind allein am Leben bleiben, glaubst du? Vier, fünf Tage?«

»Das kommt sicher darauf an. Wenn man Essen und Trinken und Luft hat, dann… und ob es einigermaßen warm ist.«

»Mauritz. Du weißt, dass ich dich immer sehr gemocht habe. Und jetzt möchte ich dich um einen Gefallen bitten… Wenn du… wenn du etwas darüber weißt, über Lynns Verschwinden, meine ich, etwas, das du sonst niemandem gesagt hast… würdest du es dann bitte mir erzählen?«

Nicht einmal jetzt schlug sie die Augen nieder, ihre Iris bewegte sich nicht, verängstigt war sie, wies aber nicht das leiseste Zittern auf.

Er trank einen großen Schluck Campari, ließ sich im Sessel zurücksinken. Ihre Nägel kratzten über die Tischplatte. Sie waren flach und kurz geschnitten, nicht lackiert, aber dennoch glänzend. Auf dem einen kleinen Finger saß ein Pflaster.

»Hast du dich verletzt?«, fragte er.

»Am Käsehobel geschnitten.«

Der Wasserhahn tropfte. Bisher hatte er es nicht bemerkt, jetzt hörte er es und glaubte, dass es mit jedem Tropfen lauter wurde. Er sprang auf und drehte den Hahn mit einer einzigen wütenden Bewegung zu.

»Hast du nicht gehört, was ich gesagt habe?«, fragte sie mit belegter Stimme.

»Doch. Das habe ich gehört. Und ich werde noch darauf zurückkommen. Ich werde darauf zurückkommen. Lass mir nur ein wenig Zeit. Ich bin erschüttert, Eva. Verstehst du das? Erschüttert. Für mich klingt es nämlich so, als ob du glaubtest, ich hätte etwas mit Lynn Johansens Verschwinden zu tun.«

Er öffnete und schloss eine Klappe im Schrank, schob eine Schublade zu. Jedes Geräusch fiel laut und polternd aus.

»Nein … so war das nicht gemeint.« Sie räusperte sich einige Male. »Aber wenn du vielleicht doch etwas weißt, Mauritz. Du musst wissen, dass ich mit eigenen Augen gesehen habe, wie sie aus deinem Haus kam, und du warst allein zu Hause, das weiß ich. Lynn war hier bei dir, bei dir im Haus, ich habe das mindestens einmal gesehen. Was wollte sie hier? Was habt ihr gemacht? Mauritz, begreifst du nicht, dass man sich so seine Gedanken macht?«

Er hätte ihr gern eins auf den Mund gegeben.

»Das ist doch eine Weile her, oder?«, fragte er spitz.

»An sich schon. Aber man macht sich eben Gedanken.«

»Ach, man macht sich eben Gedanken. Gibt es hier in der Gegend vielleicht noch andere, die sich auch so ihre Gedanken machen?«

»Ich habe mit niemandem darüber geredet, daher kann ich dazu nichts sagen. Aber wir wohnen ja Wand an Wand, da ist es nicht so seltsam, dass man so manches hört oder sieht.«

Er kniff die Augen zusammen.

»Okay. Es stimmt, dass ich sie zweimal hier vorgefunden habe. Aber ich hatte sie nicht eingeladen. Und das ist wichtig. Die Kleine ist einfach von selbst hergekommen.«

»Warum das?«

Er setzte sich in Bewegung, folgte der Längskante des Küchenteppichs, machte bei den Fransen kehrt, ging zurück.

»Wenn ich das wüsste!«

»Und du musst noch etwas wissen … und zwar, damit dir klar ist, dass ich wirklich zu dir halte.«

Und jetzt erhob sie sich und trat mitten ins Zimmer, so nah, dass er ihr Moschusparfüm wahrnehmen konnte. Sie atmete angestrengt, ihre Brust hob sich.

(Du bist hässlich, verdammt hässlich, ich würde dich so gern erniedrigen.)

»Was denn?«

»Vor einiger Zeit… ja, das muss im Frühling gewesen sein, wenn ich mir das genauer überlege… da hab ich dich gesehen. Es war in der Stadt, du warst nicht allein. Du warst mit einer Frau zusammen, die nicht Marie-Louise war. Ihr standet in einem Torweg und umarmtet und küsstet euch. Ich habe eine ganze Weile zugesehen, ich saß in einem Bus, der gerade an der Haltestelle stand. Ihr schient einander sehr nahe zu stehen, ja, nicht nur da im Torweg…«

Er verschränkte über seinem Kopf die Hände und starrte zur Decke hoch. Aber er empfand nichts, absolut nichts.

»Ich will nur, dass du das weißt. Und ich habe niemandem ein Wort gesagt, du brauchst also keine Angst zu haben.«

Sie kehrte zu ihrem Sessel zurück, setzte sich und trank in nervösen kleinen Schlucken.

»Mauritz, geliebter Freund. So ist das also. Marie-Louise ist eine meiner absolut besten Freundinnen, du solltest dich um sie sorgen, sie ist ein verdammt feiner und guter Mensch. Verzeih mir, dass ich mich in euer Leben einmische. Aber sie ist mir so wichtig… und du bist das auch. Ich mag euch beide, ich liebe euch auf irgendeine Weise. Ich wünschte, du könntest verstehen, dass du Vertrauen zu mir haben kannst. Ich bin bereit, mit dir über die Sache mit Lynn zu sprechen. Du bist ein denkender Mensch, ich weiß, dass du das bist. Jetzt vergessen wir das andere, von diesem Moment an vergesse ich, dass ich dich mit dieser Frau gesehen habe, jetzt habe ich es vergessen. Komm, setz dich, Mauritz. Setz dich, und sieh mich an.«

Im Frühling passiert etwas mit Anna, sie verändert sich. Es ist ein grauer Frühling, der erst spät einsetzt, alles friert. Auch Anna, mehr denn je.

Ja, und sie verändert sich.

Er merkt es nach und nach. Mehrere Monate sind vergangen, in denen er sie kennen lernen konnte. Johan Ström verreist in diesem Winter sehr oft, und deshalb können sie sich fast jeden Tag treffen.

»Niemals sind solche armen Topfblumen so gut versorgt worden«, lacht Mauritz. Er liegt nackt und glücklich im Bett und sieht zu, wie sie mit der Gießkanne hin und her geht. Sie haben sich geliebt, gestern, heute, eben noch, seine Eichel schmerzt, und sein Glied fühlt sich krumm und leer an. Er ist mit der Wohnung jetzt so vertraut, dass sie ihm vorkommt wie seine eigene.

»Hör«, sagt Anna. »Das Kind weint schon wieder.«

In der Nachbarwohnung wohnt eine allein stehende Mutter mit einem Baby. Die Frau ist taub. Sie sind ihr zweimal begegnet, und sie hat sie ängstlich angelächelt, das Kind hing in einem grünen Tragetuch vor ihrer Brust.

»Ja, es weint. Was können wir machen?«

»Nichts, nehme ich an. Aber es quält mich, das hören zu müssen.«

Sie trägt Unterhose und T-Shirt, ihre Lippen sind dunkelrot. Die Farbe ihrer Lippen wird beim Orgasmus dunkler, verwandelt sich von bleichem Braun in Purpur. Sie beißt ein wenig hinein, um das Blut dort zu halten.

»Es zieht an meinen Armen, in mir gibt es den Drang, es hochzuheben und zu trösten«, sagt sie und horcht besorgt.

»Sie muss doch Lichtsignale haben, die einsetzen, wenn das Baby weint.«

»Das klingt anstrengend, dann muss sie doch die ganze Zeit diese Lichter anstarren.«

»Ich habe einmal darüber geschrieben. Es gab eine Ausstellung beim Behinderteninstitut.«

Plötzlich verstummt das Weinen.

»Schön«, sagt Anna.

»Wenn wir uns früher kennen gelernt hätten, hätten du und ich zusammen ein Kind bekommen können.«

»Ja. Aber jetzt ist es wohl zu spät.«

»Noch nicht ganz…«

»Nein, noch nicht ganz…«

Er muss sie einfach immer wieder ansehen, die ganze Zeit will er sie in Sehweite haben, ihre kleinen, fein gemeißelten Gehörgänge, ihre weiblichen Hüften, die Beine, deren Muskeln sich erhärten und wölben, wenn sie sie anspannt, sie achtet auf ihren Körper, bewegt sich, läuft –

und er kann Visionen von Pferden haben, von Stutenherden, die über die Ebene jagen, eifrig gesenkte Hälse, Hufeisen, die über lockere Steine klirren, das emsige Geräusch von Feuer.

Sie sagt nicht, dass sie zu alt ist.

Im April kommt der Bruder nach Hause. Mauritz ist trotzdem von Zuversicht erfüllt.

»Das macht nichts, Anna… bald haben wir den Wald, das Gras, den Himmel… wenn es nur endlich warm wird. Ach, ich will in dir sein, während ein Marienkäfer über deine Brustwarze krabbelt, während die Sonne dich warm und träge macht, ich will dich lieben, wenn das matte, weiche Sommerlicht durch die Baumstämme fällt, ich will dich nackt dort im Moos sehen, wartend. Auf mich. Den du liebst.«

»Wie poetisch … du bist wirklich der romantischste Mann, den ich jemals gekannt und geliebt habe.«

Aber zum ersten Mal ahnt er einen Hauch von Müdigkeit in ihrer Haltung.

Anfang Juni fahren sie auf die Schäreninsel. Sie haben es schon lange geplant, den ganzen Winter haben sie es sich vorgestellt, sich danach gesehnt.

Das Schneckenhaus wartet auf sie, eingeschlossen in den eisigen Wind, weiße Wände, Stein. Obwohl Pfingsten vorüber ist, halten die Bäume ihre Knospen zurück, wie um sie vor dem Erfrieren zu beschützen. Es ist die Rede vom kältesten Sommer seit Menschengedenken.

Anna ist für einen Winterurlaub gekleidet, Wollhose, dicke Jacke, sie hat sich eine Strickmütze über die Ohren gezogen und sagt fast nichts. Das verwirrt ihn, und anfangs strömt ein Schwall sinnloser Wörter und Phrasen aus ihm heraus, aber nach und nach versiegen sie, und dann schweigt auch er.

Sowie sie ihre Taschen ins Haus gebracht und sich ein wenig eingerichtet haben, gehen sie zum Strand, um Treibholz zu sammeln. Hoch über ihren Köpfen: die Lerchen. Sie zeichnen sich als bleigraue Punkte ab und gleiten mit den Winden immer weiter durch die Luft, mit ihrem scharfen, klaren Gesang, der jählings verstummt, wenn sie im Gras des Vorjahres ihre Wohnstätte erreichen.

Anna starrt auf das Meer hinaus. Der Wind lässt ihre Augen überlaufen. Sie hat Ölflecken auf ihrer hellen Jacke, lustlos lässt sie Holzstücke und Reisig los. Im scharfen Licht sieht sie müde aus.

Die Flecken lassen sich nicht entfernen. Er selbst ist in Öl getreten, in klebrige Klumpen, die er mit einem Streichholz zu entfernen versucht, als sie wieder im Haus sind.

Anna brät Koteletts, und sie essen wortlos.

Am Ende kann er es nicht mehr ertragen.

»Das ist nicht gut so, das hier. Findest du es gut, dieses Gefühl? So ist es doch sonst nicht, was ist los, Anna, was ist los mit dir?«

Sie gibt keine Antwort.

Er springt auf, stellt sich mit dem Rücken zum Fenster, bettelt:

»Wo ist dein klingendes Jungfrauenlachen?«

Sie lässt ihr Besteck sinken und senkt den Kopf, sie legt Messer und Gabel ordentlich auf den Teller und geht in die Diele.

»Du musst mir antworten!«, schreit er. »Hab ich etwas falsch gemacht? Hab ich dich gekränkt oder beleidigt? Du darfst mich nicht so behandeln!«

Sie hört ihm immerhin zu, kommt zurück ins Zimmer, geht über den Bretterboden und schiebt dabei die Hände in den Pulloverausschnitt. Die Furchen um ihren Mund, zwei strenge Schatten. Er zieht sie an sich und fängt vorsichtig an, ihren starren, abweisenden Körper hin und her zu wiegen.

»Ist es etwas Schlimmes, etwas, das mit uns zu tun hat?«

»Ich bin so müde... und ich friere so schrecklich, ich friere und friere einfach nur.«

»Ach, ich werde dich warm machen, werde dich wieder warm und froh machen, meine kleine müde Anna...«

Und er führt sie zum Bett, wickelt sie in Decken, reibt ihre Hände und ihre feuchten, eiskalten Zehen; sie liegt da und schließt ihre gelben Augenlider, und für einen zitternden Moment durchfährt ihn ein Gedanke an den Tod. Zitternd umschließt er ihre Lippen, wärmt sie mit seinem Atemhauch.

»Ich hatte solche schreckliche Sehnsucht nach dem Schneckenhaus«, flüstert sie und scheint mit den Tränen zu kämpfen. »Und nach uns.«

»Wir haben doch jetzt beides, mein kleiner Liebling.«

»Du ... wenn du doch nur die ganze Zeit bei mir sein könntest.«

Er legt sich neben sie, deckt sie mit seinem Körper zu, drückt sie in seinen Bauch,

ich möchte dich in mir tragen, und wer dann etwas von dir will, bekommt es zuerst mit mir zu tun,

das mache ich, Anna,

du bist in mir,

ich bleibe bei dir und verlasse dich –

nie

Am Morgen des letzten Tages. Ihre Haare sind schmutzig, das Kissen eine zerknüllte Grube. Er wird davon wach, dass sie auf seinen Arm drückt, der ist eingeschlafen, und er befreit ihn vorsichtig. Er erwacht mit einem Traum, die Bilder sind noch in seinem Bewusstsein und machen ihn geil.

Erfüllt von schläfriger Lüsternheit, dringt er in sie ein, aber ihre Wangen zucken wie vor Schmerz, ihr Mund schmeckt sauer. Er kann nicht weitermachen, gleitet aus ihr heraus.

Und sie packt ihn und ruft, sie sucht nach seinen Augen:

»Sieh mich an ... siehst du nicht, dass ich dich mehr als alle anderen auf der ganzen Welt brauche, du darfst mich nie verlassen, hörst du, mich nie verlassen ...«

Sie nimmt keuchend seinen Samen auf. Danach sieht er Blut auf dem Laken, und sie sagt, sie sei so verletzlich geworden, das müsse mit dem Alter zu tun haben.

Dann lacht sie ein wenig:

»Ich dachte, unsere Liebe könnte das Alter aufhalten. Aber vielleicht geht das doch nicht, vielleicht muss ich es doch auf mich nehmen.«

An diesem letzten Morgen bleiben sie im Bett liegen.

Und endlich sagt sie es, spricht das aus, was sich in diesen vier Tagen mit ihnen im Haus befunden hat, sagt es in einem einzigen tonlosen Atemzug:

»Ich habe Krebs, Mauritz, Brustkrebs, und ich werde nächste Woche operiert.«

Und er legt den Kopf in den Nacken, bis er den Himmel sieht. Er sieht die jagenden Wolken und die Sonne, die durch die Wolken bricht.

Anna sitzt ganz gerade da, eingewickelt in die zerknüllte Bettdecke. Der grobe Stoff kratzt an seinen Oberschenkeln. Er sehnt sich nach etwas zu trinken. Kaffee vielleicht, jedenfalls etwas Heißem.

»An dem Tag, ehe wir hergekommen sind, war ich im Krankenhaus. Da habe ich es erfahren.«

»Anna ...«

»Ich glaube, ich habe es noch gar nicht richtig begriffen ...«

»Du hättest es mir sagen müssen ... sofort, warum hast du das nicht getan?«

»Ich wollte uns diese Tage nicht zerstören ... hier. Sonst weiß noch niemand etwas. Dann hätte ich vielleicht nicht fahren können. Wenn Per-Erik ... oder die Kinder ...«

»Ach, Anna ...«

»Es ist so ein abscheuliches Wort. Ich werde es nie wieder in den Mund nehmen. Es existiert nicht! Ich will nichts damit zu tun haben, verstehst du!«

»Ja, ja ... ich verstehe ... aber ich muss doch wissen ... hast du denn gar nichts gemerkt?«

»Ich habe einen Knoten gefunden ... hier auf der linken Seite ... aber den habe ich schon so lange, ich habe ihn für eine Milchverkalkung gehalten ...«

»Zeig ihn mir ... lass mich ihn berühren.«

Sie atmet keuchend,

nein –

»Wann wirst du operiert?«

»Am Mittwoch.«

»Die Ärzte können doch heute so viel. Du wirst wieder gesund, alles wird sein wie immer, nachher wirst du keine Spur davon sehen, nicht die geringste Spur … das verspreche ich dir.«

Seine Pulsschläge, dumpfe Hammerschläge,

trippelnde kleine Pfoten –

»Sie werden einen Teil der Brust wegschneiden …«

schroff und brutal:

»… einen Teil von mir, du wirst mich verstümmelt wiedersehen …«

»Das macht man doch heute nicht mehr …«

Und es tut in seinem Kehlkopf weh, die Membran darin dehnt und dehnt sich, an der Grenze des Unerträglichen –

»… weggeschnitten und verstümmelt, das war früher, aber heute nicht mehr, das sind uralte, veraltete Methoden, haben sie dir das nicht gesagt, die Ärzte, haben sie dir nicht erklärt …«

Sie krümmt sich unter einer nicht vorhandenen Glasglocke zusammen, sitzt dort und weint –

und seine Nägel: kratzen an der Glocke, brechen nur ab, nicht ein Kratzer,

Daumenabdruck –

»Jedenfalls ist es nicht ansteckend«, ist gehässig aus dem Glas zu hören, die Wörter laufen unter dem Rand hindurch wie kleine Tiere mit vielen Beinen –

(lass mich dich sehen, Anna, lass mich dich berühren, lass mich deine geliebte Brust küssen, mach mir Mut)

Sie schlägt die Decke zurück und steht auf. Die Kälte kriecht über den Boden. Mitten im Zimmer steht schwarz und kalt der Kamin.

»Ich mach Feuer«, sagt er und rennt hinter ihr her.

»Bringt das denn was?«

»Wieso denn, du frierst doch.«

»Ja, aber … wir müssen doch bald weg. Wir müssen nach Hause.«

»Ja, wenn du meinst. Vielleicht hast du Recht. Der muss sonst auch noch gereinigt werden.«

Eine eigentümliche Eile: Sie frühstücken, während sie packen. Anna faltet die Bettwäsche zusammen und saugt Staub, er räumt die Küche auf.

Um halb eins verlassen sie das Schneckenhaus.

Sie haben es zum letzten Mal gesehen.

Am nächsten Morgen ruft er sofort bei Vattenfall an. Aber ihm wird mitgeteilt, Anna Hermansson sei krankgeschrieben und man wisse nicht, wann sie wieder anzutreffen sein werde.

Er wählt ihre Nummer, müht sich mit den Ziffern ab, schwitzt – wenn es nur sie ist, die antwortet.

Sie ist es. Ihre Stimme kommt von weit her, als habe die Leitung einen Defekt.

»Wie sollen wir einander erreichen?«, ruft er. »Wie können wir in Kontakt bleiben?«

»Das wird jetzt erst mal schwierig…«

»Ich muss wissen, was ich tun soll, mit wem ich reden soll, ich werde dich niemals loslassen. Das musst du dir einfach klar vor Augen halten.«

Weit von ihm entfernt sagt sie, sie werde versuchen, ihn anzurufen. Sie wird versuchen, aus dem Krankenhaus anzurufen, sowie sie Zugang zu einem Telefon hat.

»Wenn du nicht anrufst, dann rufe ich an. Du musst denen im Krankenhaus sagen, dass der Mann, den du liebst, wissen will, wie es dir geht. Und dass sie antworten müssen.«

»Mauritz…«

»Der ganze Mittwoch vergeht, ich muss doch wissen, wie es dir geht, wirst du das also machen?«

»Ich werde mit ihnen sprechen.«

»Wie fühlst du dich?«

»Nicht sehr gut ...«

»Tut es weh?«

»Es tut nicht weh. Aber ich habe Angst, Mauritz ... Angst.«

»Sag dem Narkosearzt und allen anderen, die bei der Operation dabei sind, dass sie nur positive Dinge denken und sagen dürfen ... mach das, versprichst du mir das?«

»Ja.«

»Und dass sie sich beeilen und es wegnehmen ... das, was da sitzt und dir wehtut ... damit du wieder gesund wirst, Anna, denk daran ... denk daran, dass ich die ganze Zeit bei dir bin, denk daran! Ich sitze bei dir, und wann immer du die Augen aufschlägst, siehst du mich, meine Liebe ist so mächtig, verstehst du, dass sie all das Kranke und Gemeinartige vertreibt!«

»Gemeinartige!« Kichern, sie hat sich hinter einem Schild aus Angst verkrochen, richtet ihn sogar gegen ihn.

»Verdammt!«, schreit er und legt die Hand auf den Hörer. »Verdammt, warum kann ich nicht so viel bei dir sein, wie ich will!«

»Ich muss jetzt aufhören ...«, sagt sie hektisch.

Dann fügt sie so leise hinzu, dass er es fast nicht hören kann:

»Sei bei mir. Bitte ...«

An dem Tag, an dem Anna operiert wird, hat Marie-Louise Geburtstag. Mittags fährt er nach Vällingby und kauft ihr einen Morgenrock aus einer Art hellgrünem Samt. Er liest den Preiszettel falsch und muss fast doppelt so viel bezahlen, wie er ausgeben wollte. Danach fährt er beim Staatlichen Alkoholladen vorbei und ersteht zwei Flaschen teuren Rotwein.

Es ist ein Tag mit scharfer Luft und Sonne, es hätte auch September sein können. Seine Knie und Waden frieren, und in der Kurve in der Vitangigata wäre er fast mit einem Mercedes zusammengestoßen.

Die ganze Zeit dieses: der Schnitt, Fetzen von verfärbter Haut, die mit Gummi bekleidete Hand, die hochhebt und sucht –

ja: die Zeichen des Todes in ihrem Gewebe, das verstümmelnde Messer

und die stummen, verängstigten Atemzüge –

Dann ruft er an. Ehe es vorüber ist, ruft er an, tut es, um sein Besitzrecht zu bestätigen.

Eine Frauenstimme antwortet, mitten in einem Lachen.

Es gibt also noch Freude?

Du, die es weiß, gib mir eine Beschreibung der Situation, des künstlichen Schlafs, der Schmerzen dort unter der Wundnaht –

aber sag mir noch nicht
was gefunden worden ist –
legt auf. Schlägt mit der Stirn auf den Schreibtisch, dass die Knochen darunter knacken.

»Wir essen im Garten«, erklärt Marie-Louise. »Das haben wir an meinem Geburtstag immer schon gemacht, da werden wir uns von dieser albernen Kälte doch nicht davon abhalten lassen. Zieh dir was Warmes an, ich hab schon gedeckt.«

Die Diele ist dunstig von Küchendämpfen, seltsamerweise hat er Hunger.

»Es gibt Pfeffersteak«, ruft Marie-Louise. »Das wird uns wärmen. Und dazu der gute Wein, den du gekauft hast.«

Sie freut sich sehr über den Morgenrock. Auch wenn der an den Schultern ein wenig spannt.

»Du glaubst wohl noch immer, dass ich Jungmädchengrößen trage«, sagt sie und scheint das lustig zu finden. »Du bist niedlich, weißt du das. Und ich tausche ihn morgen um. Aber die Farbe, die Farbe ist wunderbar. Siehst du übrigens die Blumen hier, die sind von den Kolleginnen im Kindergarten. Und Papa hat mir den neuesten Guillou geschickt. Sieh nur, was für eine schöne Karte: Liebste Grüße und Glückwünsche von deinem alten Vater. Kein Wort über die Spitznasige, Gott sei Dank. Er weiß ja, wie ich das sehe.«

»Sie heißt Siv.«

»Mir scheißegal, wie sie heißt. Ich will nichts mit ihr zu tun haben.«

»Hast du etwas von den Kindern gehört?«

»Die kommen morgen. Das hab ich doch gesagt, hörst du mir nie mehr zu? Sie kommen morgen zu Kaffee und Kuchen. Deshalb gibt es heute keinen.«

Sie öffnet ein kunstfertig eingewickeltes Paket von Eva. Es enthält fünf Holztulpen in Pastelltönen.

Ihr Gesicht ist weich und kindlich, sie kneift die Augen zusammen. Er ist gerührt über ihre Begeisterung.

»Geburtstage sind witzig. Wenn man nur nicht die ganze Zeit älter und älter würde.«

»Aber es ist doch immerhin ein Glück, dass es nicht in die andere Richtung geht.«

Beim Tor quietscht es, Feder und Rad ächzen. Über der Kante taucht ein blonder, zerzauster Kopf auf und verschwindet sogleich wieder.

Sie wechseln einen Blick.

»Bist du das, Lynn?«, ruft Marie-Louise.

»Nööö.«

»Doch, wir haben dich ja gesehen!«

Sie steht auf, steht hinter dem Tor, mit den Sommersprossen, die sich wie ein Band über Nase und Wangen ziehen.

»Komm her, dann kriegst du ein paar Bonbons. Die isst du doch sicher? Ich habe heute Geburtstag, weißt du.«

»Ach.«

»Was hast du denn da, einen Puppenwagen voll Kram?«

»Das ist mein Theaterensemble.«

»Ach, Theaterensemble. Du spielst also Theater? Genau wie deine Mama?«

»Ja, das mach ich, ich spiele Theater.«

Mauritz ist in die Tür getreten.

»Bin gleich wieder da.« Und rasch geht er hinauf ins Schlafzimmer, ja, bin gleich wieder da. Der Zettel mit der Telefonnummer, er hat die Tür zugeschlossen und gibt nervös die Ziffern ein.

»Stellen Sie mich zu Station 24 durch.«

»Station 24. Einen Moment.«

Es meldet sich eine Schwester Mary. Er stammelt heiser und undeutlich:

»Hier spricht Mauritz Leman, ich bin ein sehr guter

Freund von Anna Hermansson, ich bin überzeugt davon, dass sie meinen Anruf angekündigt hat, und jetzt tue ich es, jetzt rufe ich an, um zu fragen, wie es ihr geht.«

»Einen Moment.« Er hört in der Leitung einen erwartungsvollen Ton, er hört Plastikmappen und Ordner, die zugeschlagen werden, hört Schritte und Stimmen und aus der Ferne ein Rufen.

Ihm bricht unter den Armen Schweiß aus, er muss sich setzen, dort irgendwo ist Anna, und die, die dort drüben reden und herumlaufen, atmen die gleiche Luft wie sie …

»Hallo, ja. Also, Anna Hermansson ist heute operiert worden … aber sie ist noch nicht wieder hier auf der Station eingetroffen.«

»Nicht?«

»Rufen Sie morgen wieder an.«

»Aber warum ist sie noch nicht wieder da, ist etwas Schlimmes …«

»Sie liegt noch auf der Intensivstation.«

»Das kann doch nicht sein!«

»Aber mein Lieber, das ist bei größeren Eingriffen ganz normal, es besteht kein Grund zur Unruhe.«

»Bei größeren Eingriffen?«

»Ja.«

»Ach. Dann vielen Dank. Auf Wiederhören.«

Er rennt los. Bringt die Treppe in vier langen Sprüngen hinter sich, reißt die Tür sperrangelweit auf und stürzt über die Straßen, läuft, bis seine Lunge zu bersten droht.

Nein.

Er steht am Fenster und schaut nach unten, das Mädchen plappert, Marie-Louise schmunzelt gutmütig. Er sieht sie genau von oben, den Wagen voller Plastik und Stoff und die Hand des Kindes mit der Handpuppe. Sie lässt sie über den Tisch hüpfen, und dann liegt etwas da, ein Tiger mit zerfransten Rändern.

»Aber was machst du mit dem armen Tiger?«

»Der Tiger ist blöd und läuft in anderer Leute Häuser, den mach ich tot.«

Und sie schlägt und schlägt, das rote Clownsgesicht, die Haare, die fliegen, sie springt und schreit, bis sie umfällt.

»Jetzt sind alle tot. Vor allem der Tiger.«

Mit einer jungenhaften Bewegung schleudert sie das schmutzige Stofftier zwischen die Johannisbeersträucher.

Mauritz geht ins Badezimmer. Er weicht seinem Spiegelbild aus, er setzt sich auf den Badewannenrand und beißt so wütend die Zähne zusammen, dass seine Backenzähne sich zu lösen scheinen.

Draußen im Garten sucht Marie-Louise zwischen den Büschen.

»Mauritz«, ruft sie. »Komm uns helfen!«

Er tritt auf die oberste Treppenstufe und gähnt.

»Hier bin ich, hier bin ich.«

Das Wackeln der Kasperlepuppe, der Geruch von Gummi und Johannisbeerblättern, eine schlafende Schwere hinter seiner Stirn.

Tapp, tapp, winkende Stoffhände, jetzt ist der Tiger tot, der Tiger ist tot.

»Was für ein Tiger, Lynn?«

Setzt sich, gähnt wieder.

»Der fiese gelbe Tiger, der zu Leuten ins Haus geht.«

»Der hier.«

Marie-Louise kriecht aus dem Gebüsch.

Das Mädchen zuckt mit den Schultern, überrascht und wütend.

»Der soll in der Erde liegen, der soll tot sein.«

»Aber jetzt lebt er wieder… sieh mal, Lynn, sieh mal.«

Aber das Kind lässt sich ins Gras fallen und legt die Hände über seinen Brustkorb.

»Nö, seht doch selbst. Ich bin tot.«

Der Mund geht auf, das Kinn klappt nach unten.

»Hör mal, Kind, es ist kalt da im Gras.«

Sie gibt keine Antwort, aber unter den zur Hälfte geschlossenen Augenlidern sieht er ihren Blick. Als er den Kopf bewegt, verrutscht auch sein Gehirn, gleitet von einer Seite auf die andere. Es tut unbeschreiblich weh.

Auch am Donnerstag kann er dem Krankenhaus keine brauchbare Auskunft entlocken. Ihm wird geantwortet, dass Anna Hermansson schläft, man werde ihr seine Grüße ausrichten. Mehr nicht.

Er geht zum Blumenladen, die Luft ist gesättigt von Rosenduft, nein, in letzter Minute beschließt er, es doch nicht zu tun. Per-Erik. Wer weiß, was es ihr für Probleme machen würde, ihrem Mann die Blumen zu erklären.

Am Freitagnachmittag hat er noch immer nichts von ihr gehört. Mauritz wählt die Nummer des Krankenhauses, viermal macht er das, legt aber jedes Mal den Hörer in dem Moment auf, wenn jemand sich meldet.

Etwas ist passiert. Er kann es jetzt nicht ertragen, kann es nicht das ganze Wochenende über mit sich herumschleppen.

Und dann, am Montag, um Punkt halb elf, ruft sie endlich an. Er hört Rasseln und Klirren, Münzen, die durch den Apparat fallen, dann: sie. Anna.

Die normale Annastimme? Nein, eine brüchige, jämmerliche kleine Stimme, eine, die ihm Angst macht.

»Mauritz…?«

»Ach, du bist das, ich habe so gewartet!«

»Ich konnte nicht anrufen. Ich hab es einfach nicht über mich gebracht.«

»Nein … haben sie dir denn meine Grüße ausgerichtet?«

»Ja.«

»Wie geht es dir … ich habe an dich gedacht, in jeder Minute!«

»Die Wunde tut schrecklich weh … und mein Arm auch. Aber jetzt habe ich eine Spritze bekommen. Ich liege hier im Bett, und sie haben mir ein Telefon ans Bett gebracht.«

»Behandeln sie dich gut, Anna? Oder soll ich kommen und ihnen eine runterhauen?«

»Sie behandeln mich gut.«

»Anna … ich liebe dich …«

Sie gibt keine Antwort. Er ahnt, dass sie weint.

»Hör mir zu, gibt es irgendeine Möglichkeit für mich, dich dort zu besuchen?«

»Nein, Mauritz … die gibt es nicht, nicht jetzt … Du …«

»Ja?«

»Sie haben alles weggenommen … die ganze Brust haben sie weggenommen, es war viel mehr, als sie gedacht hatten.«

Erst Ende Juli sieht er sie wieder. Es ist doch Sommer, und er wird zum Urlaub gezwungen. Über eine Kollegin von Marie-Louise haben sie ein Ferienhaus in Värmland mieten können, und dort durchleidet er zwei Wochen totaler Isolation und Leere. Endlich ist es warm geworden, er wandert durch die Natur, kann aber ihre großartige Schönheit nicht würdigen. Abends schreibt er lange Briefe, die er niemals absenden wird, und er wird von seltsamen Träumen gequält.

Immer wieder überreicht ihm in diesen Träumen ein adrett gekleideter Mann ein in dunkelgrüne Tücher gewickeltes Paket – das er jedoch nicht öffnet. Geh, schreit er, geh! Ein auf Glanz polierter Herrenschuh drängt sich durch den Türspalt. Und dann ist das Paket da.

Er streitet sich mit Marie-Louise, sie hatte sich natürlich ganz andere Ferien vorgestellt als diese, mit einem verschlossenen, wortkargen Mann. Am Ende fahren sie mehrere Tage früher als geplant wieder nach Hause.

»Ich werde dir beim Arzt einen Termin für eine gründliche Untersuchung bestellen. Du bist krank und hast dich so verändert, Mauritz, ich mache mir ernstliche Sorgen.«

»Lass mich doch einfach in Ruhe. Dann legt sich das schon.«

»Ich bin deine Frau. Hab ich denn nicht das Recht, besorgt zu sein?«

»Ich werde nur manchmal so verdammt müde. Weil ich nie meine Ruhe habe, weil jede Veränderung in meinem Gesichtsausdruck analysiert und zerlegt werden muss.«

»Jetzt bist du ungerecht.«

»Kann schon sein.«

»Sag, was los ist, Mauritz, hat es mit deiner Arbeit zu tun.«

»Nein.«

»Dann … gibt es eine andere?«

»Es ist nichts Konkretes«, faucht er.

»Du bist so gleichgültig und fremd, irgendetwas verändert dich. Ist es da so seltsam, dass ich reagiere?«

»Alle Leute haben ihre guten und schlechten Phasen, das weißt du doch. Das gehört mit zum Leben. Und im Moment mache ich vielleicht eine Art Krise durch. Aber ich nehme an, dass die vorübergehen wird. Also gib dich damit zufrieden.«

»Wir könnten doch mit irgendwem reden.«

»Reden?«

»Ja, mit einem Sozialberater … oder einem Psychologen.«

»Wenn ich Bedürfnis danach habe, zu reden, dann werde ich selber die Initiative ergreifen.«

»Verzeihung.«

»Ebenfalls.«

»Na gut, ich werde nichts mehr sagen. Aber wenn es dir nicht bald besser geht, Mauritz, dann musst du mir versprechen, dass du zu einem Arzt gehst. Das musst du.«

Am Tag nach ihrer Rückkehr ruft er bei ihr an, und er hat vergessen, dass sie nicht allein ist, hat Per-Erik und die Töchter vergessen. Eins der Mädchen antwortet. Er ist so verdutzt, dass er auflegen muss.

Er setzt sich ins Auto, fährt langsam an ihrem Haus vorbei. Es wirkt verriegelt und verschlossen.

»Scheiße!«, schreit er und hämmert mit den Fäusten auf das Lenkrad.

Dann steigt er aus. Gerade, feste Schritte, Steinplatten, Klingel. Ein junges blondes Mädchen mit braunen Augen, ja, es ist Anna. Eine sehr junge Anna.

»Guten Tag!«, sagt er und streckt die Hand nach dem Türrahmen aus.

»Guten Tag?«

»Ist deine Mutter zu Hause?«

»Ja ...«

»Kann ich wohl kurz mit ihr sprechen? Ich heiße Mauritz Leman, ich bin ein Kollege von ihr.«

»Warten Sie, ich frag mal kurz, kommen Sie doch herein.«

Weiße Wände, sonnenbeschienener Boden. Ihr Duft. Die Tochter verschwindet im Garten. Das Blut brennt in seinen Ohren, es ist so still, es hallt wider.

Die Tochter ist gleich wieder da und reicht ihm eine dünne, kühle Hand.

»Ich bin Eva. Mama ist draußen. Sie ruht sich gerade aus, kommen Sie mit.«

Geht über gemusterte Teppiche. Gläser, Tische, Schalen mit Blumen. Und dort, in dem fließenden Grün, ein Ruhesessel Marke Baden-Baden. Er hat fast den gleichen.

Sie sitzt weit zurückgelehnt darin, hat Kissen hinter dem Rücken, ihr Kopf ist bedeckt. Ihr Gesicht ist schmal und verletzt, ihre Augen sind heiße kleine Kugeln.

»Guten Tag, Anna«, sagt er feierlich.

Sie nickt, hebt den einen Arm.

»Eva, kannst du bitte die Thermoskanne mit dem Kaffee holen?«

Und ihre Stimme wird jetzt die alte. Wie früher, vor langer Zeit.

Er starrt ins Gras, spitze, glänzende Halme. Hinter ihm Schritte, die Tochter geht ins Haus, die Sonne lässt die Terrassentür funkeln.

Langsam geht er auf sie zu, berührt ihre Lippen. Sie greift nach ihm, ihre Hand ist krumm und hart.

»Ich habe mich als Kollege von dir ausgegeben«, sagt er verwirrt.

»Das habe ich gehört.«

»Ich war verrückt vor Sehnsucht und Sorge.«

»Wirklich?«

»Anna.«

»Ich muss zur Chemotherapie. Ich werde kotzen und meine Haare verlieren.«

Er holt sich einen Stuhl und setzt sich zu ihr, so nah er ihr kommen kann.

»Danach wirst du wieder gesund. Danach ist dann alles wie immer.«

Mager und hilflos zwischen den Kissen, die Haut ihrer Hände ist runzlig. Er berührt ihre Schläfen und flüstert:

»Ich trage dich in meinen Armen, wir fliegen, wir fliegen, und wir landen erst dann, wenn wir die Wüste erreicht haben, weißt du noch, Anna, erinnerst du dich an den grünen Wüstensand …«

Ihr Blick geht in die Ferne.

»Ich erinnere mich fast an gar nichts mehr.«

»Aber an mich erinnerst du dich. Und daran, dass ich dich liebe.«

Sie öffnet den Mund, feuchtet ihre ausgedorrten Lippen an:

»Jetzt kommt Eva gleich mit dem Kaffee.«

Sie schickt ihm einen Brief. Der landet auf seinem Schreibtisch in der Redaktion, und er sieht die kleinen, unebenen Buchstaben und weiß, dass er von ihr ist. Sein erster Gedanke ist Abschied. Und er reißt den Umschlag mit den Zähnen auf.

Geliebter Mauritz.

Verzeih mir, dass ich dir immer wieder wehtue. Aber jetzt schreibe ich, um dir so einiges zu erklären. Die Anna, die du kennst, ist noch da, das schon, aber sie hat sich versteckt. Die Anna, die du kennst, kann nicht stark sein und gegen die Krankheit kämpfen. Die Anna, die du kennst, weint, sie ist elend und klein. Eine elende und kleine Person kann nicht gegen eine solche Krankheit kämpfen. Die neue große Anna muss das allein schaffen, und der Umgang mit ihr ist nicht gerade angenehm. Die alte Anna liebt dich noch immer, es ist wichtig, dass du das weißt. Aber es wird dir schwer fallen, sie zu finden. Ich weiß selbst auch nicht immer, wo sie sich gerade versteckt. Vergiss das nicht. Wenn du das nicht tust, ist doch auf irgendeine Weise alles noch so wie vorher.

Anna

Wenn sie genug Kraft hat, ruft sie an. Über die Behandlung will sie nicht reden, aber an manchen Tagen klingt sie zuversichtlich, scheint doch entschlossen zu sein, es zu schaffen.

Zweimal holt er sie, sie ist allein zu Hause, und er setzt sie ins Auto und fährt stundenlang mit ihr umher. Sie ist sehr mager. Ohne Hemmungen streift sie ihre Bluse hoch und zeigt ihm ihre Operationsnarbe.

Sie hat jetzt alle Haare verloren und trägt eine Perücke, und als sie auf einem Waldweg halten, nimmt sie sie ab und entblößt ihren kahlen Schädel.

»So hast du mich noch nie gesehen«, ruft sie, ihre Augen sind hart, ihre Mundwinkel verkniffen.

»Werden wir es jemals wagen, uns zu lieben?«, fragt er leise.

»Willst du das?«

»Meine schöne, geliebte Anna. Ich hatte Angst davor, dich zu sehen, aber das habe ich jetzt nicht mehr, nie mehr.«

Er macht ihnen ein Bett im Gras unter einem Baum, und sie nimmt ihn fast so auf wie die Anna, die er kennt.

Aber er hat Angst, schreckliche Angst, ihr wehzutun.

Es kommt vor, dass sie über den Tod spricht.

»Meine Füße sind so klein geworden, alle meine Schuhe sind zu groß. Ich bringe es nicht über mich, neue zu kaufen. Ich liege einfach hier und denke an die Beerdigung.«

Seine Finger gleiten über den Hörer.

»Hör auf!«

»Wir müssen alle sterben, früher oder später. Dem können wir nicht aus dem Weg gehen. Und ich will eine gut inszenierte Vorstellung.«

»Du wirst nicht sterben! Du wirst uns alle überleben!«

Aber sie ist an diesem Tag leer und sachlich.

»Für die Mädels tut es mir Leid. Und ich hätte gern meine

Enkelkinder gesehen. Ja, das hätte ich gern, und das ist traurig. Aber ich habe mir die Musik ausgesucht, und zwar Sailing und ein Stück von Bach, das Air heißt, das kennst du sicher, es ist sehr bekannt. Und Haydns Trompeten … Und dann will ich einen weißen Sarg, und die Trauerfeier soll hell und beruhigend sein. Die Leute werden weinen, aber sie sollen weiße Kleider tragen und danach zusammen Wein trinken.«

»Du quälst mich, Anna, warum hörst du nicht auf damit?«

»An Musik und Wein zu denken?«

»An den Tod zu denken.«

»Der Tod macht mir gerade heute keine Angst. Deshalb muss ich darüber reden. Aber nachts ….«

Sie verstummt und fängt an zu husten.

»Dann müsstest du kommen … ich sehe dich vor mir wie einen Urzeitkämpfer, mit Schwert und Elchhaut … und ich … in meinem Brautbett …«

Einige Zeit darauf erfährt sie, dass der Krebs in die Lunge gestreut hat. Im Herbst ist sie so schwach, dass sie nicht mehr sitzen kann. Sie wird in die Strahlenklinik eingewiesen, und er kann nicht mehr mit ihr sprechen.

Trotzdem weigert er sich, das zu akzeptieren. Er liest alles, was er über Brust- und Lungenkrebs finden kann, treibt am Ende einen Arzt auf, den er einmal interviewt hat, einen Dozenten am Karolinska-Krankenhaus, der eine Methode entdeckt hat, um Krebsgeschwülste mit Hilfe von Elektroden zum Schrumpfen zu bringen.

Der Mann mustert ihn voller Mitgefühl.

»In einem solchen Fall … es tut mir leid, wirklich. Aber da kann man nichts mehr machen.«

Eines Tages gegen Ende September geht er ins Krankenhaus. Eine schweigsame Krankenschwester zeigt ihm den Weg.

»Ist sie allein?«, fragt er. »Ich kann nämlich nur dann zu ihr.«

Sie legt ihm die Hand auf den Arm.

»Ich glaube, ich weiß, wer Sie sind. Sie sind Mauritz?«

»Hat sie meinen Namen erwähnt?«

»Wir haben sehr viel miteinander gesprochen.«

»Ich konnte nicht herkommen, ich habe doch nicht das Recht…«

»Dafür hat sie sicher Verständnis.«

»Hat sie meinen Namen im Zorn genannt?«

»Ja. Aber auch in tiefer Liebe.«

»Sie hat sicher immer Besuch, nehme ich an.«

»Sehr oft. Aber im Moment gerade nicht.«

Als er schon hineingehen will, hält sie ihn zurück.

»Sie wird merken, dass Sie bei ihr sind. Auch, wenn es Ihnen nicht so vorkommt.«

Das Bett steht mitten im Zimmer. Anna liegt auf der Seite. Ihre Haare sind gewachsen, verfilzte Strähnen. Ihre Augen sind geschlossen, die Haut gelb und gespannt. Ihre Lippen und Wangen scheinen sich zusammengezogen zu haben, sie können die Zähne nicht mehr bedecken. Und aus ihren Poren kommt ein Geruch, der ihr früher ungeheuer peinlich gewesen wäre.

»Anna«, sagt die Krankenschwester laut. »Hier ist Besuch für dich.«

Ihre Augenlider bewegen sich, blankes Weiß, dann ein langes Stöhnen.

»Hat sie Schmerzen?«

»Sie bekommt bald eine Spritze. Setzen Sie sich zu ihr. Ich werde die Stellung halten.«

Das Zimmer ist stickig, die Rollos sind geschlossen. Eine einsame Lampe in einer Ecke. In einer Plastikschale auf dem Nachttisch liegen einige Apfelsinenstücke. Anna glüht vor Fieber.

»Anna, ich bin's, Mauritz. Kannst du mich hören… verstehst du, was ich sage?«

Seine Stimme versagt, Tränen, Tränen, und sie bewegt sich ruckhaft und schmatzt.

»Was auch passiert… ich habe niemals irgendeinen Menschen… mehr geliebt als dich.«

Ein Zittern in ihrer einen Hand. Er drückt sie.

Öffnet sie die Augen und sieht ihn an? Lächelt sie, zieht sie ihn an sich?

Nein.

Und jetzt. Die Tür öffnet sich, Schwester Kerstin mit dem milden Blick, vielleicht sollten Sie jetzt gehen, ihr Mann hat angerufen, er ist unterwegs.

In einem Gesprächszimmer kann er sich sammeln. Die Schwester erklärt ihm, was er bereits weiß. Sie verspricht, sich bei ihm zu melden, sobald etwas geschieht.

Geschieht.

Er putzt sich mit einem Papiertaschentuch aus dem Regal die Nase. Hier sitzen offenbar häufiger Menschen und weinen, hier sind Tränen gestattet.

»Sie hat mir so viel bedeutet.«

Die Schwester sieht müde aus, sie starrt durch die fleckige Fensterscheibe.

»Ja. Sie hat auch mir viel bedeutet, in der kurzen Zeit, in der wir einander gekannt haben. Ich bin den Umgang mit schwer kranken Menschen gewöhnt. Aber bei ihr… bei ihr scheine ich einfach keine Kraft mehr zu haben. Ich freue mich darüber, dass ich Sie kennen lernen konnte. Annas wegen. Wir haben uns miteinander angefreundet.«

»Leidet sie sehr?«

»Wir tun alles, was wir können, um ihr das zu ersparen. Das bedeutet aber leider, dass sie nur selten bei Bewusstsein ist.«

Als er die Station verlässt, sieht er Per-Erik. Der steht vor dem Stationszimmer und spricht mit einem Arzt.

Eine kurze Vision einer Umarmung, von Mann zu Mann.

Dann fort von hier.

In der Dämmerung des 9. Dezember, an dem in Schweden das Fest der Heiligen Anna begangen wird, ist es zu Ende. Mauritz wird in der Redaktion benachrichtigt. Schwester Kerstin ruft an und weint leise. Er bleibt den ganzen Tag dort und erledigt, was er zu erledigen hat.

Was kann er machen? Danach?

Kalter Regen, Neonlampen. Hinaus auf die Autobahn, das Gaspedal durchtreten, bis der Motor schreit. Nach Süden, Schild um Schild –

und dort im Auto: sie, zerknittertes Krankenhaushemd, barfuß.

Nach Europa, Anna. Jetzt fahren wir, fort vom neunten Tag im Dezember, rückwärts in der Zeit, fort.

Aber ich habe meine Beerdigung schon geplant. Freesien und Gerbera. Und sie sollen in ihren hellen Gewändern kommen, defilieren –

nicht du!

Nein, Anna, nicht ich, niemals ich. Denn wir bleiben nicht hier, merkst du das nicht, ich werde den Mazda zum Fliegen bringen –

Auch die Anzeige habe ich vorbereitet. Kein Kreuz, die sind so rechtwinklig, sondern ein Vogel, der zum Mond fliegt. Trauere nicht, weil ich tot bin, nein, freue dich, weil ich gelebt habe.

Gelebt, Anna, gelebt …

Ja. Aber eins habe ich dir nie erzählt. Es ist vorgekommen, dass ich mich nach einer Schwester gesehnt habe …

»Hör mal, Eva. Ich glaube, ich höre Musik …«

Sie zog am Kleid, sah ihn mit verständnisloser Miene an.

»Nein …«, flüsterte sie. »Ich höre nichts.«

»Doch, hör doch nur, das ist doch Beethoven … das Klavierkonzert, das auch als Kaiserkonzert bezeichnet wird …«

»Das höre ich nicht …«

»Kann hier irgendwo ein Radio laufen? Hast du bei dir ein Radio eingeschaltet?«

Sie schüttelte den Kopf, die Locken wogten. Er machte energische Armbewegungen, wie um ein großes Orchester zu dirigieren, er bewegte den Oberkörper hin und her, dann warf er sich so abrupt über den Tisch nach vorn, dass ihr Glas fast umgefallen wäre.

»Ja, es ist hellhörig hier, wie du vorhin so richtig erwähnt hast. Hellhörig zwischen den Häusern.«

»Das hab ich doch nicht gesagt …«

»Du hast gesagt, wo wir so dicht beieinander wohnen, hören und sehen wir so allerlei.«

»Ach … meinst du, dass wir stören, hörst du die Kinder? Ich sag ihnen immer, sie sollen auf der Treppe leise sein, aber du weißt ja …«

»Was hat Erik denn heute Abend vor?«

»Bei ihm wird es spät …«

»Hör mal, meine bezaubernde, liebliche kleine Eva …

›Evchen‹, um es in einer anderen Sprache zu sagen. Hast du deinen lieben Gatten gefragt, ob er irgendeine Kenntnis über dieses Verschwinden hat?«

Sie lief tiefrot an.

»Wieso denn Kenntnis? Wie komisch du dich heute Abend ausdrückst.«

»Erik ist nicht gerade übertrieben begeistert von Lynn Johansen, er kann sie überhaupt nicht leiden, wenn wir hier mal ganz offen sein wollen. Das hast du selbst erzählt. Eure Kinder ändern sich und werden frech, wenn ihre kleine Freundin zum Spielen kommt. Was dann wiederum zu Meinungsverschiedenheiten und Ärger zwischen dir und Erik führt.«

»So schlimm war das nun auch wieder nicht.«

»So hat es sich jedenfalls angehört, als du es erwähnt hast. Weiterhin hat Lynn berichtet, dass dein geliebter Mann und Gatte ihre Katze mit Steinen beworfen hat. Und meiner Ansicht nach weist das auf ein ziemlich ungezügeltes Temperament hin.«

»Worauf willst du hinaus, Mauritz?«

»Worauf willst du selber hinaus, Herzchen? Mit deinen Andeutungen und Fragen?«

»Aber das war doch nicht so gemeint... so darfst du das nicht auffassen, Mauritz, aber das tust du doch nicht, das tust du nicht!«

Wirft sie auf den Tisch, reißt ihr die Unterhose herunter, seidiger Stoff, enges und gleitendes Fleisch –

du hast den Anfang eines Kindes dort drinnen, es ist also nicht gefährlich, vollständig ungefährlich für uns beide, keine Folgen, keine Nachwirkungen,

einfach ein harmloser Fick,

ein Nachbarschaftsfick –

Nein. Natürlich nicht.

»Ich muss jetzt wohl nach Hause …«

»Ja, vielleicht.«

»Mauritz? Zwischen dir und mir hat sich doch nichts geändert? Du weißt, ich glaube an Gespräch und Ehrlichkeit, man soll die Dinge nie verschweigen. Jetzt haben wir miteinander gesprochen, jetzt gibt es doch sicher keinen drückenden Ballast mehr …?«

Er wusste nicht, was er darauf antworten sollte.

Dann hörten sie etwas von der Tür her. Einen Lärm, ein Poltern. Gleich darauf wurde die Tür aufgerissen, und sie hörten Marie-Louise. Sie schrie gellend:

»Mauritz! Mauritz! Beeil dich!«

Dann stürzte sie herein, mit nassen Lederstiefeln, sie stürzte in die Küche und hinterließ feuchte Abdrücke auf dem Teppich; sie stöhnte:

»Aber hallo, Eva. Du hier?«

Und sie packte die Handgelenke ihrer Freundin, zog sie auf die Beine, nahm sie in die Arme und fing an, mit ihr zu tanzen, immer wieder im Kreis:

»Sie haben sie gefunden, sie haben sie gefunden!«

»Beruhig dich!«, brüllte er.

Eva riss sich los.

»Ja, bitte, beruhige dich, Marie-Louise, und sag, was los ist.«

»Lynn … sie haben sie gefunden … ich konnte es beim Webkurs einfach nicht aushalten, ich wollte nach Hause, und dann kam ich hier an und hab es von Elisabet gehört. Und sie lebt, sie lebt!«

Er verspürte einen Kloß im Hals, er musste den Mund aufreißen, schlucken, sich räuspern.

»Stimmt das«, rief Eva. »Stimmt das wirklich?«

»Jaaa!«

»Aber wo denn? Wo haben sie sie gefunden?«

»Ihr kennt doch das verfallene Haus dahinten... ja, du hast ja sogar darüber geschrieben, Mauritz. In der Zeitung. Über diesen Eigenbrötler, der dort wohnt und nicht verkaufen und auch nicht renovieren will, obwohl es so schrecklich aussieht.«

»Der alte Elmblad«, sagt er zerstreut. »War er das?«

»Nein, nicht so. Er wusste von gar nichts, bis heute Nachmittag, als er in seinen Erdkeller gegangen ist. Und da saß sie. Offenbar war sie schon seit Freitag dort.«

»Im Erdkeller!«

»Ja. Der Alte hat der Polizei offenbar gesagt, dass er am Freitag etwas aus dem Erdkeller geholt hat, und dann hat er vergessen, die Kellertür abzuschließen, weil die Post kam, oder was auch immer. Nach einer Weile ging er dann zurück und schlug die schwere Tür zu, und er hatte ja keine Ahnung, dass Lynn sich hineingeschlichen hatte. Und man hört ja auch nicht, ob da jemand weint oder schreit, durch diese dicken Wände.«

»Armes kleines Kind...«, flüsterte Eva.

»Ja, wirklich. Und auch keine Möglichkeit, die Tür zu öffnen, die ist schwer wie die Hölle.«

»Die arme Kleine war also seit Freitag in dem Keller eingesperrt.«

»Ja. Sieht so aus. Es gab immerhin Marmelade und Kartoffeln, deshalb ist sie nicht ganz verhungert... und Gott sei Dank war sie warm angezogen. Aber trotzdem!«

Eva schlug die Hand vor die Augen und brach in hysterisches Weinen aus.

»Verzeihung, Verzeihung, ich kann nicht dagegen an...«

»Es war eine große Belastung für uns alle«, murmelte Marie-Louise.

»Ja. Es war grauenhaft.«

Sie schniefte auf ekelhafte Weise und putzte sich die Nase.

»Müssen wir das nicht irgendwie feiern … unsere Erleichterung … ach, das müssen wir doch … ich lauf schnell ins Haus und hole eine Flasche Wein oder so …«

»Nein, bleib hier, Eva, wir nehmen eine von unseren. Mauritz, kannst du nicht …«

Er ging in die Waschküche. Dort, in einem alten, abgebeizten Holzschrank, verwahrten sie ihren Vorrat an Wein und Spirituosen.

Er hörte die zwei Frauen, sie sprachen darüber, warum niemand auf die Idee gekommen war, dort zu suchen, beim alten Elmblad, sicher war der mürrisch und unzugänglich, aber die Polizei hätte doch trotzdem …

Und Evas Stimme:

»Wir geht es ihr denn jetzt, der kleinen Lynn? Weißt du das?«

»Ich weiß nur, dass sie im Krankenhaus ist. Sie wird wohl bis morgen dableiben müssen, kann ich mir vorstellen. Sie ist sicher ziemlich mitgenommen, was für ein schreckliches Erlebnis für ein kleines Kind. Aber körperlich schien sie in bemerkenswert guter Kondition zu sein. Und sie sind jetzt beide bei ihr, Liv und Mahmut. Elisabet ist ihnen und der Polizei begegnet.«

Er entkorkte die Flasche und schenkte ein. Drei Gläser. Eins davon hatte den Aufdruck Valckenberg Madonna.

Und während er einschenkte, hörte er sie wieder: die Klänge. Ja, es war Beethoven, der mächtige Klavierstrom. Er kam irgendwo aus ihm, aus seinem Inneren – und füllte das ganze Haus.